豪門守灶女 4

文創風 105

玉井香 著

目錄

人物簡介

(註：此人物簡介主要以文中較為重要的**焦家、權家、楊家**為主，幾個頗常出現的重要人物則歸為**其他**；焦、權兩個家族主要以主子所居住的院落來作為劃分；主子的名字或頭銜有加上外框，餘則為較有臉面的奴僕、丫鬟等。)

焦家

★焦閣老權傾天下，但焦家崛起不過三代，是連五十年都沒過的門戶。焦閣老母親八十大壽當日，黃河改道，焦家全族數百人全死於惡水中，人丁變得極為單薄。

焦　穎：即焦閣老、焦老太爺，為內閣首輔，相當於宰相之位。
有一妻二妾，頭四個兒子都是嫡出。除四子外，其餘子女皆死於惡水中。

焦　鶴：焦府大管家。焦閣老最為看重、信任之人。

焦　梅：焦府二管家。後跟著焦清蕙陪嫁到權家當她的管家。

焦　勳：焦鶴的養子。眉清目秀、氣質溫和，是個溫潤如玉的謙謙君子，
焦家一手栽培起來，頗有才幹之人。和焦清蕙一起長大，
原本內定要和她成親，在她出嫁前被外放出焦府。

▼【謝羅居】

焦　奇：焦閣老四子，人稱焦四爺。惡水後身體即不好，拖了多年亦病逝。

焦四太太：焦奇元配，育有一雙子女，皆死於惡水中，
腹中胎兒亦因過於悲痛而流產。心慈、不愛管事，對任何事皆不上心。

綠　柱：焦四太太的首席大丫鬟。

▼【南岩軒】

三姨娘：溫和心善，惡水時四太太找人救了她，此後就一心侍奉四太太。

符　山：三姨娘的首席大丫鬟，一心向著焦清蕙。

四姨娘：四太太的丫鬟出身。亦是溫良之人。

▼【太和塢】

五姨娘：麻海棠，出身普通，因生下焦子喬，在焦家地位突升，頗有一人得道，
雞犬升天之勢。為人短視近利，手段粗淺。

透　輝：五姨娘的貼身丫鬟。焦老太爺安插在太和塢中給他遞送府中消息之人。

焦子喬：小名喬哥，焦奇的遺腹子，焦家獨苗。

胡嬤嬤：焦子喬的養娘、焦梅的弟媳。和五姨娘關係極佳。

堇　青：府裡最大的一個使喚人家族姜家的一分子。

▼【自雨堂】

焦清蕙：小名蕙娘，三姨娘親生之女，焦家女子中排行十三。
從小作為守灶女將養起來的，才智心機皆非一般，頗有手段。
婚前莫名其妙被毒死，幸運重生後作風一變，一心要找出凶手。

綠　松：蕙娘的首席大丫鬟，貌美。蕙娘親自從民間簡拔上來、從小一起長大的，
唯一敢勸諫主子之人。

石　英：焦梅之女。頗有能耐，算是綠松之下的第二人。

瑪　瑙：布莊掌櫃之女。專為蕙娘裁製衣物。

孔　雀：蕙娘的養娘廖嬤嬤之女。清甜嬌美，性子孤僻，一說話總是夾槍帶棒的。
專管蕙娘的首飾。

雄　黃：帳房之女。焦老太爺安插在自雨堂中給他遞送府中消息之丫鬟。陪嫁後為蕙娘管帳。

石　墨：姜家的一分子。專管蕙娘的飲食。

方　解：貌美，專管蕙娘的名琴保養。

香　花：貌美，專管蕙娘的妝容。

白　雲：知書達禮，琴棋書畫上都有造詣，但生得不大好看。

螢　石：專管著陪蕙娘練武餵招的，因怕蕙娘傷了筋骨，還特地學了一手好鬆骨功夫的。

廖嬤嬤：蕙娘的養娘。

▼【花月山房】

焦令文：小名文娘，四姨娘之女，非親生，焦家女子中排行十四。對蕙娘又妒又愛。
嫁給祖父的接班人王光進的長子王辰為繼室。

雲　母：文娘的首席大丫鬟。性子太軟、太溫和，無法拉得住主子。

黃　玉：姜家的一分子。還算機靈，會看人臉色，可有眼無珠，看不到深層去。
性子輕狂，老挑唆文娘和姊姊攀比。

藍　銅：焦老太爺安插在花月山房中給他遞送府中消息之丫鬟。

權家

★良國公是開國至今唯一的一品國公封爵，世襲罔替的鐵帽子，
在二品國公、伯爵、侯爵等勳戚中，一向是隱然有領袖架勢的。
權家極重子嗣，且承襲爵位的不一定是嫡長子，因而引發世子爭奪戰。

▼【擁晴院】

太夫人：喬氏，良國公之母，府中輩分最高者。三不五時就吃齋唸佛，不愛熱鬧。
較偏心長孫權伯紅，希望由他當世子承襲國公位。

▼【歇芳院】

權世安：良國公，看似不問世事，實際上深藏不露。

權夫人：繼室，與丈夫兩人較看好權仲白當世子，偏偏二子愛自由、不受控，
故千方百計娶進焦清蕙，希望能治一治他。

雲管家：良國公府的總管，與良國公之間有不可告人之秘密。

▼【臥雲院】

權伯紅：元配生，與妻子成婚多年，頗為恩愛，卻一直生不出孩子。
為人熱情，面上不顯年紀。喜愛作畫。

林中頤：永寧伯林家的小姐、皇帝好友林家三少爺林中冕的親姊姊。
林氏看似熱心，其實一心希望丈夫成為世子，但苦於生不出孩子，
眼見二房娶媳，只得趕緊抬舉身邊的丫頭當丈夫的通房，以求子嗣。

巫　山：本為林氏的丫鬟，後成了權伯紅的通房，懷孕後抬為姨娘。

福壽嫂：大房林氏的陪嫁丫頭出身，是林氏身邊最當紅的管事媳婦。

▼【立雪院】

權仲白：元配生，字子殷，聞名於世的神醫，帝后妃臣皆離不開他。
為人優雅，性喜自由，淡泊名利，講話直接、不愛打官腔，
但實際亦是很有城府之人，只是不愛爾虞我詐的算計。
前兩任妻子皆歿，本不願再娶，婚前親口向焦清蕙拒婚，
未果。與蕙娘道不同不相為謀，不喜她的個性，
兩人一路走來，磨擦不少。

達貞珠：達家三姑娘，小名珠娘，權仲白的元配。是權仲白真心喜愛
並力爭到底娶進權家的，可惜過門三日便因病而逝，權神醫來不及救。

焦清蕙：京城中有名的守灶女，一舉一動皆蔚為風潮。

張管事：是二少爺權仲白生母的陪嫁，也是他的奶公。

張養娘：二少爺權仲白的奶娘。

桂　皮：權仲白跟前最得力的小廝，母親是少爺張養娘的堂妹。
精得很，頗會拿捏二少爺。娶石英為妻。

當　歸：權仲白的小廝，人品人才都好，隻身賣進府裡服侍的。娶綠松為妻。

甘　草：權仲白的小廝，張奶公之子，為人木訥老實、不善言辭，但心地好。娶孔雀為妻。

陳　皮：權仲白的小廝，人品人才都好，一家子在府中各院服侍的都有。

註①：蕙娘在焦家時的一群丫鬟亦陪嫁過來權家了，此不再複述。

註②：二房在香山另有一個先帝御賜給仲白的園子【沖粹園】，兩邊都會居住。

▼【安廬】

權叔墨：權夫人所生，為人嚴肅，是個武癡，對兵事上心，對世子位沒興趣。

何蓮生：小名蓮娘，雲貴何總督之女。極機靈，是個見人說人話、見鬼說鬼話，
看碟下菜的好手，亦希望丈夫成為世子而努力想掌府中事務。

▼

權季青：權夫人所生，膚色白皙、面容秀逸，甚至還要比權仲白更英俊一些。
為人沈著，為達目的不擇手段，是個深藏心事之人。
對生意、經濟有興趣，亦學了些看賬、買賣進出之道。
覬覦二嫂焦清蕙，一心希望她與之攜手，共謀世子位。

▼

權幼金：年紀極幼，通房丫頭喝的避子湯失效，意外生下的。

▼

權瑞雲：權夫人所生，權家長女、楊家四少奶奶，丈夫楊善久為楊家獨子。

▼【綠雲院】

權瑞雨：權夫人所生，權家幼女，熱情活潑。後嫁至東北崔家。

楊家

★楊閣老是焦閣老在政壇上的死對頭，兩派人馬纏鬥多年。
皇帝一手提拔起來的人，預備等焦閣老辭官退隱後，接任他的首輔之位。

楊海東：即楊閣老，字樂都。有七女一子。

楊太太：楊海東元配。

楊善久：楊家獨子，與七姊楊善衡為雙胞姊弟，妻子為權瑞雲。

孫夫人：嫡二女，定國侯孫立泉(皇后的哥哥)之妻。

寧　妃：庶六女，皇帝寵妃之一。

楊善衡：庶七女，又名楊棋，人稱楊七娘，是楊善久的雙胞胎姊姊，
嫁給平國公許家世子許鳳佳為繼室(元配是楊家嫡女五姑奶奶，產後歿)。

楊善桐：嫡三女，與楊善衡是一族的堂姊妹，兩人關係頗好，小桂統領桂含沁之妻。

楊善榆：是西北楊家小五房的三少爺，與權仲白有深厚的情誼。
不喜四書五經，卻對工巧奇技愛不釋手，也喜歡擺弄火藥，奉皇命在研製火藥。

其他

封　錦：字子繡，朝廷特務組織燕雲衛的統領，極為俊美，是皇帝的情人。

桂含春：嫡子，亦是桂家宗子，字明美，為少將軍，妻子鄭氏乃通奉大夫嫡女。
為人溫文爾雅，頗能令人放心。

桂含沁：偏房大少爺，字明潤，小桂統領、小桂將軍皆指他，
世人亦愛戲稱他「怕老婆少將軍」。心機深沈、天才橫溢。
把太后賞的宮女子賣到窯子裡而大大地得罪了太后，結下宿怨，牛李兩家遂成仇人。
是和皇帝一同長大的好友。

許鳳佳：許家世子，字升鸞，是一名參將。
先後娶了楊家的嫡女五小姐及庶女七小姐。
是和皇帝一同長大的好友。

吳興嘉：戶部吳尚書之女，嫁牛德寶將軍的嫡長子為妻。
焦清蕙及焦令文的死對頭，老愛和焦家姊妹相比，
卻每每敗下陣來，唯有在「元配」的頭銜上
勝過「續弦」的兩姊妹。

牛德寶：太后娘娘的二哥，也掛了將軍銜，雖然不過四品，
但卻是牛家唯一在朝廷任職的武官，前途可期。

張夫人：阜陽侯夫人，伯紅、仲白的親姨母。

太后 娘家：牛家。

太妃 娘家：許家。

皇后 娘家：孫家。

寧妃 娘家：楊家。

焦家人物關係表

閣老首輔 焦穎

- 四子 焦奇
- 元配 四太太（子息皆歿）
- 三姨娘 —— 十三姑娘 焦清蕙（權家二少奶奶）
- 四姨娘 —— 十四姑娘 焦令文（王家大少奶奶）
- 五姨娘 —— 十少爺 焦子喬

權家人物關係表

太夫人

- 三子良國公 權世安
- 元配 陳夫人（歿）
  - 長子 權伯紅
    - 元配 林中頤 —— 長子 栓哥
    - 姨娘 巫　山 —— 長女 柱姊
  - 次子 權仲白
    - 元配 達貞珠（歿）
    - 繼室（歿）
    - 繼室 焦清蕙
      - 長子 歪哥
      - 次子 乖哥
- 繼室 權夫人
  - 三子 權叔墨
    - 三媳 何蓮生
  - 四子 權季青
  - 長女 權瑞雲（楊家四少奶奶）
  - 次女 權瑞雨（崔家大少奶奶）
- 姨娘 —— 幼子 權幼金

第七十六章

雖然私底下抱怨權季青，可權仲白問起她「李總櫃和妳談得如何？」的時候，蕙娘沒有告小叔子的狀，只是輕描淡寫、一語帶過。「我腦子不好使了，季青就幫著我嚇唬了李總櫃幾句，拖一拖時間，夠了。」

經營權不在手裡，就是這麼煩，別的股東要擴大規模，一張口振振有詞，都是理由。要在業務上和李總櫃爭出個所以然來，那連蕙娘都不敢放言必勝。照目前的情勢來看，宜春號也就再忍耐個一年半載，怕是就真的要增資了，只要能說服喬二爺，這三百萬兩銀了，蕙娘恐怕還真不能不拿——和權仲白，她沒有說實話，三百萬兩，她不是拿不出來，每年分紅就是多少現銀？她的陪嫁裡本身也有大量的現銀流通，就算不夠，問娘家開開口也就有了。

可她是半點都不準備慣著喬家的毛病：從前還好，喬老太爺和焦老太爺是多年的交情了，又有慧眼識珠、千里馬遇伯樂的知遇之恩在，兩家關係和睦，這麼多年來，沒有起過大的紛爭。可現在就不一樣了，喬老太爺的股份轉手了一次，焦老太爺的股份也轉手了一次，兩邊實在沒有太多情分，要如何相處？那就必定要互相試探，建立起新的相處方式。這頭一回沒把主動權握在手裡，以後要再翻身作主，可就難了。

權仲白為她想想，也覺得挺為難的。「就拖到年後，那時候正是妳產期最後幾個月，妳哪裡還有心思兼顧旁事？尤其我看妳的反應，算是比較強烈的了，到時候要是情緒有所波動，孩子出個差池，妳找誰說理去？」

幾百萬兩銀子的進出，對一般人來說的確是很沈重的心理負擔了，蕙娘卻漫不經心的。「不要緊，到時候大不了給他們就是了。銀錢無大事，你就放心吧，這件事，我心裡有數。」

權仲白有點不高興，他悶不吭聲的，不再和蕙娘搭腔了。

蕙娘反而來撩他。「幹麼不說話？難道……又覺得我驕奢淫逸，不把錢當錢看？」她愛怎麼撒錢，那都是她自己的事，權仲白搖了搖頭。「妳說得對，銀錢無大事，可枉我還向家裡遞話——這件事，妳肯定已經有了思路，對我卻一個字都不吐。」

「難道你就什麼事都同我說了？」蕙娘不以為然，堵了權仲白一句。

權仲白手一攤，倒回答得很誠懇。「我雖然不是什麼事都和妳說，但妳要問，我卻肯定會答。」

事實上，他已經等於是在過問蕙娘的盤算了，這句話是何用意，蕙娘也聽得出來。她眼珠子一轉，抱著肚子和權仲白撒嬌。「人家正不舒服呢，你還和我較真。反正還有小半年，我的後手也可能發生變化，先不和你說，免得你心裡記掛，又多添了一樁事——這是體貼你！」

見權仲白還要再說什麼，她連忙轉移話題。「呀，下雪了！今年冷得真早，這都是第二場雪了……」

權仲白不禁好氣又好笑，他瞪了蕙娘一眼——蕙娘也自知理虧，居然沒有針鋒相對，而是垂下眼睫，透過長長的睫毛狡黠地望著他，像是在說：我知道我在打迷糊眼，可你好意思和我認真嗎？

她不願意說，理由權仲白也多少能猜出一點。他自己為人，是有恪守了許多清規戒律，可商場如戰場，尤其是這種成百上千萬的大生意，私底下的骯髒事那是免不了的。焦清蕙要立足揚威，說不定就要做些辣手的事，他會開口問，也就是想要警告焦清蕙：立威可以，出人命就不行了。可焦清蕙狡猾成這個樣子，又哪裡料不到他的立場？她硬是不肯說，也算是側面示弱吧——終究是怕了他權仲白，不想和他正面衝突……

這也算是一點小小的勝利，權仲白想到老太爺的叮囑，不禁微微一笑，還要乘勝追擊時，焦清蕙卻又嚷頭暈。

「我睡一會兒……」

有個肚子護身，才捉住一條尾巴，這就又給脫身了。權神醫大感鬱悶，可孕婦最大，他也沒法往下追問，只好嚇唬清蕙。「妳這麼老頭暈也不行，得喝點補藥吧？我這就給妳開去？」

隨著時間進展，現在她害喜的症狀已經顯著減輕，但焦清蕙懷孕後感官變得相當敏銳，比以前更不能吃苦，從前不覺得難以下嚥的藥湯，現在連沾都不能沾唇。喝安胎藥，已成為她短期內最頭疼的一樁事體，權仲白這麼一開口，她雖然極力要維持平靜，可到底還是嚇得睫毛顫動，眼瞼起伏不定，顯然是在轉著眼珠子，正絞盡腦汁地想轍呢！

權仲白忽然有點想笑，他從前沒覺得同人鬥爭有什麼樂趣可言，可瞧著這麼個神氣活現的焦清蕙，被自己逼到這侷促的地步：她有問，他必答，於情於理，他有問，她也不能不答。可這問題她明顯不想回答，這藥她也明顯就不想喝，左是難，右也是難——成親也有半年多了，大大小小鬥爭無數，這好像還是她第一次被逼到牆角，似乎不管怎麼答，那都是輸……困境中的焦清蕙，看著真有趣。

權仲白自以為已經掌握勝局，在這場隨機觸發的戰鬥裡，他對自己的表現還算滿意，不禁含笑俯視清蕙，意態親熱而從容，雙眼在蕙娘臉上掃來掃去，看得蕙娘連裝睡都沒有辦法裝——她的睫毛止不住地顫，看著別提多好玩了。

兩人正在無聲角力時，石英進了屋子，又不吭聲轉身要退出去——少夫人在長榻上靠著，閉上眼故意裝睡，少爺坐在她身側，一手按在臉旁，半傾著身子，誰知道他要做什麼？她自然不會留下來礙眼。

可蕙娘又哪裡會讓這麼個大好的脫身機會就如此溜走？她忙叫住了石英。「什麼事呢？進來了又出去。」

權仲白和焦清蕙最大的區別，就是他畢竟還是很講求君子風度的，見到石英進來，自然已經坐正了身子。又見石英拿眼睛看他，便咳嗽了一聲，站起身道：「我到前頭去了。」

說著，就出了屋子，給主僕兩個留下了說話的餘地。蕙娘也隨之鬆了一口氣，她問石英。「怎麼了？臉上神色這麼不對勁。」

「是奴婢的父親傳信回來。」石英的臉色的確有點難看。「您也知道，李總櫃在城裡，訪客一直都多，可他平時並不太出門赴宴，唯一就是今日，李總櫃……去了楊閣老府上。爹放了幾個小廝在宜春會館附近候著，他一登楊家門，小廝知道事關重大，便立刻回來給爹送信——爹立刻打發人回來傳信，也派人回咱們焦家送消息了。」

蕙娘頓時眉頭一皺：這宜春票號的份子，是她焦清蕙的產業，還是閣老府的財產？就算往娘家遞個話，那是無可厚非，可現在這樣直接繞過她送信，到底還是令這位女公子有些不快。

看來，焦梅對她的能力，到底還是沒有足夠的信心。蕙娘忽然發覺，和李總櫃見面的那天，她到底還是受到身體限制，發揮得保守了一點——第一次見識到她在商場表現的人，除了李總櫃之外，還有焦梅。女人掌事，受到的懷疑本來就大，權季青一通胡言亂語，雖說陰狠毒辣，但在他們眼中，好歹也是個殺伐決斷的漢子。自己呢？打圓場、充和氣，說的都是些不鹹不淡的場面話，兩人一搭一唱，她倒成了捧哏的，把出彩的戲分留給了權季青……

木已成舟，也沒什麼好後悔的了。蕙娘輕輕地敲了敲椅把，思來想去，也不禁微微一笑。「他們倒是嘗夠了背後有人的甜頭，眼看老爺子退休的時候近了，這就開始打關係、留伏筆啦……楊閣老自己身家就很豐厚，閣老太太開了那麼一個繡房，倒是一直沒有別的產業，宜春號肯去投效，雙方倒真有可能一拍即合。」

正是因為楊家除了閣老太太的陪嫁之外，一直沒有什麼值得一提的產業，石英的臉色才會這麼難看。「要改換門庭，哪裡就那麼簡單了……咱們這三成多的股份，他們就是要全部逼退，也得花些血本的。」

「一、兩年間，還到不了這地步。」蕙娘淡然說。「說不定就是做個姿態嚇唬嚇唬我，想讓我把三百萬兩痛痛快快地掏出來。不然，李總櫃也不會親自上門拜訪那麼大的動靜……這件事，我們無須做出任何反應，就讓他們去演吧。」

「那，老太爺那裡……」石英詢問。

「也不用特別送信了。」蕙娘不輕不重地戳石英一下。「這是我的陪嫁，祖父不會越俎代庖的，我沒有送信，他不至於有什麼特別的動作。」

石英趕快跪下來為焦梅分辯。「父親怕也是顧慮到您這身體……」

的確，現在孕期堪堪進入第四個月，胎算是坐穩了，可蕙娘人也算半廢了，她雙腿輕微水腫不說，時不時還頭暈目眩，非得躺下才好，一身神功，十成裡簡直去了七成，剛才打點起心思來和權仲白過了幾招，現在又被石英的消息帶得興奮了一陣，緩過勁來，已經是又覺得好一陣昏眩。對石英的話，居然無話可答，只好靠回去半閉上眼。「我心裡有數的……讓梅叔不要輕舉妄動，李總櫃愛幹什麼，那都是他的事。這眼看十一月了，他該回來預備年事啦。今年雪下得這麼早，沖粹園肯定有不少地方需要修葺。」

蕙娘說得不錯，承平六年的冬天特別的冷，才剛十一月初，就接連下了三天三夜的大雪，道路紛紛上凍，沖粹園成了個琉璃世界，往常在沖粹園門口候診的病人們也都無影無蹤：他們都是租的平房，到了冬天炕火不暖，根本無法居住是一；二來，往年到了冬天，權神醫是要往城裡去住的。

今年的情況，雖然有所不同，但因為道路上凍，權仲白往來也特別不方便，尤其是馬行速度放緩以後，他經常要入夜了才回到沖粹園。這麼堅持了小半個月，等到十一月下旬，差點就出了事——馬匹跑得快了那麼一點，在冰面上打滑，一車人差點衝到溝裡去！

被這麼一鬧，二房還沒說話呢，府裡已然嚇著了。權夫人給蕙娘帶信：今年還是回府裡來過年吧，沖粹園畢竟僻處城外，萬一大雪封門，房屋出了什麼問題，真是求援都不方便。

蕙娘自也無話可說：如果不是因為她的身子，權仲白其實根本無須往返得這麼頻繁。倒是閣老府聽說了這麼一回事，還想把孫女接回去住一段時間，卻又為權夫人婉拒了。新媳婦有了身孕，不是出去住，就是回娘家養胎，不知道的人，還以為府裡有多不待見她呢。再說，成親沒滿一年就回家長住，始終犯了忌諱。

不過，林氏就沒有這個顧慮了。正好，林三爺回京面聖，永寧伯府便來人送了信，想請姑奶奶回府住一段時間。太夫人和權夫人都沒說什麼，只是令她隨身帶著權夫人打發過去的燕喜嬤嬤，也好有個照應。權夫人還令權伯紅也跟著過去住幾天，大少夫人卻道——

「到了年關，事情就多，今年婷娘又是遠道而來，我不能幫著娘接待，已經是失職了，還是讓伯紅留在家裡，幫著打點些瑣事吧。」

權夫人也只好一笑了之。「還是妳想得周到。」

太夫人叮囑的又是另一番口氣。「到了娘家，也不要過於勞累，還是一心養胎為上，對焦氏我也是這句話。府裡已經很多年都沒有嬰兒的哭聲了，這一次一連三喜，是天大的好事，誰出了差池都不好。」

大少夫人已經有六個多月身孕了，她肚子還不算太大，精神頭也比蕙娘好得多，出差池的可能性當然小，聽太夫人這一說，不禁就惦記起蕙娘。「聽說二弟妹情況不算太好……」

「是不太好，她反應大。」太夫人隨口說。「鬧頭暈呢，前陣子吐得也厲害，整個人都沒精神。所以我就說，季青和瑞雨不該過去的，說是不麻煩，其實還是給嫂子添了事……妳看這不是，他們一回來，仲白就說她不怎麼害喜了。」

權季青和權瑞雨的確是十一月初、下過雪之後就都回府過年了。大少夫人為小叔子、小姑子分辯了幾句。「本來快四個月了，也就沒那麼愛吐了……」

太夫人又叮嚀了權伯紅幾句，反正無非是要好好和林三爺多處處之類的話語，又吩咐林氏。「讓妳弟弟多親近親近姊夫。」

言下之意，昭然若揭，反正是為了權伯紅好，兩口子都垂首聽了。

回去臥雲院後，權伯紅便問大少夫人。「真不要我陪著過去？」

「我是預備住到臨產再回來的。」大少夫人和丈夫也沒什麼不能直說的。「還有兩、三個月呢，婷娘要能順利入宮，在家也就住這麼一段日子了。」

雖然都是一家人，但認識不認識，差別還是很大的。現在二房雖然住在家裡，但焦氏要一心養胎，不可能和婷娘套太多近乎，大少夫人才能放心回去娘家，討兩重婆婆的好。但權仲白以後是可以經常入宮，和婷娘怎麼都會熟悉的，權伯紅錯過這個機會，和婷娘那就真是形同陌路了，以後繼位，很多事安排起來就不太方便。

權伯紅嘆了口氣，半開玩笑。「那妳還不如在娘家生了，省得回來這裡，來來去去的還折騰。」

「我倒是想，但娘不會准許的。」大少夫人輕聲說。「沒看連焦氏都要撮弄回來生產？拿我們當賊防呢……也好，回去住久一點，巫山生產的時候，我人不在，接生產婆全讓娘她們安排，你也不要插手。是男是女我都高興，全看天命。」

提到巫山，權伯紅神情不禁一黯。「她能不能生下來都難說！前陣子嚇成那樣，都見紅了……」

這還是在怪她處置小福壽一家手段太狠辣專斷，大少夫人嘆了口氣。「你當我願意嚇唬她？那是我親眼看著長大的，她嫂子和我同姊妹一樣……可我又有什麼辦法？她的心也實在是太大了，這邊我才有了身孕，她那邊就和二房的丫頭勾勾搭搭的，全心全意就是要對付我……」

「妳就急於這幾個月？」權伯紅最耿耿於懷的其實是這一點。「先往京郊妳的陪嫁院子裡一打發，再過兩、三個月，巫山孩子落了地，妳愛送到哪裡去，那也都隨妳，保准娘和祖母絕不會有第二句話，說不定私下還會誇妳有決斷呢。可現在妳哪裡還落得了好？長輩們心裡對妳的不滿，連我都看出來了……這麼大的事，妳也不和我商量商量！真不知妳在想些什麼。」

捂肚子這一招，蕙娘是爐火純青，大少夫人也不落人後，她眉頭一皺。「說話那麼大聲，也不怕嚇著你兒子……」

權伯紅立刻就沒了脾氣，他嘆了口氣，握住妻子的手，輕輕地拍了拍。「我這還不是提防著那一位嗎？二弟是沒得說了，絕不是被美色所迷的人，可那一位手段的確是高，妳露出這麼大一個破綻，要是巫山這一胎有事，她能不抓住這一點興風作浪？」

「她要不是這麼個高手，家裡也就不會說她了。」大少夫人想著小福壽，輕輕地說。「你說得對，我是行動得太急了一點，竟露了個破綻……看來，不給她找點事讓她忙，她還得繼續盯著我不放呢！」

「妳——」權伯紅要說什麼，想一想，又重重地嘆了口氣。「人家現在有身孕呢，多一事不如少一事吧？還是那句話，家裡對子嗣看重得很，妳現在出招，就是觸犯長輩們的逆鱗。橫豎這幾個月，兩邊分開，她也不能把妳怎麼樣……等來年孩子落地了再說吧！」

「我這六、七個月的身子，」大少夫人嗔怪地說。「還能上哪兒去興風作浪？回了娘家，我肯定也就是好生待著唄！你當我傻呀，和二房似的，害我還得派個自己人出來。這一次，我手辣，可她也落不了好……她的大丫頭和小福壽走得近，我轉頭就處理了小福壽，你當祖母沒有過問原委嗎？」

這還是大少爺第一次比較平靜地和妻子談論小福壽的事。「喔？可妳不是說，沒有真憑實據……」

「我同祖母也是這麼說的。」大少夫人低聲說。「確實是沒有真憑實據，倒不如什麼都不說了。不過，祖母也是大風大浪過來的人，難道她就不會想呀？」

見權伯紅神色大霽，她又添了一句。「也就是你繼母，硬要往我心胸狹窄上栽了……也不想想，真要動巫山，我會做得那麼明顯？」她的眼睛閃閃發亮。「要動一個人，法子多得是，哪裡需要自己出手？」

這對夫妻關係親密，平時也是很有默契的，權伯紅聞弦歌而知雅意，不禁眉頭大皺，他要說話，可卻被大少夫人搶著堵了一句——

「量小非君子，無毒不丈夫。爹幾次說你心腸軟，你就是不往心裡去……不未雨綢繆，難道還要等我們被逼得無立足地了，再牛衣對泣？這件事，你就當作不知道吧！」

權伯紅還能說什麼？他只好什麼也不說了。

第七十七章

就算再能為，小輩始終都是小輩，鬥得再厲害，那也是圍繞著長輩們的歡心在鬥。現在權家長輩的態度很清楚、很一致：闔府上下要團結一致、克服萬難，將有限的力量投入到無限的生育中去，任何想要破壞生育大計的宵小之徒，都要準備迎接無窮無盡的打擊報復！

那麼當然，小輩們也應當盡力予以配合，專心地擔負起哺育第三代的重任，至於府中閒事，長輩們既不會讓它來煩到孕婦，孕婦也不應該多管，一切資源，都向生育大事傾斜。

會這麼慎重，多少也是因為大房、二房都過了最佳的生育年紀，動作快一點的如許家，許世子才二十出頭，孩子就五、六歲了，可見權家兩兄弟平白是耽擱了多少年的工夫。

現在把大少夫人也耽擱成了大齡產婦，就更沒有人敢掉以輕心了。也所以，蕙娘一回權家，大少夫人就回娘家躲著了，除了權伯紅、權仲白定期過去探望之外，府裡甚至很少派人和她互通消息，就是要讓她專心養胎。

至於蕙娘，人在國公府，那就更好辦了。孕婦嘛，總有一定的特權，和大少夫人一樣，府裡也給配了專門的小灶，就安置在立雪院外頭的一間小屋子裡，由蕙娘自己的廚師掌勺，吃吃喝喝，都由蕙娘自己的陪嫁莊子供應。這回也沒有什麼擺譜、擺架子的說法了，權夫人是唯恐蕙娘吃得不舒心，損害了胎氣。

晨昏定省，由於孕婦不能早起，並且天冷路滑，也由太夫人親自免了。蕙娘隔幾天相機到兩個長輩的院子裡去請請安，也聽不到一句不入耳的話，權夫人和太夫人甚至連朝堂大事都不和她說，蕙娘也沒精神去理會，只大概知道改革派同保守派又發生交鋒，這一次戰火綿延得比較久，事情也鬧得比較大，似乎焦閣老也有牽扯其中……不過，朝堂中的風風雨雨，歸根到底，老人家不牽扯在其中的，也少。

從十二月起，她已經進入胎兒快速增重長大的孕中期，雖然已經不再害喜，並且食量大增，但頭腦缺血的症狀一直沒有改善，記性下降不說，一用心力，便頭暈目眩，非得鬧得躺下才好。蕙娘也是想得開，別說她管不到的朝事根本就不過問，就連管得到的宜春票號，她都全然懶得理，任憑李總櫃在京城逗留了一個多月，她也毫無表示，終日裡只是纏著權仲白打轉，別說三餐喝藥非得在權仲白眼皮底下進行，就連他偶然晚歸，她都非得撐著睡眼，等到床上多了個熱呼呼的八尺男兒，才能酣然入睡。除此之外，就是兩飽一倒，得閒了看看書、彈彈琴，也算是為沒出世的寶寶陶冶陶冶情操了。

——甚至就連權瑞婷的到來，似乎都沒能激起蕙娘的絲毫興趣。除了在權夫人、太夫人跟前見過幾次老人家心心念念的「婷娘」之外，她居然沒有和婷娘打關係，只是邀婷娘到立雪院略坐了坐，便不再同她套近乎。倒是大少夫人，雖然遠在娘家，卻也還硬是把婷娘請到了永寧伯府上去玩了半天。

不過，也就是玩上半天，大少夫人便沒了下文。

來年就要選秀，以權家的身分，同宗人府打個招呼，安插進一、兩個秀女，那是輕而易舉的事。可這個特地從東北老家包了一條專船送來，讓太夫人惦記了小半年的權瑞婷，條件卻平庸得幾乎令人吃驚。她生得還算不錯——如果說蕙娘的長相，那是兩宮內難逢敵手，只有小牛美人同楊寧妃可以一拚的話，那麼權瑞婷這樣的美人，後宮中隨手一撈，還是能撈出那麼十幾個的。勉強要誇的話，也就是一張圓臉，生得很有福氣，是個富富態態的小美人了。

要知道，「富態」兩個字，在很多時候就是微胖的委婉說法……在某些朝代，權瑞婷可能是要豔壓小牛美人、姿勝楊寧妃，但大秦講求的是「閒靜時如姣花照水，行動處似弱柳扶風」，所以權瑞婷這樣的小楊貴妃，說起進宮簡直就是個笑話——就算看在權家的面子上，給她安排進去了，她能得寵嗎？皇上大婚至今，寵愛的人不多，楊寧妃、小牛美人，那都是一等一的纖細美人……再算上一個緋聞男友封錦吧，那一位也是長身玉立、勁瘦挺拔，絕稱不上富態。送她進宮，得寵的可能性甚至還小於送權瑞雨進宮。

可不論怎樣，這人選已經是報上去了。在永寧伯府上，瑞婷也和幾大家族的主母都打過了照面，本來隨著她抵步京城，權仲白是忽然閒了一段時間的，在這麼一露面之後，不論是宮中還是各大豪門，對他又重新熱絡了起來，有個頭疼腦熱的，還是指名要找權神醫扶脈，以此為身分的象徵……

受此待遇，權瑞婷本人不說大遭打擊，按常理而論，起碼也要心事重重一番，才算是對得起她可能有的雄心壯志，但不管是她還是權家長輩，都是行若無事。婷娘得閒無事，除了同雨娘相約玩耍閒話之外，也就是幽居深閨做她的針線，倒是成果非凡，十二月才到的，還沒有過年呢，就為三位孕婦都做了蓮生百子的小襁褓各一張，手工秀逸精緻，連瑪瑙都挑不出多少毛病來。

「這才是真正的宮妃料子呢！」權夫人和蕙娘提起來，滿意之色真是藏都藏不住。「同寧妃娘娘那樣美貌驚人之輩，這一批也不是沒有，何家、白家、鄭家、李家、石家、孫家，都有女兒參選，其中石家族女，的確生得是我見猶憐，論美色，雖不能同寧妃娘娘相比，但也不會差到哪兒去……我看，她順利中選的可能不大。」

皇上精力有限，大部分聖寵似乎都為封錦占據了，平日裡在女色上用心也很淡泊。現在後宮中已經有兩大美人爭奇鬥豔，也都各有依恃，忽然間要橫插進第三個美人來分寵，這無疑是觸犯了後宮妃嬪們的利益。起碼太后、太妃、皇后這三大巨頭，誰都不會樂見此點。聽權夫人的語氣，婷娘的外貌可能是所有重量級秀女中最為平庸的那個檔次，再加上她的身世，入選後宮，反而是十拿九穩。

蕙娘笑了。「早知道婷娘人品這麼端厚，也不必把宮中的水攪得那麼渾。聽說現在寧妃娘娘也已經有很久都沒往坤寧宮裡去了……」

「水攪渾一點，對婷娘終究是有好處的。」權夫人說。「她人還沒進宮呢，已經成了香餑餑。聽妳相公說，太后和太妃都聽說了婷娘女紅好，讓叫呈上繡件，以備御覽。」

她不多說宮中事，回過來又關心蕙娘。「最近天氣著實有些冷，立雪院終究比不得沖粹園舒服，受委屈了吧？」

「沖粹園好是好，就是實在太冷清了點，平時竟都無人說話，不比在家，您還能親自過來看我……」蕙娘今天精神好，立刻就浮起一層感激之色。「就是我這回來住，也不能給您幫上多少忙，眼看臘月裡您忙成這樣，我卻在立雪院裡躲著享福呢……」

「妳現在就沒有比保胎更要緊的事了——」權夫人話剛說到一半，權仲白回來了。他跺著腳進了裡屋，還沒見到權夫人呢，只顧著拍身上的雪。「外頭又下雪了……今天真冷，妳瞧我鼻子都凍紅啦！」

同幾個月前相比，現在他和焦氏說話的口吻，已經輕鬆隨意了不少。

把小倆口打發到沖粹園去住，一個是要隔開焦氏同林氏，還有一個，也是因為在京城，仲白能消磨時間的地方有很多，不比沖粹園。用焦氏的話說，「不和他說話，還能同誰說話？」。這幾個月相處下來，果然看起來，焦氏在仲白心裡的地位，又重了不少，他已經不大端著自己的君子架子了……

就連焦氏，也一改從前的作派，她立刻就站起身，走到相公跟前為他拂拭雪花，一邊道：「娘在呢，你也不招呼一聲……」

同從前相比，這聲音裡的依戀、喜悅，是假裝不來的。焦氏就像是一刻也不願意離開相公的小媳婦，仲白一回來，人就偎過去了，為了不顯得那麼突兀，還主動找點事幹，為他脫換衣服、端茶倒水的……倒是不顧自己的大肚子，動作勤快得很。

看來，立雪院來的消息不錯，自從回了國公府，焦氏對仲白的依賴就更上了一層樓，只要仲白在家，幾乎是一步都不願稍離。

權夫人畢竟是國公府的主母，對什麼事，她都習慣想深一層。她看著蕙娘的眼神，就更透了幾分讚許，甚至對權仲白的疏忽都不以為意。「我坐在暗處，一眼沒見到，也是很自然的事。」

「娘怎麼來了？」權仲白解了外頭披的大氅，隨手就遞給石英了——丫頭們早就聚上來了，但礙著他的脾氣，沒有人敢上前服侍。「妳今天中午都吃什麼了？」

他這一問，當然不是問權夫人的，權仲白頭雖然衝著權夫人，眼睛卻是盯著蕙娘的。他的態度有些嚴厲——可這嚴厲卻是親暱的、關心的嚴厲。兩個人的年齡差，現在就顯示出來了，蕙娘跟在權仲白身邊，就像是個笨拙的小尾巴，也是十八、九歲的大姑娘了，可連中午吃什麼，都還要跟相公報告呢！

「吃了兩碗飯、一些菜肉。」蕙娘有點心虛。「下午又餓了，吃了兩個梅花餅……」

「吃得太多了吧？」權仲白眉頭一皺。「不是說了嗎，少吃多餐，中午兩碗飯，是多了點！」

小夫妻說話，居然有些旁若無人的氣度，權夫人看得又高興又感慨，她為蕙娘說話。「這雙身子的人，兩張口呢，她倒不想吃，可孩子要吃，她有什麼辦法？」又岔開話題，去問蕙娘。「仲白這身銀鼠大氅，從前沒見過，是新裁的？」

「我現在也不大出門，」蕙娘趕快抓住這個話口。「丫頭們閒著沒事，為相公多做了幾件冬衣。這個巧在手藝，雖然皮子不大，但拼接得好，看去都找不著接縫……也就是取個巧字吧。」

權仲白哼哼了幾聲，在權夫人對面炕上坐了，蕙娘就黏在他身邊。「您也別太寵她了，孩子太大，到時候也不好生。她又老犯頭暈，可見氣血本來就不足，再老多吃，血往下落，這個毛病就更難好了。」

權夫人一聽他說醫理就頭暈，她索性站起來。「嫌我多嘴多舌，我走就是了。」

權仲白一點都不怕她。「您就愛這麼逗我……」

不過，時間不早，權夫人是該去擁晴院請安了。權仲白親自把她送到階下，本來要順便去外院扶扶脈的——他今天又是在宮裡毫無意義地忙了一天，可背著身子，都能察覺到有兩道視線黏在他背上，一扭頭，蕙娘隔著窗戶看他呢！

少了權夫人在身邊，她沒那麼小媳婦了，因懷孕而微圓的下顎也稍微抬高了點，一雙寒星一樣的眸子波光蕩漾，似乎在埋怨權仲白不夠善解人意，其神情，倒真如老太爺所說，「瞪得大大的、凶凶的」，像是一頭小老虎，用眼神在說：你敢去外院，我就把你給吃了！

自從回了國公府，她真是一天比一天更黏人，權仲白也不是不能體會她的心理：懷著孩子，回到這個風波詭譎的國公府，對於這個秉持著「匹夫無罪、懷璧其罪」的小少婦來說，無疑是在她本來就很脆弱、很擔憂的心上再壓了一層重擔。現在她除了擔心自己在生產中遇到困難，還要擔心在生產前就被人暗害……即使已經把廖養娘請回來院子裡掌弦，在綠松上頭，又添了一重保障，她也還是巴不得自己十二個時辰都陪在一邊，以便為她擋掉可能飛來的明槍暗箭。至於一點柔情、兩分撒嬌，那不過是哄他上當的手段，背地裡，焦清蕙不過是把他當作了一個挺有用的試毒肉盾……

這麼赤裸裸的利用，說無恥吧，可人家無恥得坦蕩蕩、無恥得嬌滴滴的，如此理直氣壯地無恥出了花頭來，權仲白還真拿焦清蕙沒什麼辦法。要在平時，他還能問問她，憑什麼就嬌得這麼天經地義，彷彿他不將她呵護在手心，多委屈了她似的。可現在還有什麼好說的？人家那懷的是你的孩子……就算她自己也非常想生，那也還是你的孩子不是？

再說，往往也沒來得及想這麼多，只被焦清蕙這麼倔強中暗藏脆弱的眼睛一看，權神醫的腳自己就動了起來。他也不管外頭天寒地凍還在候診的病者們了，進了溫暖如春的室內，嘆了口氣，在這場無言的鬥爭中宣告投降。「把病案拿來給我看看，讓他們都散了吧，今兒不出去啦！」

焦清蕙頓時喜笑顏開，她顯然有些無聊，權仲白在看病案呢，她還要煩他，在他對面坐著，有一下沒一下地踩著他的小腿取樂。雖然回到城中，但幽居立雪院內，輕易並不外出，縱有和家人魚雁往返，說的也都是不著邊際的家常之事，也就唯有通過權仲白來獲取一些外界的訊息了——通俗地說，那就是這隻小野貓現在被關了起來，只好繞著他喵喵叫，讓他陪著她多玩一會兒。

「妳到底想幹麼？」權仲白有點無奈，只好撂下病案。「是嫌我在炕上坐，擠著妳了？」

蕙娘雙手撐著下巴，笑咪咪地搖了搖頭。

權仲白又把病案拿起來看，不過片刻，又嘆了口氣，他索性伸出手去，捉住了清蕙的腳。「小祖宗，別鬧了行不行？」

「壞郎中！」蕙娘咬著唇白了他一眼。「把腳還給我。」

「不還。」權仲白也學著她的樣子，咬著唇白了她一眼，他把清蕙的腳塞到自己大腿下頭，使力壓著，不讓她亂動。「妳也找本書看吧，一會兒吃完飯，我陪妳在院了裡走一走。」

「外頭下雪呢——」蕙娘的反調唱了一半，神色忽然一動，捂著肚子。「哎呀，你兒子踢我！快摸快摸，動了動了——」

四個來月，是有胎動了。權仲白趕快伸手去摸。「喔，力道還挺大！妳這病歪歪的，孩子卻這麼精神……沒準兒真是個男娃呢，這是在和妳搶精氣，那就更不能多吃了，免得他長得太大，妳不好生。」

一般人第一次感受到孩子的胎動，總會有些許感動：這終究是頂頂神奇的一件事，做夫君的少不得要握著娘子的手，柔情密意一番。不過，權神醫這些年來摸過的肚子不少，這次摸蕙娘的肚子，總是禁不住就要拿來橫向比較——是不是太尖了、是不是太硬了……等他話說完了回過神來，氣氛也被破壞殆盡。

蕙娘臉拉得老長，把他的手拍開了。「以後都不要你摸！」

「以後都不理我了最好！」權仲白也有點悻悻然——這好說也是在關心她啊！「看醫案了，別吵！」

室內才安靜了一會兒，又響起了權神醫的抱怨——

「焦清蕙，妳說妳能不能安分點，別再踩我腿了！妳以為妳在踩奶啊……」

承平七年元月，朝事不太平靜——不過，皇上登基這七年以來，朝事平靜的時候也並不多。

京中有人把矛頭直接對準了焦閣老，參他草菅人命，胡亂發判京中平民麻氏一戶，令其全族都流配三千里，至寧古塔苦役。這件事在臘月末尾鬧起，雖說元月沒過十五，朝廷是不開印的，但不過幾天工夫，京中便傳得沸沸揚揚的，不論是寒門小戶還是高門大族，都在議論著這個案子。

麻氏一戶人口繁茂，少說也有一百多口。這要全發配到東北寧古塔去，那可是不小的動靜，焦閣老竟能辦得滴水不漏，絲毫沒有風聲外洩，也算是能耐極大了。

至於為什麼要這麼處置麻家，京中傳言也不少。因焦家女眷，也只有四太太經常在外走動，很少有人知道焦子喬的生母究竟是哪個姨娘，一時半會兒也是眾說紛紜。有人說麻家人在焦家管事，得罪了老太爺；有人說麻家人同焦家在生意上發生了糾紛……種種說法，不一而足。不過，因為朝廷尚未開印，這件事官方還沒有拿出個看法來，閣老府也保持了沈默。

蕙娘對此，卻是一無所知——不論是夫家還是娘家，現在都對她隔絕了所有政治上的消息，就是隨身丫頭，也都被廖養娘三令五申，一句話不能多說，一個笑不能少露。就因為這事，她新年連娘家都沒回——權仲白說她胎氣不穩，不能出門，只是自己回焦家，給老太爺、四太太拜了年。至於連番春酒，她就更沒有參與了。

整個元月，蕙娘的日子都過得很平靜。到了一月下旬，她精力漸漸開始恢復，頭暈的毛病沒有前幾個月那麼嚴重了，也就靜極思動，經常到權夫人那裡去說說話，也上擁晴院去請個安。

這一天也是趕巧，蕙娘過去的時候，眾人都齊聚擁晴院裡，只少了大忙人權仲白。雨娘、婷娘、伯紅、叔墨、季青等分了男女，在太夫人下首坐著說話，權夫人剛進門還沒落坐。見到蕙娘進來，大家都有些吃驚。

權夫人笑道：「來了就坐，便不要行禮了。」

說著，便攜著她坐在太夫人左手邊上，大家說些閒話。

婷娘笑對蕙娘道：「還沒謝過二嫂送我的頭面。」

據說她是良國公長兄之女，實際上來說，應該是太夫人的嫡親孫女，至於是不是嫡長孫女，那就不好說了。蕙娘在府裡住的時間不久，對老家那邊的情況也不瞭解，更不好多問。太夫人對她倒的確是千恩萬寵，連雨娘都要靠後，人還沒到呢，就開始惦記了，現在人到了，各種貴重禮物層出不窮不說，還問蕙娘借了瑪瑙，給她量身訂製了幾套襖裙。婷娘雖然是窮鄉僻壤養大的姑娘，但如今看來，氣度安閒，打扮富麗，較之雨娘，一點都不落下風。可雨娘同她的神態卻還是那麼親密——她似乎毫不介意婷娘的受寵，兩個小姑娘的關係處得挺好。

聽說蕙娘送了婷娘一副頭面，雨娘也絲毫沒有不快之色，而是笑嘻嘻地道：「二嫂真好眼光，那枚紅藍寶石蝴蝶釵，真是做得巧極了，最難得婷姊姊戴了，真是好看！」

蕙娘自然滿不在意。「戴了好看就好——」

幾人正在說話時，下人來報。「親家夫人並兩位親家姪小姐到了。」

蕙娘倒沒想到，今日人這麼齊全，竟是在這裡候客的。她心下正在沈吟：這親家夫人，也不知是永寧伯林夫人，還是揚威侯達夫人了……

正這樣想著，權夫人已經款款起身，連帶著一屋子人除太夫人外，都站起來作笑容可掬狀。

「好姊姊，也是多年沒見了！一路回來，真是辛苦！」

丫頭們已經高高打起了門簾子，前呼後擁地將三位女眷送進了屋裡。

為首一個頭髮斑白、容色清臒（注），略帶倦意，見到權夫人，方綻出微笑。「也有五、六年沒見了……真是物是人非！」

她雖衝著權夫人說話，可權夫人卻沒有看著她，她的眼神直勾勾地越過了「好姊姊」的肩頭，落到了她身後一位少女身上，竟是難掩驚容。

「好姊姊」回頭一看，也是微微一笑，這才介紹道：「這是姪女貞寶還有丹瑤。來，見過兩位長輩吧！」

兩位如花似玉的少女齊聲答：「是。」便碎步前移，給太夫人見禮。

蕙娘站在人群之中，不禁扶著肚子，若有所思。她看了看達貞寶，又去看達夫人，正好，達夫人的眼神在屋內游移了片刻後，也尋到了她。

兩人目光相觸，達夫人略帶倦意地對她微微一笑，又輕輕點了點頭，眼神便直沈仩下，在蕙娘的肚子上打了一轉。

注：清臒，音ㄑㄧㄥ ㄩㄝˋ，清瘦之意。

第七十八章

達家自從失勢之後，京城留住的人口就並不多，只有揚威侯本人那是長年都要在京城居住，無事不能出京的，其餘族人據蕙娘所知，泰半是回到東北老家去了。他們和權家一樣，都是東北小鎮出身，族人在當地居住繁衍已有數百年歷史。而東北這一塊，自從百年前女真幾乎為秦軍全殲之後——權家的國公位，就是在那一戰裡掙回來的——這一百多年來平靜得簡直不像話，因天氣又太冷，真要開墾，也是困難重重，朝廷重心根本就不在這一塊，焦閣老都有鞭長莫及之嘆，對達家在老家的生活情況，蕙娘一直並不太清楚。不過，對這位達夫人，她是下過一點功夫的。

她娘家姓倪，和如今平國公府的太夫人正是族親，祖父官至吏部尚書，如今族裡依然有近親在朝為官。雖說達家敗落時，倪家沒有出手相助，但現如今風頭過了，倪大人倒也時不時跟揚威侯來往一番，伸手拉達家一把，這不能不說是達夫人的功勞。據說揚威侯本人性情風流，好空談煉丹，倒是達夫人殺伐決斷、運籌帷幄，很有女中豪傑、巾幗英雄的意思，她雖然自己只生了兩個女兒，且還夭折了一個，但對庶子、庶女都公道大方，在京城貴族口中，口碑一直相當不錯。魯王事發後，達夫人帶了全家老幼回了東北，此後也不曾出來應酬。聽權夫人話裡的意思，五、六年前，她是來過京城的，只之後又回東北去了。這一次進京，自然要來權家探望親家兼恩人，說得露骨一點——也是目前達家最大的靠山。

這都是題中應有之義，甚至連達夫人帶了這麼一對姊妹花來，蕙娘都不會過分詫異。達家這條船，現在是四處漏水、岌岌可危，為了讓它航行到下一個港口，連人命，那不也是說捨棄就捨棄？區區面子，算得了什麼？就是真的想把達貞寶送進來做妾，也不是不能理解。

可她就不明白了，新婦進門連一年都沒滿，又不是不能生，就算達家有這樣的想法，權家犯得著成全嗎？怎麼連太夫人到權夫人，人到得這麼齊，就是自己二房兩夫妻不知情，這麼安排，不合常理啊……

此時兩位少女見禮已畢，各自分賓主坐下喝茶敘話，太夫人少不得要問問貞寶和丹瑤的年紀婚配。

達夫人含笑道：「今年都是十四歲，丹瑤是要進京選秀。您也知道，現在倪家在京人口不多，除了我們家之外，也就是許家老太太了，可老太太這幾年來身體不好，少見外客，也不好貿然就去打擾，她父親就給我寫信，把她託給我了。」

婷娘聞言，頓時對丹瑤燦然一笑。瑤娘在上門之前，顯然對權家情況也有所瞭解，也同婷娘含笑點頭。兩人倒是和和氣氣，毫無候選秀女之間可能會有的劍拔弩張，看得幾個大人唇邊都含了笑意。

達夫人又續道：「至於寶娘，是要進京完婚的，以後也就在京城落腳了，少不得還要請親家多照顧。今日過來，也是帶她來認認門的。」

「哪家兒郎這麼有福氣？」太夫人問。「說起來，是揚威侯哪個弟弟所出？倒是從前並不曾見過。」

「她還小呢，從前一向也都在東北老家。」達夫人笑著說。「是小弟弟的閨女，說給了鴻臚寺主簿毛氏的三兒子。婚期就定在半年後，回頭把帖子給您送過來。」

鴻臚寺主簿，不過是八品的小官。雖說揚威侯幼弟從來聲名未顯，恐怕身上也沒有帶著功名官職，但那好說是侯爵親弟，居然要和這樣微不足道的八品官結親，竟還不是長子……

太夫人和權夫人對視了一眼，權夫人微笑道：「以後過了門，有事就儘管給我們帶話，自家親戚，不必那麼客氣。」

長輩說話，哪有小輩們置喙的道理？達貞寶除了拜見長輩那一會兒，餘下時間一直未曾開口，此時方起身給兩位長輩行禮。「先謝過世伯祖母、世伯母。」

居然也是落落大方地認了長輩，談吐之間，絲毫沒有小地方閨女的寒酸之氣。在這個錦繡千重、富貴萬端的國公府花廳內，她雖也有幾分好奇地左顧右盼，但蕙娘冷眼看她這麼久，都不見她有半分自慚形穢。

從幾個長輩的驚容，她很輕鬆地就可以推測出來：恐怕達貞寶和達貞珠，生得沒有九成，也有七成相似。當然，她是要進京發嫁的人，同她沒有太大的利害衝突，她也不至於為此就對達貞寶生出敵意。但心裡不管再怎麼不情願……要說對達貞珠沒有好奇，那也是自欺欺人。她看達貞寶，多少是有些挑剔的：這個寶娘，膚色並不白皙，反做均勻麥色，在大秦，算得上是個黑姑娘了，不過，的確也說得上是黑裡俏，雖然年紀還小，可一雙鳳眼顧盼之間，隱含好奇笑意，使人很輕易便能抓住她的性格——友善、天真，多半還開朗愛笑。就是身子纖弱了一點，在婷娘身邊一坐，就更加突出了她的瘦小。不過不要緊，年紀還小，總是會再長高長壯的。

論姿色，也就是中上吧。蕙娘又望了她幾眼，心不在焉地思忖片刻，便不再關注寶娘，而是含笑隨著長輩們的對話，配合地作關注狀——人貴自知，以她最近的身體情況來說，在達貞珠一事上多做糾結，純屬自作孽。萬一心事沈重，又犯了頭暈，叫大少夫人和達家人知道了，恐怕真要笑破肚皮。

例行拜訪，又在春月裡，自然是要留飯的了。

趁著大家起身出門，權夫人便打發蕙娘。「這出來半日了，恐怕妳也乏了，還是回去立雪院歇著吧。」

蕙娘本來就是走過來請安閒話的，正巴不得婆婆這句話，她略帶感激地衝權夫人點了點頭，便笑著同太夫人道別，又和達家人打了個招呼，便回立雪院吃她的小灶去了。

說是不掛心，其實哪裡能真正不掛心？吃過飯本來是蕙娘午睡的時辰，今日她自然沒了睡意，靠在炕上，讓綠松給她輕輕地捏著腿——這一次懷孕，真是什麼毛病都趕上了，好不容易頭不暈了，小腿又水腫起來，脹乎乎的實在不太舒服。蕙娘說笑話一樣，就把這事給綠松說了。「就是奇怪，達家人上門，見見娘和祖母也就算了，怎麼連雨娘、婷娘並大哥幾個都過去了，鬧得那樣慎重其事的，這什麼意思呢……」

「也都是說了親的，就是生得再像又怎麼樣？即使沒有說親，姑爺是說過絕不要通房、妾室的，難道還會自己打自己的臉嗎？」綠松深知蕙娘心意，她寬慰主子。「既然進不了我們家的門，家裡就是再慎重，您也無須往心裡去。他們暗潮洶湧，讓他們去鬥，您就只管安心養胎吧。我看這件事，針對咱們來的可能性也不太大。」

蕙娘也是這樣想的，事實上夫妻名分已定，達家要有什麼想法，第一個要拔除掉的就是她焦清蕙。屆時再捧出達貞寶，則一切也許水到渠成。現在不論達家、權家私下在談什麼買賣，危害到的都不會是她的利益，她是沒什麼好操心的沒錯……

可但凡是人，就不可能絕對理性。

蕙娘一天都覺得心裡像是堵了一團空氣，靠左邊躺，左邊胸口就氣悶；靠右邊躺，右邊胸口就氣悶。晚上權仲白回來了，她還是悶悶的，兩個人吃過飯在炕上對坐，她連一句話都沒說，甚至都不踩權仲白的小腿骨了。權神醫幾次抬頭看她，她都低著頭翻書，連抬眼的興趣都欠奉。

孕婦的情緒，自然是變化莫測，上一刻還笑呢，下一刻就掉眼淚的事情，也不是沒有。權仲白深知這個時候，就是要繃住不問，免得本來無事，一問之下，焦清蕙又要矯情了。

可放置了一、兩個時辰，兩個人都上了床預備就寢了，焦清蕙還是悶悶不樂的，這他不能不問了。

「今天達家人過來，給妳氣受了？」

就算人在宮裡，可小廝們也不是白養的，達家過來拜訪這種事，權仲白回到家自然有人告訴他。這也沒什麼見不得人的，兩邊親家嘛，他就還不知道蕙娘到底在不快什麼——達夫人的性子，他是熟悉的，初次見面，絕不會有任何不當舉動，休說招惹蕙娘不快，恐怕除了寒暄之外，第二句話都不會同她說。她雖然有些小矯情，但也不至於一見到達夫人就怏怏不樂，悶成這個樣子吧？

果然，被這麼一問，焦清蕙飛了他一個眼色，似乎還算比較滿意：畢竟是沒有裝傻到底，還懂得問一問。她把頭往權仲白肩頭一擱，開始作了。「到底也是你的親家，這次過來，除了你之外，家裡人都到了，也沒人給我送個信，這是什麼意思？難道就覺得我心胸如此狹窄，見到親家，還會表現失態嗎？」

「喔，」權仲白倒不大在意。「前幾天她們其實就送信過來了，是我不讓妳過去的。妳現在懷著孩子，見到達家那個小姑娘，恐怕要多想吧。」

這話真是比一盆冷水都管用，蕙娘幾乎要跳起來。「你什麼意思呀？什麼多想不多想？」

「她們實際上臘月裡已經到京城了。」權仲白說。「我去給請過平安脈的，當時在岳母身邊見了她一面，生得是很像貞珠。當時岳母也說了，會帶她過來認門。生得那麼像，家裡人肯定會吃驚、會表現出來，妳看到了，肯定也會有點想法，我們之間就難免這一番對話，這又何必呢？多一事不如少一事，還不如讓妳安分養胎呢。」

會給焦閣老、四太太扶脈開方子，權仲白肯定就不會冷落了達家，蕙娘對此倒是挑不出什麼不是來。她就實在是有點崩潰：這個權仲白，打著懷孕的旗號，真是該瞞就瞞，該作主就作主，一點都不客氣。自己猜他沒有什麼城府功夫，倒真是小看他了，見過了同亡妻生得一模一樣的小姑娘，回來面上連一點痕跡都沒有，這份演技，著實不錯。誰知道私底下，他還有多少事瞞著她……

「見了她，心裡有什麼想法呀？」她免不得酸溜溜的，美眸含怨，在權仲白臉上刮來刮去，幾乎可以給他剃鬚。「生得是挺美的，黑裡俏，眼睛細細長長，挺有神的，哪裡像我，眼大無神，就不討別人的喜歡……」

她還不算討人喜歡？權仲白不禁失笑，掃了蕙娘一眼，忽然有幾分意動，他勉強按捺下了這不該有的思緒，笑道：「都說女人吃起飛醋來，薄嗔輕怒，是挺惹人憐惜的，我怎麼覺得妳這個醋吃得這麼凶巴巴的，讓我看了害怕……」

見清蕙嘴唇一撇，眼角立刻就泛了紅，權神醫大吃不消，才要說話，小嬌妻便翻進床裡了。

「誰、誰吃你的飛醋……」話到了末尾，竟有幾分哽咽。

權仲白還能怎麼辦？只好握住焦清蕙的肩膀，一點點把她扳回到了自己懷裡。「其實就是長得一樣也沒有什麼，任何人的心都生得不同，心不一樣，長得就是全然相同，也沒什麼意思。妳要覺得我會因為生得一樣，就對她一見鍾情、窮追不捨，那就小看我了。」

這個人愛把話攤開來說的習慣，很多時候討厭得很，可也不是沒有好處。雖然還是連一句甜言蜜語都懶得提，可在這種事上的表現，的確是能讓人放心的。

蕙娘半天都沒有說話，她也沒有再作下去的意思。適當拿喬，那是手段，也是樂趣，權仲白體諒她懷這一胎受了好多苦，自然也會配合她做作一二，但這並不代表她可以一直拿腔拿調下去，把權仲白的界線無限制地踩低。換作從前，她也許會這麼做，但如今他已經證明了自己不是個蠢才，她自然要把他當個聰明人對待。這個話題進展到這裡，相公態也表了，已經很可以結束了，再往下說，只是自討沒趣。

可她心裡堵呀！這又正是懷孕時候，理性哪裡比得過感性？要是達貞珠、達貞寶姊妹，生得國色天香，又是才貌雙全，不說力壓她焦清蕙吧，起碼能和她拚得不落下風……那她心裡也許還就沒這麼堵了。可今日見了達貞寶之後，要說她心服口服，那真是假的。就這麼一個條件，人家權仲白是爭著要娶，這和爭著不娶之間，一進一出，落差是真的很大。

「我看她為人也挺好的。」她為貞寶說了幾句公道話。「雖然小地方出身，但談吐、舉措，都和一般京裡的大家女兒一樣，得體大方，人又和善愛笑……她和她姊姊，就那麼不同？」

「人和人當然不一樣了。」權仲白三言兩語，想要結束這個話題。可焦清蕙卻坐直了身子，表現出了很高的興趣，她望了權仲白一眼，倒並未曾嬌聲軟語，又擺弄她的嬌嗔風情，而是若有所思、眼神深邃，隱約竟含了些許幽怨，只是這怨得又同從前那故意做作出來的哀怨，有極大不同，更淺、更淡，藏得也更快。

「同我說說她吧。」她說。「在京裡住了這麼久，似乎還從沒有聽誰談起過她。」同續弦談元配，似乎總有幾分尷尬，權仲白猶豫了一下，見蕙娘神色寧恰，終究還是開了口。

「她從小身子不好，胎裡就弱，」他說。「連二十歲都沒有活過，少年就已經夭折，認識她的人，本來就並不多，妳聽不到她的事情，也很自然。就是府裡，對她留有一點印象的，也就是大哥、大嫂和娘、祖母了吧。」

「她是個怎樣的人？」蕙娘是真的有點好奇。「我想，她必定是與眾不同的嘍？」

「是挺特立獨行的。」權仲白回想了一下。「其實我們見面的次數不算太多，成婚時她幾乎已經彌留。妳要我現在說她的樣子，我真說不上來了，也就是看到達家那位小姑娘，才想起來，的確是生得很像……可要說她的性子，我倒還記得很清楚的。妳恐怕想不到，她雖然身子不好，但人卻頂有意思，從小就愛好地理，生平最大的願望，就是揚帆遠揚，到南邊的柬埔寨、安南這樣的地方去看一看，如果能更往遠處走，就是去印度，甚至是傳說中三寶太監曾經到過的那片極炎熱的土地，她也想去瞧瞧。」

這麼一個奇志，的確是夠出人意料的了。蕙娘默不作聲，聽權仲白繼續說。

「當時達家雖然人口不很複雜，但隔房總有幾個女兒，似乎看她也不大順眼……她都並不在意，衣食起居，過得去就行了。我學醫小有名聲之後，幾次為她扶脈，她談的都是書上看來那廣闊的天地，對於內宅鬥爭，絲毫不放在心上。貞珠實在是個對生活有自己見解、自己追求的人，她雖然體弱，可卻始終對生命充滿了無限的熱愛和熱情。唉……可惜往往也只有體弱的人，才會這樣珍惜光陰了。後來，在我入宮為皇上扶脈的時候，她偶然淋雨，發起了高燒，病情耽誤之後轉成肺癆，這就沒什麼好說的了。」

天下間令人惋惜的事，他這個做醫生的應當是見得多了，說起自己從前的故事，口吻也這樣淺淡。「我本想為她多試試針灸，但行針灸必須脫衣，為免她名節受損，不得不加緊籌辦婚事。結果就是如此，我這輩子雖然醫好了一些肺癆，可卻沒有能治得好自己的妻子。」

這是個悲傷而諷刺的故事，蕙娘半天都沒有出聲，倒是權仲白行若無事。「好啦，故事聽完了，妳也該睡了。」

他將床頭長板移去，又敲磬喚人來，熄燈落窗簾、溫衣倒水……等丫頭們忙忙地準備過了，蕙娘也吃過了最後一道夜點，漱了口重新上床歇息，兩人也不再說話了，只是安穩合目而眠。

孕婦嗜睡，蕙娘本來近來一向是最好睡的，可今晚卻了無睡意，心裡只來來回回地想著權仲白說達貞珠的那寥寥數語。她雖未曾輾轉反側，可如此直挺挺地睡著不動，權仲白又哪裡察覺不到？

他有點好笑。「想什麼呢？又是妳自己要聽，聽了又睡不著覺……那都是多少年前的事了，快睡吧！」一邊說著，一邊不禁就轉過身來，將她攬進懷裡。

從前還哪裡要他來攬？清蕙自己都要鑽進他的懷裡來。可今日，她特別保守退縮，被權仲白摟在懷裡，也還是寂然無聲。

權仲白不禁心生憐意，他偏頭在蕙娘額側輕輕一吻，溫言道：「不要多想，那都是很多年前的事了。」

僅從他的表現來看，他似乎也不像是沈溺於往事，走不出來的那種人。蕙娘強白一笑，低聲道：「嗯，我也沒有多想什麼。」

一頭說，一頭還舉起手來，環住權仲白的脖子，同他開玩笑。「郎中啊，倷抱吾嘎緊，就弗怕……（大夫啊，你抱我這麼緊，就不怕……）」

雖說輕言淺笑、嬌俏靈動，可話中餘留難掩的一絲失落，卻似一掛金鈎，死死地鈎住了權仲白的心神。他漫不經心地「嗯」了一聲，順著清蕙的意思往下說。「不怕，我有神功護體，哪怕妳這個妖女。」

自從蕙娘懷孕以後，兩人當然未曾敦倫，權仲白有練精還氣的童子功在，偶然有了慾念，自己修行一番也就是了。蕙娘的口手功夫，因她本人身子不爽，從未派上過用場，她也並不曾過問權仲白的私人功法，今日這麼一問，權神醫又這麼一答，氣氛似乎又由僵硬而漸漸溫熱旖旎起來。焦清蕙卻終有幾分意興闌珊，只「嗯」了一聲，卻未繼續打趣，似乎又要陷入沈思。

「倒是想問妳，」權仲白不願令她胡思亂想，他有點促狹地問：「現在也有五、六個月了……都說這個時候，氣息交感，有些人是很容易就有遐思的，想得不得了呢。妳想過沒有呀？我記得前些天……」

同醫生耍花腔、比大膽，無異於是以卵擊石。焦清蕙雖然膽大包天，但始終也是個女兒家，透過帳外孤燈，他能隱約瞧見，她的臉紅了。在這一片朦朧黑暗之中，焦清蕙——蕙娘也許已覺得足夠安全，她沒有戴上那幾乎是如影隨形的面具，表現得一點都不強勢。在一層漂亮的紅暈之中，她有些侷促，有些閃躲，又有些看得分明、說不分明的東西，在暗中悄然露出一點。

權仲白心旌大動，他低聲道：「怎麼不說話了，嗯？」

「有……有又怎麼樣？」適才那不快的話題，已經全然被拋在腦後，蕙娘此時又羞又氣，待要矢口否認，又覺得不過欲蓋彌彰，夜夜同床共枕，有些事情，枕邊人是最清楚的。可要認下來，又覺得為權仲白占了優勢，被他居高臨下的調戲，很是不忿氣，再說……再說……她終究也是要臉面的。「就以你所說的，那、那不也是人之常情！」

「是沒什麼好害羞的。」每次說得她無言以對之後，權仲白的聲音裡，總是有一層淺淺的笑意。「有了慾念，解決一番也就是了，雖然不能真的做到實處，但別的辦法，自然也有的。」

話說到這裡，蕙娘的心思，真的已經飛得遠了，什麼達貞珠、達貞寶，都比不得在她身邊、若無其事地說出這一番話來的權仲白可惡。

要知道，在為人處事各方面，她都有足夠的信心和他一較長短，甚至是壓他一頭。可唯獨在這件事上，真正是沒有一點招架之力，只能任憑權仲白擺布。他明知她不服氣，還要這樣戲弄她，彷彿在暗示她焦清蕙，除了、除了真箇銷魂時之外，他還有無數手段可以從容施展，令她只有求饒的分——要是膽小些，那就現在快點逃走吧！

可她焦清蕙什麼都會，還真就不會回身撤走！雖說心思不定、喜憂參半，忐忑中略帶了驚嚇，驚嚇裡又有少少期待，可……

「什、什麼辦法！」她一咬牙、一挺胸，在黑暗中瞪了權仲白一眼，大有「我怕你呀？」的意思，只可惜在黑暗中，對方未必能看得清楚。「你是說……手、手上——」

話音未落，權仲白已經半支起身子，他垂下頭望著蕙娘，遮去了帳外送進的微光，她看不清他的臉，只能瞧見眼眸的微光。

「好比說……」他慢吞吞地說。「這個。」

這個是什麼？她才要問時，權仲白已經俯下身來，封住了她的唇！

第七十九章

雖說江嬤嬤在教導中多次提到「練得手上功夫硬，不如一條舌頭巧」，可蕙娘自己是有潔癖的，這吃飯喝水的一雙唇瓣，叫她去碰別的地方，她總是克制不住，覺得有些噁心。再說，權仲白從未用唇來觸過她身上任何一處，她知道他也是生性好潔，便越發覺得這唇舌相接的事，估計也就是一般世人會察覺得出樂趣了。心安理得，她便跳過了這唇上功夫，從未修行。直到此刻雙唇相接時，她這才……

唉，她的確也什麼都想不了了，兩處柔唇一碰，她連心都要跳出胸口。這同劍及履及，真箇銷魂相比，又是極為不同的感受。權仲白冬日會用口脂，是他自己配的油膏，無色無味，可碾在唇間，卻是如此柔滑。他輕輕地蹭了蹭她的唇瓣，便伸出舌來往裡去挑，那軟而韌的舌尖一觸唇面，蕙娘便驚喘了起來。

「我……」她才啟開唇，那舌尖便跟著溜了進來，要出口的話，最終便也只能化作了一聲輕輕的嗚咽。「嚶……」

權仲白的動作和她一樣遲疑，他輕輕地咬著她、嚼著她、吮著她、品著她，他的鼻子觸著她的，額頭印著她的，這從容不迫的、溫情的唇舌交接，竟似乎比真正的交歡還要更誘人。同那純粹追逐歡愉，多少帶了些比試意味的舉動不同，這纏綿繾綣的吻，就像是一粒含不化的糖，她怎麼舔怎麼吮，甜味都全舔不完……

直到權仲白往後撤開，蕙娘才發覺她已經不知不覺，從躲閃變作了索取，她雖食髓知味，可卻也有些不好意思，別開眼去，不敢和權仲白對視，一開口，聲音嬌得連自己都嚇了一跳。「嗯……這就完啦……」

噯，分明不是那意思，可聽著卻挺埋怨的。就算看不清權仲白的臉，她也能感覺到他的笑容。

他又俯下身來，在蕙娘耳邊戲謔地說：「妳得學會換氣，不然，妳會喘不上氣——」

蕙娘懶得聽他廢話，她收緊手臂，將權仲白扯了下來，又印上唇去，成功地封住了這張討人厭的大嘴巴。

「你上來……」過了一會兒，有人氣喘吁吁地說，聲音能滴出水來。「我……我頭偏得瘐……」

「那妳得把腿分開，不然，壓著肚子——」權仲白低聲說。「喔！」

他不再說話了，屋內一下子靜了下來，只有兩道清淺不定的呼吸互相吹拂，還有些輕輕的衣衫擦動之聲。

再過一會兒，權仲白有點驚訝。「啊，這麼——」

「不許說！」蕙娘的聲音立刻就跟了上來，她似乎有些羞憤。「誰讓你一直、一直親……」

「我可沒有一直，」權仲白說。「好久沒碰這兒了，疼嗎？」

蕙娘的聲音斷斷續續的，像是從喉嚨裡跳出來。「不……不疼，嗯……」

她今天特別羞赧，抽了一口氣，如泣如訴。「可、可……別傷到你兒子……」

「嗯，就進去一點，不至於的。」權仲白的聲音也低了下來。「妳要覺得不舒服了就說，不要忍著……」

可接下來，也就再沒人說話了……

第二天早上起來，蕙娘的臉一直都是紅的。

綠松昨晚沒有當班，自然很是詫異，還是石英拉著她說了幾句悄悄話，她這才明白過來，免不得要調侃蕙娘。「您這是唱的哪一齣？怎麼戲服還沒換呢，就畫了臉啦？」

蕙娘白了她一眼，眼波流轉處，連綠松都看得呆了一呆。

她指了指身側的小几子。「坐下來說話吧。」

綠松今天過來得晚，自然是有原因的。昨天在擁晴院見到達家人，蕙娘回來和她叨咕了幾句，她哪裡還不明白該怎麼辦？只是今時不同往日，歇芳院不是四太太的謝羅居，有些消息，沒那麼快傳到立雪院的耳朵裡，少不得，得費一點功夫。

「聽說，把兄弟姊妹們都叫過去，」綠松沒有坐，她站著給蕙娘斟茶。「的確是有用意在的。貞寶姑娘雖然是進京發嫁了，可丹瑤姑娘不是還沒有說人家嗎？」

倪丹瑤相貌中上，家世也只能算是中上，她父親沒有官職，祖父是在左都御史的位置上退下來的。近三十年來，家裡在朝堂上的話語權是漸漸地越來越小，憑良心說，這一次選秀，要能中選，多半是撞了天大的運氣，投合了皇上的眼緣，泰半可能，還是陪太子讀書而已。

這要說給叔墨，那三少夫人比起兩個嫂子來，各方面條件就又要輸了一籌啦！蕙娘眼神一凝。「說起來，娘的娘家，和倪家也是沾親帶故的……難道，這門親事，還是她親自為叔墨物色的？」

「這就不大清楚了。」綠松說。「不過，幾個兄弟，似乎也都是因為這個被叫過去的，還有兩位姑娘，也就順便跟著見一見親戚了。」

這樣一說，倒是什麼都能解釋清楚了。蕙娘似笑非笑。「娘也算是疼三弟的了，父母之命，媒妁之言的事，還特許他見上一面。」

她不再介意達家的來意，而是讓綠松坐下來。「正月裡，當歸特地來給我請了幾次安，問了幾次好。妳跟在我身邊，也見了他一、兩次，心裡覺得如何？」

綠松沒有說話。

蕙娘嘆了口氣。「大姑娘，妳到底要挑到什麼時候？當歸不行，陳皮也看不上。再這樣挑下去，人都要老啦！難道和江嬤嬤一樣，老了以後做個燕喜嬤嬤度日？」沒等綠松回話，她就半強迫地下了結論。「這可不成！我還等著妳成親以後，做我的管家娘子呢！最好還是快些生個娃娃，有了娃娃，妳就能做二小子的養娘了……」

以蕙娘的為人，能把話說到這裡，已經算是非常給綠松面子了。綠松垂下頭去，輕聲道：「那就由您給我作主，您覺得當歸好……那就是他吧。」

她現在這個態度，就算和當歸成了親，恐怕夫妻之間也不會太和諧。蕙娘有點生氣。「妳能自己挑人，已經要比妳主子幸運了，這份福氣得來不易，還要這樣糟蹋……妳回去好好想想，想不明白，就別到我跟前來！」

這個倔丫頭，居然還回了蕙娘一句。「可您現在和姑爺，不也是和和美美的，一天見不著他，您就不得勁兒……」

蕙娘城府再深，至此也不禁眉立。

綠松不言聲，跪下來給蕙娘磕了個頭，轉身就要退出去，人都到門口了，蕙娘一聲高喝——

「妳回來！」她換了口氣。「別人不明白我，難道妳還不明白我？從沖粹園出來，我是珍珠離了蚌母，心裡慌得都踩不到地了。妳常常為妳姑爺說好話，可妳想著沒有，就因為他一點都不配合，平時根本就不管內事，這都快一年了，咱們在府裡，連個知心人都沒有。元月好說是沒有回去，不然，在爺爺跟前，我簡直都沒法交代……」

國公府水太深，三個長輩連帶大哥大嫂，甚至連底下弟妹都不是省油的燈。新嫁娘攜鉅額陪嫁進門，哪一步都得走得小心翼翼，要收買人心，手段難道不多？可立雪院硬是全忍住沒使，放長線釣大魚，從僕役們的婚配開始，漸漸地就融進府中去。也因為如此，姑娘對身邊陪嫁們的婚事，是特別上心的。可到了如今，也就說成了石英、孔雀兩門親事，事關權家生意的陳皮、當歸，根本就沒能在蕙娘的陪嫁裡找到各方面都相配的可心人。人家雖然是權神醫手底下出身，可誰也沒說他們不能投靠別人。姑娘又承諾了姑爺半年不能出手，想必半年以後，姑爺也一定會事事掣肘，不讓姑娘放開手腳。能不能把這兩個年輕管事籠絡過來，幾乎就關係到了昌盛隆一案的真相……

到底是昨晚剛剛採補過陽氣，今日姑娘這一番話，說得真是精彩，綠松真有點過意不去了，她輕輕地嘆了口氣，反而挑剔起蕙娘來了。「就跟在您身邊見了幾面，這哪看得出為人？怎麼說，也得說幾句話……才能定奪吧？」

她一個做丫頭的挑剔主子，主子還被挑剔得唇角含笑。蕙娘往後一靠。「妳肯發話就好。死妮子，害我揣著孩子，還為妳多操了多少心！以後妳出嫁，打發給妳的陪嫁箱籠，就比石英少！」

綠松微微笑，看著一點都不在乎。她站起身又要出屋子，蕙娘還喊她呢。

「回來，我話還沒說完呢，妳就老要走。」

「姑爺回來了，我再待著，礙眼。」綠松指了指窗外，她掀起簾子，給權仲白行禮。「姑爺。」說著，就撂下簾子出了屋門。

蕙娘靠在炕上坐著，見到權仲白，不知怎麼的，她有點臉紅，竟不能直視相公。「回來啦。」

權仲白自己解開大氅，拍了拍上頭的雪痕，忙忙碌碌的，也沒有直視蕙娘。「嗯，是小牛美人請去扶脈……她又有喜了。」

這個「又」字，很見文章。小牛美人進宮也沒有多久，膝下猶虛，似乎也沒有小產過。蕙娘一時不禁一怔，忘卻了羞澀。「這件事，同家裡說了沒有？」

「暫時都不要往外透露。」權仲白在她身邊盤腿坐下，拿過蕙娘的手摸了摸脈門。「喔，脈象挺好，看來，孩子沒受什麼打擾。」

這句話，說得太有玄機了。蕙娘的臉「唰」地一聲就紅透了——她雖然不反對追求快樂，也不以床笫之歡為恥，但那是建立在兩個人都健康正常的情況下。為了這片刻的歡愉，冒著驚動胎氣的險，這事兒，怎麼說，怎麼都透著那樣短視輕浮，叫人羞得都抬不起頭來了……

「你就沒個正經……」她抬起頭來，眼神在權仲白的唇上打了個轉，又挪開了。「孫家還吉凶未卜呢，牛家又傳來了好消息，此消彼長之下，牛家聲勢大盛，只怕是有人要著急了。」

據權仲白的說法，封綾現在復原得還不錯，她本人性格比較倔強剛強，不以此次中風為意，依然決心多練習繡藝。很可能廣州也的確來了信，信上也不知說了什麼——總之，封家並沒有輕舉妄動，總算在朝事熱鬧之餘，宮事沒來再亂一筆。不過，在這平靜之下湧動的是何等激流，以蕙娘現在的身體，她是不可能去瞭解得太清楚了，權夫人也不會和她談這個的。一時間，這小牛美人有身孕的消息，究竟怎麼處理才對婷娘最有利，因為實在缺少訊息，蕙娘也真的盤算不出來。她瞥了權仲白一眼，見權仲白似乎對於後宮幾家爭鬥，半點興趣都欠奉，心裡多少也有數了：一時半會兒，孫家應該還倒不了……

「小牛美人身世孤苦，如今直系近親也就只剩一個老父親了。」權仲白也沒瞞著她。「她從小在姑母家長大，倒是和姑丈一家衛氏更親近。衛麒山、衛麟山兄弟，不知妳聽說過沒有？衛麒山說的是楊家女，衛麟山嘛，說的卻是他們孫家近支嫡系的姑娘，現在她父親就在衛家住呢。小牛美人有了好消息，皇后娘娘該高興了。」

他看似不問世事，實際上各種錯綜複雜的人際關係，似乎是比誰都要清楚，這一席話說下來，連蕙娘都有大開眼界之感。她雖然也聽說小牛美人入宮經過曲折，似乎和本家貌合神離，但倒真不知道，這背後還有如此故事，一時亦不禁嘆道：「能把小牛美人撬過來，可見娘娘全盛時期，也是個有心計、能辦事的人。」

「她更年輕的時候，還要好。」權仲白說。「可惜，人都是會變的。」

這語氣說不上是憐惜還是惱恨。可對照孫家今昔，亦不得不令人生出感慨。

蕙娘卻並無權仲白這麼多愁善感，她見自己精神一好，權仲白就願意把外頭的事說給她聽，便纏著他問這問那的，又勸他。「該和家裡通氣，還是要通通氣。現在宮裡局勢肯定又有變化，就算不為家裡想，你也為婷娘想想，別讓她一進去就吃虧。」

見人說人話，見鬼說鬼話。別的話打動不了權仲白，這句話倒是能令他有些觸動。他猶豫了一下，還是搖了搖頭。「瞞到選秀以後吧！我答應了她瞞到那時候的。」

這種事都會隨便答應……

年少宮妃，青年神醫，兩人都是絕色，權仲白這話一出口，蕙娘看他的眼神就有點不對勁了。「你不是一向最不喜歡有話不說穿，暗搓搓地擺弄心機嗎？」

她拈酸吃醋，總是能取悅到權神醫的，他威脅蕙娘。「妳敢把妳想的說出來，我就把妳的嘴咬掉！」

本來不打算說的——說真的，蕙娘也就是打趣他幾句而已，可被權仲白這樣一講，她倒一定要說了。「你該不會是被她的美色所迷——啊！」

權仲白真是絲毫都不客氣，鼻子頂著鼻子，額頭壓著額頭，他就這麼把蕙娘給壓制住了。他在她唇上說話，唇瓣一開一合，溫熱的氣息，便吹拂到了蕙娘唇間，合著那柔軟的觸感擦過。「我怎麼覺得，妳有幾分故——」

話沒說完，蕙娘的手已經爬到了他腦勺後頭，揪住了他的髮根，用力下壓。

「故意就故意！」她在某人唇下說，竟有些得意洋洋。「你能奈我何？」

第八十章

不得不說，雖然經過一百多年的傳承，但良國公府始終還沒有丟掉大家族的氣派。和一般豪門世族不同，因為在京族人不多，分家又勤快，國公府裡人口簡單。人口簡單，當家人對底下人的控制就嚴密而直接。一般的大家族，幾世同堂，下人和主子的裙帶關係錯綜複雜，主子和主子之間的親戚關係也不遑多讓，么蛾子層出不窮，耐人尋味的事一起接著一起。但在權家，太夫人、國公爺、夫人，這三人內部或者有矛盾，可不論是對下人還是對小輩，態度從來都是一致的。下人們雖然互相聯姻，親戚關係盤根錯節，但能頂得住事、擔當大任的管事，全是在國公府服務了三代以上的老人出身，當家人一句吩咐，當天就能傳遞到掃院子、倒夜香的婆子那裡，令行禁止，沒有人敢於玩弄什麼花招。

因此，蕙娘雖然擔心國公府內有人給她使絆子，但在如此嚴明的秩序、如此周密的防範之下，連著幾個月還真沒出什麼么蛾子。

因為選秀日期定在三月，進了二月之後，婷娘就要預備進宮初選閱看等等，權夫人比較忙；瑞雨也要專心繡她的嫁妝，學她的鮮族話；權仲白自不必說了，開春城外有小疫情，他肯定是要出面處理的，還有河北一帶也有些許疫情爆發，權神醫動不動還要出門幾天。大家各行其是，雖說蕙娘精神漸漸好轉，可卻竟只能和丫頭們作伴……就連這些丫頭們，也都忙著物色自己的夫婿，這是關乎一生的大事，蕙娘這個主子，難道還能因為自己閒著無聊，就耽誤了她們的功夫？

除了時常到擁晴院去陪老人家說幾句閒話之外，倒竟是達貞寶，時常隨著達夫人上門來坐坐，她會到立雪院來和蕙娘說幾句話。

是來看蕙娘，還是來看權仲白的呀……一般人，自然要費點心思，揣測達貞寶的用意了。同姊姊長得這麼像，是不是有了一些不該有的想法……不過，蕙娘壓根兒就不用費這個心思，達貞寶的態度很明顯：就是來和權仲白打關係的！他白天不在家不要緊，正好，和二少夫人拉關係更方便。理由都和蕙娘明說了——

「三公子身子骨不好，將來少不得是要多麻煩姊夫的……趁著伯母能時常帶我過來，大家熟稔一點，以後有了事情，我也就有臉開口了。」

這個毛主簿雖然官位低，但這幾年來其實還算是比較受寵，他是以書法上佳被提拔為主簿的，這當然只是做給人看的幌子。蕙娘稍微和焦梅一提，第二天焦梅就仔仔細細地把毛主簿的起家史說給她聽——

「一家幾個兒子都是火器專家，都沒有科舉過，只能按工匠來待，倒是便宜了主簿大人，寸功未建，還提拔出了官身。他們家三少爺，前幾年城裡火器營爆炸那一次，傷得最重，現在到了陰雨天氣就渾身疼痛難忍，還瘸了一條腿……但的確是個能工巧匠，聽說還曾經面聖過呢。」

兩家親事早定，自然不可能因為如此傷勢就鬧什麼退婚，達家雖然敗落了，但也肯定還是要臉面的。這麼沒過門就知道自己嫁的可能是個短命癆子，只能說達家姊妹的命的確都不強，達寶娘能這麼坦蕩地接受現實，已經在為了日後討好神醫太太，蕙娘還有什麼好說的？她不可能把寶娘擱到一邊不聞不問。好在一來權仲白最近的確比較忙，中飯經常都不回來吃，寶娘和他幾乎就沒有碰過面；二來，她雖然出身偏僻，但見識還算廣博，東北一地的掌故人事也知道得很多，也還能給她解解悶。

就連綠松都說：「咱們家裡的姑娘就不說了，平時往來的這幾位，也都是靈巧之輩。寶姑娘看著迷糊，其實也會做人，次次過來都討您的喜歡，說不定是覺得您說話，比夫人好使……」

夫妻感情好不好，略加打聽也就知道了。權仲白在家裡人眼中看來，是很寵愛她的，倒是權夫人，怎麼說都是繼母，比起妻子來要隔了一層。並且她較為忙碌不說，年老心冷，哪裡比得上年輕姑娘好套近乎？

蕙娘不置可否。「她要這樣想，心思就也還是淺，比不得婷娘。人家剛到沒多久，就看準了雨娘，和風細雨、正大光明的，上上下下，都博了聲好，又透著那樣敦厚老實。不愧是當作宮妃教出來的……」

要做宮妃，不求美貌，先求做人。宮裡精明人多，背景深厚的人精子也不少，怎麼處理方方面面的複雜關係，就見功夫了。好似婷娘，從東北過來，沒有多久就要進宮，她和國公府固然有血緣之親，可生得這麼大，頭回見面，同陌生人也沒有太大的區別。府裡兩房相爭，關係微妙，傾向於哪一房，對她來說都有風險，她索性就專心和雨娘結交，說了那許多東北老家的事情給她聽……雨娘心裡，能不感激？

心尖尖上的小女兒受了她的好處，權夫人一下子也就跟著被打動了。再加上本身就惦記婷娘的親祖母、對雨娘心懷歉疚的權仲白及權季青。只這閒閒一招，就不是文娘、雨娘之輩可以琢磨得出來的。達貞寶玩坦然，自揭用意，雖然也功利得可愛，但就比不得婷娘的大家氣象了。

「就是生得豐腴了一點。」綠松難免不由得嘆了口氣。「按皇上的口味來看，怕是不會太受寵了……」

「低調一點，也好。」蕙娘輕輕地捶打著腰骨。「這不就順順當當地進宮去了？從頭到尾，都沒人給她添堵，一進宮就得了美人的名分，和現在的小牛美人比，也差不離呢！」

這話說得俏皮，綠松笑了。「您這是在砢磣堂姑娘，還是在砢磣小牛娘娘？聽說，現在小牛娘娘都要封嬪了……上位這麼快，只怕孩子落了地，妃位也不是奢望吧？」

也許是因為太子最近終於出閣讀書，皇后心情不錯，也許是因為孫家雖然必須守孝在家不能進宮，但還是通過別的手段，嚴厲地約束了她，如今中宮的行動，終於漸漸又有了些章法，不論是牛淑妃也好、楊寧妃也好，現在都沒了聲音。楊寧妃「病」了，牛淑妃在忙著皇次子開蒙的事，倒是小牛美人這一胎動靜大，不但有了分宮另住的殊榮，這還在商議冊立為嬪的事呢！中宮壓制兩妃，為眾人扶起這麼一個身兼兩家人脈的新靶子，用意是很明顯的。可看破了又有什麼用？皇次子、皇三子和這個可能的皇四子之間，年紀差距，實在是太小了……

說些宮事，也不過是綠松逗蕙娘動動腦，不至於過分無聊而已，有長輩在，選秀的事也無須蕙娘動腦。因有位老侯爺最近痰湧昏迷，權仲白天天都被絆在那裡，蕙娘實在是無聊難耐，同綠松說些八卦，才稍微高興了幾分。

她輕輕地伸了個懶腰，用手背掩著，打了個小呵欠。「也不知最近朝廷裡，楊家又出什麼招了……」

這個問題就很敏感，綠松就不方便，也不敢回答了。她眼珠子一轉，正要說話時，偶然一望窗外，忽然又嚥下話口，笑著從小几子上站起身來。

「說曹操，曹操到。」她開始收拾桌面上的各色帳本花名冊——蕙娘無聊時就看這個打發時間。「寶姑娘來啦！」

「這不是四、五天前才來過一次嘛……」蕙娘輕輕地嘀咕了一句，此時簾子一挑，她臉上頓時就浮現出絲絲笑意。「寶妹妹來了——今兒腰疼，我這就托個大，不下炕了。」

「您千萬別動。」達貞寶雖然在東北常住，但說起話來還是正宗的京城風味，半點外地口音都沒有。她親熱地在炕桌對面坐下，從身邊的小包袱裡掏出了幾本書。「這是給您還書來的，順便再多借幾本……伯母還在前頭帶著丹瑤說話呢，我溜出來的。」

倪丹瑤沒有權家的背景，次選落選也是很自然的事，現在還會被帶著上門，可見倪家是很滿意權叔墨的。蕙娘對這門親事，也是樂見其成，她笑著打趣貞寶。「溜出來玩也不帶瑤娘，仔細她回頭埋怨妳。」

「我想帶來著。」貞寶還當真了，鳳眼瞪得溜圓——一旦略微熟悉，很容易就能發覺，這姑娘可能從小在東北長大，性子受到感染，是很豪闊大方的。只是略無心機，雖說面子撐得住，可私底下有時候，比較迷糊。「就是伯母把她拴得緊緊的，我給她打了幾次眼色，她也不理我……」

蕙娘和綠松對視一眼，連綠松都不禁一笑。

達貞寶眨了眨眼，吃得不是太透。「怎麼了？蕙姊姊，難不成，丹瑤真會因為這個埋怨我呀？」

「就埋怨妳了又如何？」蕙娘逗她。

貞寶想了想，似乎有些煩惱，可一聳肩，又滿不在乎。「多大的事，她要埋怨我……那就讓她埋怨吧！」

也就是這樣的人，才會大剌剌地告訴蕙娘「伯母同我說，讓我多和姊姊、姊夫來往，以後要託賴照顧的地方多了」。不管是不是真這麼迷糊，精明充迷糊，是要比迷糊充精明來得討人喜歡的。蕙娘望著她笑道：「書都看完了？」

達貞寶喜孜孜地點了點頭。「蕙姊姊這裡藏書多，這幾本我都沒有看過，尤其是幾本棋譜，我同丫鬟們一道，都抄下來了，只等著回頭細細揣摩去呢！」

她面上一紅，又有點不好意思。「上回來看了幾本什麼西洋來的幾何抄本，我想這火器也是西洋人的好，不知道……他用得上用不上……這回過來，少不得要借去抄一份了。」

「他是誰？誰是他？」蕙娘捂著嘴巴笑。「嘴上不說，心裡還是惦記姑爺呀？」

她衝綠松微微一點頭，這丫頭頓時會意地退出了屋子。

石英上來給達貞寶斟茶送點心，達貞寶自然讚不絕口。「幾次過來，點心都不重樣，色色還都這麼好吃！」

說著，便指著一碟山楂糕道：「這個是山楂做的，我倒是吃出來了，可怎麼能這樣細膩酸甜，就真是想不到了。比起市面上那粗拉拉的糕片，要可口多了。」

她的神色裡，有好奇、羨慕而無妒忌。雖說幾次過來，她頭上都是一樣的金鳳釵，而蕙娘身上手上的裝點，全是她嘖嘖稱奇的好東西，連平時喝茶用的瓷杯，她也都要讚嘆一番，但達貞寶卻只有讚嘆，而全不酸澀。在這一點上，她似乎和姊姊貞珠很像。

蕙娘正要答話時，權仲白回來了。

他進門進得急，一進來就解大氅。「可算是救回來了！娘的，十七、八個兒子、孫子，孝服都換上了，跪在堂院裡就等著哭喪呢！我走出去一句話還沒說，他們全哭上了——」正說著，他的眼神已經落在達貞寶身上，顯然是微微一怔。

達貞寶趕快跳下炕給他行禮。「姊夫。」

「來了。」權仲白點了點頭，衝蕙娘打了個詢問的眼色。

蕙娘並不理會他，而是對著剛掀簾子進來的白雲道：「帶寶姑娘去西廂裡間，把那西洋來的那些書都挑一挑，有譯本的全找出來，我記得我們有些是抄了幾份的，那就直接送寶姑娘一本，沒有抄本的，妳安排一下，抄出來後給寶姑娘送去。」她又扭過臉對貞寶道：「也免得妳還要找丫頭們抄了，我這裡有人，專門練過書法的，抄得又快又好——橫豎也不是妳看，過十幾天，抄得了給妳送去，妳倒更省事。」

「哎，姊姊疼我！」貞寶喜孜孜地給蕙娘行了禮，又衝權仲白一點頭，便毫無留戀地出了屋子。

丫頭們這才拉簾子開屏風，讓權仲白換衣。

權仲白人在屏風後呢，還抬高了聲量問蕙娘。「她怎麼來了？這好說是立雪院的外院了，一個沒出嫁的小姑娘溜過來，不大好吧？」

「怕我們家門第高，下人勢利眼吧……」蕙娘和緩地說。「現在正經地由親家夫人帶著，上門來還是笑臉，等過幾個月，親家夫人回東北了，她也出了門子了，自己一個人過來，拐著彎的親戚，看到的就不知道是什麼臉色了……也是我身上沈重，不然，她該是在擁晴院那裡和我套關係的。」

高門大戶，肯定有此弊病，這是無論如何都禁絕不了的。權仲白「喔」了一聲，恍然大悟，還又給達貞寶找了個理由。「等出了門子，妳肯定已經回沖粹園去了，她要上門，多不方便。」

他從屏風後去了淨房，再出來時，已經又是青衣翩翩，望之如神仙中人。「可她這麼著急見妳幹麼？她有事求妳？」

「是求你。」蕙娘把毛家情況略微一說。

權仲白一拍大腿。「這個肯定要照顧的，讓他們直接給我送信就成了，我難道還和親戚擺架子？」

蕙娘笑而不語，見權仲白認真不懂，才道：「傻呀！這事肯定得達家和毛家打了招呼，毛家才好上門。你見過哪個女家這麼熱情的，人還沒過門呢，這就倒貼上了。」

京城風俗，是很講究抬頭嫁女的。權仲白又恍然大悟，抱怨道：「窮講究真多……」

正說著，達貞寶也挑好書了，進來同蕙娘話別。

權仲白反而把她叫住。「妳說說，毛公子他都有什麼毛病？我心裡也有個數。」

達貞寶看了蕙娘一眼，見蕙娘笑咪咪地在一邊瞧著，便笑道：「我都同蕙姊姊說了，姊夫您問她也是一樣的。」

「我這腦子不好使，記不清了……」蕙娘道。「不要緊，妳同妳姊夫講講再過去，不差這些時辰。」

達貞寶又瞅了權仲白一眼，面上微紅，難得地忸怩起來。「姊夫別笑話我，沒過門就心疼姑爺了……」

「我哪會笑話妳這個。」權仲白笑了。「妳這是還不知道我的為人——以後出嫁了，兩家多來往也就明白了，心疼姑爺也沒什麼不對的。」他特地看了蕙娘一眼，才和氣地說：「說吧，這是哪年受了傷？」

達貞寶忙細細地說了些毛公子的事。「那年工部爆炸傷著了，本來身體就不好，有咳嗽的毛病，當時他人在屋裡，靠得很近，雖然保住命了，但一身都是鐵片，細細碎碎的，可能沒有挑乾淨，就癒合在裡頭了，天氣一冷就犯疼……」

權仲白聽得很入神，他的臉色，漸漸地深沈了下來，等達貞寶說完了，居然突發奇語。「我知道他，我治過這個人。他運氣好，當時爆炸所在的大屋裡，三十多個人，就活了這麼一個。還在最外頭，是最先被救出來的，也險，差點就沒氣了——只是腳給炸壞了，雖不必截肢，可以後永遠都不能用力……妳怎麼就說了這麼一戶人家？」

「那是從小就訂了親，」看得出來，達貞寶挺無語的，她說話也直接。「要是早知道如此，那肯定就不定他了唄……」

權仲白「嗯」了一聲，也沒覺得自己說了蠢話，他忽然站起身道：「妳等會兒，我讓人找找醫案。」便叫了桂皮來，低聲吩咐了幾句，桂皮自然轉身出去辦事。

一屋子三個人大眼瞪小眼的，倒都沒說話。權仲白皺眉沈思，蕙娘只看著兩個人笑，達貞寶瞟了權仲白一眼，又壓低了聲音問蕙娘——

「姊姊，這姊夫……難道從來說話都是這樣……不、不過腦子？」

蕙娘噗哧一聲，再忍不住笑，她前仰後合了一會兒，才假作正經地道：「妳說得很是，他就是這麼一個人。」

權仲白兀自苦思，好像根本就沒聽見兩人的說話，達貞寶也不再搭理他。也許是因為不大熟稔，她在權仲白跟前小心翼翼的，反而不如在蕙娘身前自然，總有許多話說。「對了，還沒問過蕙姊姊，你們家那官司打得怎麼樣了？滿街人現在都在傳說呢，倒沒聽妳提——」

蕙娘微微一怔，還沒說話呢，權仲白站起來了。

「桂皮找了這半天……要不然，妳跟著我到外院去吧！順便也說說他的出身家世給我聽聽，看看對不對得上號。」

不由分說，就把不知所措的達貞寶給帶出了屋子，兩個人直去了外院。

蕙娘靠在炕上，半天都沒有動彈，也並不曾說話，倒是她身邊的丫頭很有幾分驚慌。石英先悄悄退出了屋子，沒有多久，綠松進來了。

「老太爺也是這個意思，」兩個大丫頭輕聲細語地向蕙娘解釋。「聽說這邊府裡的長輩們也是這個意思，怕添了您的心事，朝堂上的事都不同您說……姑爺三令五申，說您本身心火過旺，一旦太動心機，很容易又是陽燒陰弱，再犯血旺頭暈的毛病。要不是寶姑娘不知道忌諱，一語說破，本是想等到孩子落地了再同您說的。」

「先說說是什麼事吧。」蕙娘並不動聲色，她也沒有發火。「總不在小嘍？」

「大也不大，就是比較麻煩。」綠松和石英對視了一眼。「是麻家那邊……有人告老太爺把麻家發配到寧古塔去，是擅用職權上下勾結，顛、顛倒黑白……這官司還在打，已經派人去寧古塔尋麻家人了，別的證據似乎暫時也沒有，總之，是還在糾纏著呢。聽姑爺的意思，就要耽擱上一、兩年才下論斷，也不是不可能的。」

蕙娘眼神幽深。「這是在給皇上遞把柄啊……這件事，臘月裡鬧起來的？」得了肯定的答覆，她這才微微一笑。「我說，寧妃怎麼就病得這麼心甘情願，絲毫不提皇三子開蒙的事，原來是應在了這裡。寧妃還真沈得住氣，硬是想等到朝局明朗了再……」

她坐起身來，慢慢地啜了一口茶。「是這邊府裡的幾個長輩，往老爺子那頭遞過話了，老爺子再給妳們傳的令？」

「聽爹說，的確是這邊先同老爺子商量的。」石英記憶力也好。「怕就是姑爺去給老爺子說的吧。那時候，國公爺先把姑爺叫去說了半天，第二天姑爺就去給老太爺把脈了。」

「這件事鬧得不好，是要倒臺的。」蕙娘慢慢地說。「長輩們體恤我，不讓和我說，也是他們的好意。祖父也就順水推舟，不和親家唱反調了，都能理解。」她掃了幾個丫頭一眼，輕輕抬高了調子。「可妳們今天能瞞我這件事，明天是不是就能把更重要的事瞞下來？我的人，不聽我的話，倒聽旁人的差遣……」

兩個大丫鬟都是熟悉蕙娘性子的，對視一眼，一聲不吭全跪了下去。

綠松輕聲道：「這是姑爺千叮嚀萬囑咐的，就怕您動了心力，損傷胎兒。也是情況特殊，我們才……您信不過別人，難道還信不過我同石英嗎？」

這也是正理。幾大長輩一起施壓，最重要的是，連老太爺都發話了。丫頭們不敢違背，也是情理之中。蕙娘沒打算再追究下去，這件事，追究不出個結果的。她哼了一聲。「消耗心力……你們是體貼我，不讓我消耗心力，可這又有什麼用？有人心裡惦記著我呢……」

「您是說……」兩個丫鬟神色都是一動，綠松剛才不在，還有些不明所以，倒是石英迷迷瞪瞪地說：「您是說，寶姑娘……」

「工部爆炸，是哪年的事？」蕙娘點了點桌子，不答反問。

「是承平三年吧。」兩個丫頭面面相覷，綠松先開了口。「您的意思，是疑寶姑娘這多次來訪，是……」

「如果她在承平四年以後才訂親，那就不是懷疑了。」蕙娘說。「不過，即使如此，妳們細品品她的一言一行、一舉一動，雖然處處合情合理，並無可議之處，但耐人尋味的地方，可多了去了……大奸似忠，大佞似信，她要是真有所圖，恐怕會是個難得的對手。」

第八十一章

達貞寶這一句失言，倒是給權仲白添了煩惱。他把達貞寶拉出去，小姑娘再怎麼樣，也知道自己肯定是說錯話了。

她侷促得很，在權仲白放醫案的屋子裡站著，腳動來動去，過了一會兒，居然直接問：「姊夫，我……我沒過腦子，沒想到蕙姊姊還不知道這事兒……」

「鬧得這麼大，要不知道也挺難的，這不是妳的錯。」權仲白沒怪她。「回去我解釋幾句就行了，下次過來她要問，妳就說妳也不清楚，只知道在打官司。」

達貞寶老老實實地「嗯」了一聲，又慎重賠罪。「我出言沒有分寸，請姊夫多包涵。」

權仲白和她差了有十七歲，要生育得早，說不定孩子都比她大了，他還能真和達貞寶計較？人家也是名門之後，敗落到如今這地步，要嫁一個渾身是病的瘸郎君……十四歲的年紀，就懂得特地討好堂姊夫，說起來，也的確很心酸。

「以後到了夫家，說話還是再小心一點，少說多聽。」他便端起堂姊夫的架子，教導了達貞寶一句，只是語氣和緩，聽起來似乎並未動氣。

達貞寶鬆了口氣，抬起頭來燦然一笑。「是，我記住了。」

這一笑，就更像貞珠了……

權仲白在心底嘆了口氣，正好桂皮把醫案找出來了，他便回身翻閱，越看越覺得詫異，面上卻不露出來，只問：「妳說三公子周身都有細小鐵片，疼得比較厲害是嗎？」

「是這麼說，據說疼得最厲害的時候，人只能趴著睡……」達貞寶嘆了口氣，真沒和權仲白客氣，已經問起治療的事了。「這個是再不能取出來了嗎？」

「別人做不了，是因為太細小了，而且毫無痕跡。」權仲白心不在焉地說。「但我能做……唔，妳給他送信吧！讓他打發人和我約個時辰，我去他家看看。」

這已經是權神醫最沒架子的安排了，要讓他主動上門去求著醫人，似乎天王老子都不會有這麼大的面子，達貞寶自然連聲道謝。她雖然天真豪爽，但也不是不懂得看人臉色，見權仲白似乎另有事忙，便告辭回去。權仲白讓她別進內院了，她也乖巧地答應下來，又連聲道歉。

打發走了達貞寶，權仲白就細細地看起了醫案，直到天色晚了，他才將這幾張紙摺好收起，命甘草。「去觀音寺那裡問一問，他們家少爺回來了沒有？要回來了，問他何時得閒，我找他說幾句話。」

當年的工部大爆炸，權仲白還是記憶猶新的。聽說那時皇帝命人研製新火藥，一直在調配最佳配方，都到了要緊的關口了，沒想到突然就炸了，除了毛三郎，其他人全死了，就是這毛三郎也是周身血肉模糊地打鬼門關前生生被拽回來的。剛才看著醫案，權仲白忽然就覺得有點蹊蹺。他想到了楊善榆。

楊善榆是西北楊家小五房的三少爺，自小因患有大腦血瘀之症，說話有點不利索，前幾年羅春鬧邊患時，權仲白正要出西北為皇帝採藥，被堵在了戰場，小五房聽說，便讓楊善榆的妹妹楊善桐陪著，在戰場找權仲白為他治病。因為這個病只能施針，又需時日，所以，此後幾年楊善榆便跟著權仲白到處奔波，結下了深厚的情誼。此人不喜四書五經，卻對工巧奇技愛不釋手，也喜歡擺弄火藥，現如今正奉皇命在觀音寺研製火藥呢，跟火藥有關的事，找他是再沒有錯的。

甘草默不作聲，回身就出了屋子。權仲白支著下巴，出了一回神，這才嘆一口氣，起身回內院，準備迎接焦清蕙的盤問。

以她的靈醒，這件事能瞞這麼久，也算是奇蹟了。權仲白猜她恐怕已經是問過丫頭了，但丫頭們能知道多少？具體內情，恐怕還是要來問他。以她的脾氣，和那伶牙俐齒的性子，不說狂風驟雨地嘲諷他一頓吧，怎麼也得曲裡拐彎地村他幾下，作上一會兒，才不負她的矯情。他走進內院之前，是提了一口氣的，幾乎要以為掀簾而入時，迎接他的就會是蕙娘的冷眼。

可沒想到，蕙娘非但沒有冷眼相對，反而像是根本不知道這事兒一樣，若無其事地坐在炕前，見到權仲白進來了，便道：「吃飯去吧，我早餓了。」

當晚直到入眠，她壓根兒沒問起官司的事，反倒是權仲白，心裡裝了事，她不問，他反而憋得慌，輾轉反側，竟難以成眠，過了幾天才緩過勁來——他還有些提防，以為焦清蕙是要趁他不備時，再行盤問，可這事兒居然就這樣寂然了結，再沒激起一點下文。

蕙娘安安閒閒的，每日裡就是兩飽一倒，得了閒出去請請安、散散步、和雨娘閒話片刻，再有貞寶不時隨達夫人過來探訪，不過一、兩個月工夫，胎兒壯大不說，她也漸漸地將容光作養回來，要比前幾個月的憔悴昏沈，看著宜人多了。

過了二月，雖然天色漸漸和暖，但蕙娘身子沈重，眾人商議過了，也就不令她回沖粹園去，而是在國公府裡方便照料。尤其是巫山和大少夫人都進入隨時可能瓜熟蒂落的階段，大少夫人還好，巫山是進了三月，便算是踏入懷胎十月的最後一個月了，權仲白自然也不好搬遷回沖粹園裡。這個月，宮中忙選秀，他不必經常入宮，索性就多些時間在家，一個預備巫山有事，還有一個，也是多陪陪蕙娘的意思。

這在家多了，免不得時常就遇見達貞寶。小姑娘愛讀書，每逢過府，總要過來借書還書，權仲白又關心毛三公子的病勢，因三公子一直不曾上門，他也難免問上幾句，達貞寶也急——達夫人估計是想著女方面子，沒肯幫她傳話，一個初來乍到、沒出閣的小姑娘，該怎麼出府傳話去？問得幾次，都沒有送信，權仲白也就不問了。他覺得自己急得有些過露，並且，和達貞寶的接觸也太多了一點。在他自己，俯仰無愧，但焦清蕙就未必這樣想了。

說起來，焦清蕙也夠古怪的，權仲白覺得，自從她逐漸恢復之後，自己又有點看不懂她了。她不再像前幾個月一樣，不安、惶惑都有點藏不住，一門心思，就是擔心自己為人暗害，連他走開一步都不安心。現在，她雖然也希望他儘量在側陪伴，可心思重又深沈了起來，做事又和從前一樣，開始與眾不同、深意難測了。不論是官司還是達貞寶，她都沒給出一個符合他預期的反應。

這感覺，是令權神醫不太舒服的。大抵蕙娘依賴他時，他雖也覺得依賴得有些過火，似乎不很健康，但心裡總還是甜絲絲的。可現在焦清蕙回復了可以擺布他的實力，雖然理性上似乎應當高興，但感性上是否如此，那就很難說了……

這天他去看了封綾，她已經能夠將手抬到胸前了。問知封錦不在，乃是隨皇上去離宮了，便明白這幾天內，應當是不用應召入宮，免不得有幾分高興，便一邊收拾藥箱，一邊和封綾閒聊。「封姑娘的左手針練得怎麼樣了？」

「還是有些笨拙。」封綾眉眼彎彎，病發當晚那激烈的情緒，似乎是早已經從她心頭消散了。「不過，這一病，我也想通好多事，很多事急不得的，慢慢來吧。」

權仲白早望見了那幅「辜負春光無數」的繡屏，它就掛在封綾內閨房牆上，透過高高挑起的簾子，隱約便能望見那男人俯首賞花的背影。他輕輕地皺了皺眉，沒有說話，可封綾卻跟著他的視線，扭頭也望了回去。

「這一幅繡屏，我是用了心血的。」她笑著說。「景中畫，畫中景，費了我好些心機，哥哥說要將它毀了，我說不必，這是好東西……別人欣賞不了，我能。」

從前扶脈，總有封錦相陪，封綾本身話並不多，沒想到今日有了談興，談吐居然這樣不凡。權仲白隔著簾子又再細看片刻，也不禁嘆道：「的確是繡中精品，舉世難尋。」

「以後可能都不會再有了。」封綾輕輕地說。「凸繡法傳世如今，所承也就只有三人，我師父已經嫁人生子，家事繁忙，哪有心思再繡這個？許少夫人繡功奇絕，可惜她並不愛刺繡，再者她體弱，也不適合這樣耗費眼力……」

她低下頭望著自己那白得隱透筋脈的手，多少有幾分自嘲。「我這個左手針，也就是為自己打發打發時日吧。這張繡品，可能是世間繡成的最後一幅凸繡……現在大姑的那些繡件，還有在外流傳的，均都價值千金，也許幾十年後，這一幅繡品裡的故事，再沒人能看出來了，可它本身卻還能一直流傳下去……唉，我要是早看透這一點，又怎麼會生氣呢？」

權仲白欲言又止，他低聲道：「人世間很多事都是如此的，封姑娘也不必過分介懷。妳的病情恢復得不錯，塞翁失馬，焉知非福。也許明白了這些道理，以後妳的路，會走得更舒心一點。」

封綾欣然一笑，她握住椅把，揮退眾位侍女，吃力地站起身來，伴著權仲白走出屋子。「我送先生。」

權仲白便特地放慢了腳步，讓封綾能夠調整右邊足踝——她現在雖然可以行走，但右邊身體，始終還有些僵硬。

兩人穿行一路，經過了小而精緻、正綻放春光的花園，一路都是無話，眼看二門在望時，封綾終於開口。

「這件事，我沒怨人。」她低聲說。「廣州來了信，問我事情始末，我讓少夫人不必擔心，我不會讓別人難做。」

她扭過頭，望向權仲白，誠懇地道：「這世上的恩恩怨怨，真要計較起來，誰能說得清誰是誰非？曾經我是在意的，我吃了在意的虧，才會有這麼一病……鬼門關上打過轉，我算是明白了。現在我是真的不怨，我不怨她，她心裡也很苦，大家都不容易……哥哥雖然很不高興，但還是答應了我，他不會為難她的。」

她立住腳，望向那一片鳥語花香，那一片繁盛的春光，不禁微微一笑。「此後人生，我不要再辜負春光一片，這件事，我已經全放了下來。」

權仲白打從心底微笑起來，他輕聲說：「雖說救了那樣多性命，可其中許多人，我覺得活著還不如死了好。有時我也想，學醫有什麼用呢？可能救回封姑娘這樣的人，哪怕只是一個，這醫術我便沒有白學。」

封綾微微一笑，笑意又轉成了擔憂，她抬起頭仰視權仲白。「可我放下了，哥哥卻沒有放下。我想請託先生一事，這是不情之請，可我長年在家，無人可託，您是時常出入宮廷的，也將定期為我扶脈複診……」

「我明白封姑娘的意思。」權仲白毫不猶豫地說。「令兄要有暗地裡對付孫家的舉動，我會給姑娘送信的。」

這承諾並不簡單，封綾的雙眸盈滿了感激，她低聲道：「如方便的話，便稍微留意，您不必太往心裡去，也別招惹麻煩上身。否則，我就又要放不下了。」

「這我知道分寸的。」權仲白笑道。「您不必為我擔心，兩便而已。」見封綾要再說話，他忙道：「更不必領我什麼人情，這種話，俗了。」

封綾只好作罷，自己想一想，也是失笑。「您想必也是聽慣了的，那我也不多說了。聽聞神醫最近不常在外逗留，我也不耽誤您的時間，還是快回去陪娘子吧——別同許多人一樣，白白辜負了春光啦！」

能把「春光」這個詞，一而再、再而三地拿出來開玩笑，可見封綾是真的已經不在意那張繡屏了。權仲白欣賞地望了她一眼，卻似乎又透過了這張清秀的臉蛋，看到了焦清蕙似笑非笑的容顏。

「這……很多事也不是這麼簡單的。」他不禁露出苦笑，卻不再往下多說了。「人生在世，總難免煩惱重重，能和姑娘一樣有大勇大智、慈悲心腸的人，又有多少呢？」

一路回府，他都有幾分感慨，似乎有塊壘在胸，不吐不快。畢竟，在這個遍地都是污糟的世界裡，如封綾這樣的人，實在已經是太少太少……他想同焦清蕙說一說，即使他覺得她未必能夠理解。不過，才一進內院，他就隔著窗子望見了焦清蕙的背影——非但沒在日常起居睡眠的東裡間裡歪著，而是挪到了兩人吃飯的西裡間，就連坐姿都和往常不同，她正端端正正地坐在炕上，半絲慵懶都未曾露出，脊椎挺得似松木一樣直。

再一打量炕下椅子上的兩個人，權仲白的眉頭就皺了起來。這其中一個人他不認得，另一個倒是見過一面。

那不是宜春票號的大東家，喬家大爺喬門冬嗎？

再屈指一算，這也是三月裡了，距離焦清蕙所說的「四月前必有答覆」，也沒多少時間，怎麼，連這十幾天都等不了了？

輕快的心情頓時一掃而空，權神醫不是不惱火的。他加快步子，等不及丫頭出來，自己掀簾子就進了堂屋，還沒拐進西裡間呢，就透過隔斷上頭的空當，聽見了一把蒼老的聲氣──

「您大人有大量，就放他一馬吧！」這聲氣顫巍巍的，透著那樣的可憐。「畢竟，也是幾十年的老交情了。」

「是我有眼無珠，錯看貴人。」喬門冬的聲音緊跟著就說。「我……我給您跪下了──」

第八十二章

蕙娘輕輕地合了合杯蓋，吹了吹茶面上的浮沫，她連眼簾都沒抬，漫不經心地說著客氣話。「您可別，多少年的老交情了，您是我世伯輩呢……要這麼客氣，以後見了祖父，我是要被責罵的。」

任憑他喬門冬身家巨萬，執掌著這麼一個分號遍布全國上下、力量大得驚人的商業帝國，可官大一級壓死人，再有錢又怎麼樣？一品國公府的少夫人，身戴三品誥命，真要較真起來，喬門冬是長輩又如何？一見面他就得跪！不過當時臉皮還沒有扯得這麼破，一個要行禮，一個稍微客氣一下，也就過去了。倒是這會兒鬧的，蕙娘擺明了是虛客氣，他要跪吧，面子就真不知往哪兒放了；要不跪，似乎難以平息蕙娘的怒火。這麼個四十出頭、膀大腰圓的山西漢子，一時竟就怔在這兒了。他一咬牙，站起身一掀袍子就真要屈膝。「快別這麼說，是我有眼無珠把事給辦岔了！別說這跪一跪，要能讓姑奶奶消氣，要我磕幾個頭，我就磕幾個頭……」

話說到這分上，蕙娘終於有反應了，她還是沒抬頭，聲音清冷。「雄黃。」

「誒。」她身側兩排雁字排開的丫頭裡有人出列了。

「把喬大叔扶起來吧。」她啜了半口茶，便隨意將茶碗給擱下了。「讓座換茶，上了點心來，大家好生談話，別再鬧這些虛的了。」

這話是對雄黃說的，也是對喬門冬的吩咐，這誰都能聽得出來。雄黃碎步上前，作勢將喬門冬一扶，喬大爺本來快觸地的膝蓋又直了回來，他往原位坐下，趁著幾個丫頭來回穿梭著上新茶、端點心的工夫，從懷裡掏出大手帕子擦了擦汗，同李總櫃交換了一個眼神，均都露出苦笑。

商海浮沈三十多年，走到哪裡，不是為諂媚讚揚環繞？可在這麼一個嬌滴滴的小姑娘跟前，卻被壓制得大氣都不敢喘，處處失卻了主動。縱使明知她來頭大、能耐大，氣魄也大，兩個老江湖心裡，自然也難免五味雜陳，這一絲笑意中的苦澀，實在是貨真價實。這一點，蕙娘看出來了，門簾後的權仲白，自然也能看得出來。

丫頭們掀簾子進進出出，自然是把他給暴露出來了——在這個時候，他倒不著急進門給蕙娘張目了：很明顯，人家是早有準備，悄然就把什麼都預備好了，估計就是那六分股份沒交給她，她也一樣有辦法將宜春票號的兩位大老收服至麾下。可要走開，也有點捨不得，人都有好奇心，尤其蕙娘的起居，他是完全掌握在手心的，前幾個月她得了血旺頭暈之症，健忘得不得了，情緒還極度脆弱，根本就無心關注外事，只顧著保胎了；這幾個月回到府裡來住，立雪院人多口雜，辦事很不方便，也根本沒見她的陪嫁有什麼大動作；閣老府那裡就更別說了，焦閣老忙著辦政事呢，他京裡的學生從早到晚，挨著等他見，除此之外，還有外地來京的各色官員，都盼著得到首輔大人的一、兩句指點，就算偶有空閒，怕也是在辦痲家的事——怎麼就這幾個月，兩邊都沒有一點動作，喬家的態度就來了個大轉彎呢？

正猶豫著要不要進門湊這個熱鬧，焦清蕙已經抬起頭來，衝他燦然一笑。

「相公從封家回來了？」她站起身子，親自把權仲白領進屋門，正式引見給喬人爺和李總櫃。

喬門冬和權仲白有過一面之緣，得他搭過一次脈，此刻自然忙著套關係。「從前是見過的，沒想到有幸能再重逢！」

權仲白這點翎子還是接得到的，他同兩位商界巨鱷廝見過了，和蕙娘在炕桌兩邊坐下，一邊就和蕙娘解釋。「本來還要進宮的，聽封家人說，皇上今早去了離宮。終於脫出空，這不就早點回家來看看了？只沒想到打擾妳和兩位貴客說話。」

「這算什麼打擾？」蕙娘的眼睛，閃閃發光，她今日特別打扮過，是上了妝的，也穿戴了首飾，竟和懷孕之前一樣，親和中略帶了高傲，高傲裡又透著一絲神秘，人固然美，可是氣質更美。「喬大爺和李總櫃也是上京查帳，順便過來看看我罷了——事先也不打個招呼，不然，就讓你今兒別去封家了，好說也陪著說幾句話。」

「這可不敢當！」喬門冬又坐不住了——這京城裡能有幾個封家？燕雲衛統領封錦、皇上、娘娘……權仲白終日是要和這些人接觸的，為了他特地脫空在家，別說別人，他自己都覺得他不配。「是上門給姑奶奶道喜、賠罪的，姑奶奶大人有大量，就容我們這一回吧。」

上門沒打招呼，那是昨天到了京城，今日就來了國公府。權仲白更有幾分不解了：什麼事這麼著急，連幾天都等不得？還有，什麼事，是要特地來給清蕙道喜的？

他探詢地望了蕙娘一眼，可蕙娘沒顧上搭理他，反倒是李總櫃的看出來了，他有點詫異，咳嗽了一聲，不疾不徐地就把話題岔開了，向權仲白解釋——

「您還不知道？這兩家是又要再添喜事啦！安徽布政使王大人的公子王辰少爺，高中二甲第三名，已經說定了十四姑娘為妻。這麼天大的喜事，不向姑奶奶道個喜，那哪能呢……」

春闈放榜是在最近，這個權仲白是知道的。但說老實話，這些進士就有名門背景加持，要混到他這個社交圈，也還尚需時日呢，什麼王辰、王時的，根本就不在權神醫關注的範圍內。他心下更迷糊了，但面上卻還是維持了寧靜，只微微一笑，衝蕙娘道：「喔，這件事，也公布出去了？」

這話是含了雙重的意思，蕙娘當然品得出來，她衝他一彎眼睛，看得出來，精神和心情都不錯。「還沒到往外說的時候呢，只是兩家有了默契，沒想到好朋友們消息這麼靈通……這就上門來了。」

兩夫妻這麼一繞，權仲白的茫然也就被掩蓋過去了。

喬門冬衝李總櫃輕輕地搖了搖頭，又來央求蕙娘。「這增資的錢，就由我給您出了，您瞧怎麼著？說實話，這也不是我胡說八道，去年一年，盛源給我們的壓力實在是太大了，冒起得很迅速呀，在各地又有人緣，明裡暗裡，真沒少受為難……」

「我也是宜春的股東，」蕙娘笑吟吟地說，她衝丫頭們輕輕一擺頭，眾人頓時都魚貫退出了屋子，只有雄黃留下來侍候茶水。雖說是小事細節，可只看這行動間的馴順與機靈，便可見焦家的下人們，是多訓練有素了。這樣的名門氣派，也是商人之家永遠都趕不上的。「如果必定要增資，我為什麼不增呢？喬大爺您這還是拿話在擠兌我。鬧彆扭歸鬧彆扭，銀錢歸銀錢，要您給我墊了這三百萬，我成什麼人了呢？」

喬門冬為她叫破，自然又是一番不好意思，可權仲白也算是熟悉商人作派的，他不必說話，正好得空細品喬門冬的神色——雖然面上發紅，似乎很是羞愧，可這位喬大爺眼神可清亮著呢，彷彿之前的連番自貶、在小輩跟前賠罪，壓根兒就沒能觸動他的自尊心……

看來，這一次攤牌，大家心裡都有數，喬家也是早做了卑躬屈膝的準備……權仲白瞥了蕙娘一眼，卻沒看出什麼來。她畢竟現在正處於優勢，和喬門冬不一樣，有更多餘力來掩飾心意。

似乎是半點都不計較宜春票號原來逼她稀釋股份的舉措，她在商言商、閒話家常一般地說：「您給送來的這些材料，我也都讀過了。的確，去年一年，盛源勢頭很猛，攤子鋪得又大，如果還算上支出的分紅，現銀儲備，是有點不夠了。各家增資，也是情理之中的考慮。」

她歇了歇氣，一手輕輕撫了撫肚子，權仲白這才留意到，蕙娘今日肯定是慎重選擇過服飾的，她穿了一身紅色寬袍，要不是有心人，否則一眼看去，和沒懷孕時幾乎沒什麼兩樣。

「我就是不大明白，這麼勢在必行的事，為什麼二爺不肯點頭呢？我也派人去山西問了二爺了，是否他手頭銀子不夠……」

喬門冬和李總櫃對視了一眼，神色均有幾分陰晴不定。

蕙娘似乎根本就沒看出來，她續道：「可二爺說，銀子是有，就覺得不夠妥當。一千二百萬兩，畢竟是很大的數目，我也覺得，這單單穩固金庫，用不了那麼多。可這麼多錢究竟要做什麼，他就不肯說了。」

權仲白一路跟著她的話思忖，可到現在還是雲裡霧裡的，只覺得這一句話出來，喬門冬和李總櫃的臉色都有幾分難看。

李總櫃道：「不瞞姑奶奶，我們本不知您們同王家要結親，盛源號，如今……也算是自己人了……」

隨著這一句話，撥雲見日，權仲白已經明白了大半：山西幫和權家的往來，曾有一度相當密切，可隨著魯王倒臺，風流雲散，權家是轉舵及時，蒸蒸日上了，可山西幫卻消沈得不只一星半點，他們肯定要尋找新的代言人。王家這兩年竄紅得很快，王二少爺娶的不就是那個誰……渠家的媳婦來著？盛源號股東多，渠家是大股東之一，兩家一結親，焦家倒是和渠家搭上線了。盛源票號和宜春票號之間，曲曲折折的，倒也真勉強能扯得上關係啦！

「自己人歸自己人，生意歸生意。想吃掉盛源號，其實可以明說……不過話又說回來了，要吃掉他們，一千二百萬兩肯定也是不夠……」蕙娘的聲音低了下去。「是想拉楊閣老入夥分股，再多吸納出一些現銀來？」

「您明鑑。」喬門冬欠了欠身子，他的態度已經完全恢復了冷靜。「這種對抗，肯定是曠日持久，打上十年都不出奇。老爺子眼見著就要退下來了，這都是精忠報國之輩，兩家雖然從前有些紛爭，可究竟那是多大的仇呢？楊閣老將來，是肯定會上位首輔的，沒有這個幫手，要和盛源對打，可不容易……」

蕙娘嘴角一翹，頗有幾分欣賞。「的確好謀算，想要把盛源吞掉，那是非得有楊家幫忙不可。」

即使喬家頗有過河拆橋、人走茶涼的嫌疑，但焦清蕙也真是說一句算一句，鬧彆扭歸鬧彆扭，談生意歸談生意，哪管楊家、焦家恩怨糾纏了多少年，她是半點都沒動情緒。喬門冬和李總櫃都鬆弛下來，蕙娘瞅了他們一眼，話鋒又是一轉。「可你們想把盛源吞了幹麼呢？吞了盛源，全國票號，可就只有咱們宜春一家獨大了。」

這不就正是宜春號的目的？一家獨大和二分天下，這裡頭的利潤差得可就大了，絕非一除以二這麼簡單。喬門冬面露詫異之色，李總櫃倒是若有所思。

「看來，您還是和老太爺一樣，」李總櫃慢吞吞地說。「求個穩字——」

「不是我求個穩字，這件事，不能不穩著來。」蕙娘淡然道。「宜春號現在的攤子已經鋪得夠大了，要再想壟斷這門生意，是要遭忌諱的……到時候，令自上出，要整頓你們很難嗎？吞併小票號可以，和盛源號硬拚幾招都沒有任何問題，要送楊家幾分乾股你們也都可以作主操辦，唯獨就是這吞併盛源號，以後想都不要去想。我也好，老爺子也好，都是絕不會支持的。」

她瞟了兩人一眼，眼神在這一刻，終於鋒利如刀。「你們真要一意孤行，那說不得對不起這些年的交情，我也就只有退股撤資，把現銀先贖回來再說了。」

三成多的股份，那是多少現銀？宜春號要湊出這一筆銀子，肯定元氣大傷，只怕是事與願違，不被盛源號乘勢崛起反為吞併，都算好的了。更有甚者，焦清蕙手裡這麼一大筆現銀，她難道就只是藏著？要是轉過身來把這筆銀子投到盛源號中去，對宜春號勢必是毀滅性的打擊！

這裡頭的潛臺詞，雙方都是清楚的，蕙娘也不再做作，她這句話毫不客氣，隱含吩咐之意，竟是悍然將自己當作了宜春號的主人——要知道，連她祖父，都沒有這麼直接地插手宜春號的營運。

可兩位大老也只能低頭受了，喬門冬輕輕地嘆了口氣。「您說得是，到底是立足朝堂，比我們這些幽居山西的鄉巴佬老西兒，考慮得要深遠得多了。」

蕙娘嫣然一笑。「您這也是說笑了。雄黃，把我閒時寫的那幾本筆記拿來吧。」她又衝權仲白眨了眨眼。「相公，上回就想請你給李老扶扶脈了，沒承想一直沒能碰面……」

能讓神醫扶脈，真是好大的臉面，李總櫃受寵若驚，連連遜謝。

權仲白也知道焦清蕙的意思：她這是要和喬門冬說些票號具體經營的事了。另一個，也算是向李總櫃的賣個人情。

如此小事，他當然不會不予配合。權仲白站起身衝李總櫃示意。「總櫃的且隨我來，前頭設施齊全一些。」

兩人便出了內院，往外院權仲白專門扶脈的一間屋子裡坐了。

權仲白為李總櫃扶了脈——其實聽他呼吸，看他臉色、眼珠，他心裡已經多少都有數兒了。「您這是平時抽多了旱菸吧？菸氣入肺，進了冬難免就愛犯咳嗽……」

李總櫃連連點頭。「是有這麼一回事。」

今日被迫對這麼一個十九歲的少婦點頭哈腰的，對他來說顯然是個震動，趁著權仲白開方子的時候，李總櫃忍不住就和他誇焦清蕙。「女公子真是『雛鳳清於老鳳聲』，她不比老太爺，平時國事繁忙，心思一經專注，明察秋毫之末。這一回，大爺是心服口服，再不敢與出什麼不該有的心思了。她的股份本來就占得重，如能入主票號，主持經營，只怕十年後，不說把盛源擠垮吧，但進一步拉大差距，還是手到擒來的……」

宜春號內部的結構，焦清蕙是和他說過幾次的，李總櫃股份不多，掌管了票號業務，實在是個可以爭取的物件。他幫著喬大爺擠兌清蕙，實在也可以說是本人的一次試探，只是以他的身分，肯定不能常來京城，私底下和清蕙接觸，又將犯了喬大爺的忌諱……

「她哪有那個工夫，」權仲白一邊寫方子，一邊說。「平時府裡的事都快忙不過來了……」他掃了李總櫃一眼，見他真有失落之色，才續道：「不過，這也是她自己作主的事，我就為您帶個話也就是了。」

李總櫃嘿嘿一笑，謝過權仲白，也就不提此事。他很感慨地說：「說句實在話，也就是您這樣青年有為的舉世神醫，才能壓得住女公子了。老爺子將女公子許配給您之前，我們心裡是犯嘀咕的，當時雖沒領教過女公子的厲害，可僅從幾次接觸來看，人品才能，都是上上之選，如是選贅，怕是男弱女強，終究辜負了她的蕙質蘭心。二少爺得此賢妻，日後的路，想必是越走越順嘍！」

這話暗藏深意，權仲白也聽出來了，他微微一笑，並不搭理。

此時裡頭有人出來請李總櫃。「留下來吃飯，雖說我們少夫人身子沈重，不便相陪，但二少爺、四少爺今日都得空，務必吃過飯再走。」

以他們商人的身分，要和國公府少爺平起平坐地宴飲，大家都覺得古怪，李總櫃自然也懶得吃這麼一餐飯。喬門冬估計和他是一個想法，這時候也出來尋李總櫃，兩人又謝了權仲白，這才告辭出去。

權仲白便回去尋焦清蕙——寒暄道別的這麼一會兒工夫而已，她已經回了東裡間，頭上的首飾拆卸了，寬袍子換成了棉的，唯獨只有妝沒卸掉，看著還是光彩照人，只是半躺半靠，那無形的威儀，已經換作了矜貴的嬌慵。

「今兒回來得倒是早。」她若無其事地和權仲白打招呼。「每次過去，封子繡不是都留你吃茶說話的嗎？還以為你要午飯前才回來……」

「我要午飯前回來，這熱鬧還趕不上呢。」權仲白摸了摸蕙娘的肚子，蕙娘白了他一眼。「正踢著呢，剛才妳坐得那麼正，我就想著，孩子怕是不舒服了，可看妳神色，又似乎一點事兒都沒有。」

「踢得一陣陣的！」蕙娘也就只能和權仲白抱怨了。「小歪種就會分我的心，給我添亂……」

能順利壓服宜春票號，女公子顯然是有幾分開心的，她衝權仲白齜著牙笑了一下。「嚇著了吧？當時就和你說，四月之前，必能解決的。」

「妳和他們怎麼說的？」權仲白問。「王家這親事，是早就定下了？妳卻不和我說，早知道，不喊季青來幫妳了。」

「當時也的確需要一個人唱唱黑臉。」蕙娘還是領這個情的。「……算你有點良心吧，好歹是幫了我一把。」

她沒瞞著權仲白，一邊用點心，一邊就和他說了具體的安排佈置。「王辰要說文娘，那肯定得中個進士，也只有中了進士，才能談親事。盛源祟號現在巴上了王家，那也是眼看著幾年內就要回京入閣的人物，又和我們家沾親帶故的，宜春號還能鬧什麼么蛾子出來？和商人打交道，就得從商人的心思去想事，他們想擠盛源票號，為的還不是銀子？又不是單純要和我置氣。拿準了我只能稀釋股份，也是因為即使退股，大筆現銀在手上不花，只能招惹禍患，現在一聽說我有了新的投資渠道，還不魂飛魄散？消息一傳過去，他們就趕過來賠罪了。我稍微拿捏一下，定了各家增股一百五十萬，這事就算了了。喬大爺一個勁兒地給我賠罪，還說要你沒事去山西玩，我都有一句沒一句地應了。」

有些威脅，不必形之於口，聰明人自然有會於心。權仲白想了一想，道：「看來，在這一次下馬威不成之後，往後他們是不會給添堵了。」

「也就能管個幾年吧。」蕙娘搖了搖頭。「他們想拉楊家入夥的心思，只有更熱切的。商人不會管政治上的事，老太爺還在位的時候，他們不會再興風作浪，可等老太爺退位之後，我們要還是這個樣子，他們肯定會再動心思的。」

這還是蕙娘第一次直接地和權仲白談到爵位歸屬的事，權仲白不置可否。「楊家未必會入夥票號，他們家的錢已經夠花了。再說……」他看了蕙娘一眼，不想往下說了。

蕙娘卻不依不饒，一把抓住了他的袖子。「這又怎麼說？你別藏著掖著的，你瞧我和你說話，就沒留一點底。」

「再說，瑞雲的公公要想當首輔，」權仲白說。「也不會入股票號的。你們家入股票號，是先帝臨終前都耿耿於懷的事，這件事，老太爺也許沒告訴妳吧，但起碼皇上是心知肚明。現在票號的力量，誰都是看得出來的，一旦入股票號，政經雙方面都大權在握，後宮還有個寧妃，楊家那就不是鮮花著錦了，那是找死。就是你們焦家，當年上位首輔後，因為宜春號發展太快，也不是……」「差點滅門」這幾個字，權仲白硬生生地吞了回來。

他沒往下說，蕙娘也不問了。她面上掠過一線陰影，到底還是放過這個話題，沒有和權仲白糾纏著宜春號分股的事。

「走一步看一步吧。」她說。「反正這銀子，從來也都不是白賺的。」

「我就是好奇，」權仲白慢慢地說，他深思地望著蕙娘。「妳從去年九月，就如此篤定四月前此圍必解……如果王辰沒中進士，親事未成，那妳還留有什麼後手不成？看起來不像啊……」

這話題再往下說，那就敏感了。蕙娘也就是因為這個，之前不大想向權仲白交底，可今天這麼不巧，他幾乎是聽聞了整個會面，對事情的參與度也到這個地步了，即使她不點明，權仲白難道自己就想不出來？這個人就要有什麼琢磨不出來的，恐怕從來不是出於笨拙，而是他本人不想去琢磨而已。她在琢磨他，他何嘗不也在琢磨她？時至今日，恐怕對她的作風，他心裡也早都有數了……

「焦家有焦家的面子，王辰那個身分，沒有進士功名，老爺子對文娘都交代不過去。可老人家這幾年就要下去了，未必能等到三年後再退。」她淡淡地道。「文娘年紀到了，也等不起三年。王辰這一科不中，親事不成，傳承的擔子也就交不到他手上。盛源號這麼多年來好不容易攀到了一條大腿，你說，他們會容許王辰落榜嗎？」

也就是因為科舉終有風險，在親事定下來之前，蕙娘是絕不會四處亂放消息的。把時間拖到四月，一切順理成章，問題迎刃而解。宜春票號的人就有不該有的猜測，那也終究沒有任何真憑實據……

權仲白不禁悚然動容。「掄才大典，豈是兒戲？妳的意思，這是——」

「我可什麼都不知道。」蕙娘一癟嘴。「不過是瞎猜一通，和你取樂而已，你可不許出去亂說啊！不過，王辰的確也有幾分真才實學，他的文章應該作得不錯，不然，也不會有這麼好的名次……」

她嘆了口氣。「罷了罷了，文娘本身資質也沒有太出眾，有了這麼個功名……勉強算他配得上吧。」

這可不是開玩笑的事！科舉舞弊，一旦查出來，那是從上到下要一擼到底的！休說王布政使遠在外地，尚未入閣，就是焦閣老要事先透題，都必須費上極多手腳，並且收益和風險絕不配襯。權仲白想不通了。「盛源號就為了他出手，那也是經不起追查的事，稍微一聯想這裡頭的利害關係——這種事，沒有事過境遷一說的，難道為了上位，他王家連這樣的風險都願意冒？」

「你難道沒覺得，這些年山西籍的進士越來越多了嗎？」蕙娘靜靜地道。「老西兒有了錢，樂於支持本鄉的讀書人，本來也不是什麼稀奇的事。可天下有錢的地方多了去了，川中鹽商有沒有錢？揚州、蘇州、杭州、福州，有錢人遍地都是，為什麼就是山西一帶，出的進士逐年增多呢？」

在權仲白驚駭的神色中，她輕輕地搖了搖頭。「很多事，官做不到的，商人卻可以辦得到。有山西幫的全力支持，王辰這個進士，還真不算多大的事。」

權仲白一生人最憎勾心鬥角，哪裡從這樣的角度去考慮過問題？略加思索，便真是憂心忡忡。他忍不住問：「妳祖父都意識到這個問題了，怎麼還不肅清吏治？起碼不能讓選拔官員的制度被一群商人綁架吧！」

「用不著你多操心！」蕙娘噗哧一笑，她戳了戳權仲白的胸口。「你當皇上為什麼那樣打壓山西幫？還不就為了這個。他們上位者，最忌諱的就是別人來分自己的權，只會比你更敏感十倍，不會這麼遲鈍的，傻子！」

比起她隨意揮斥之間，就將宜春票號的危機化為無形，權仲白似乎是無能了一點。可他並沒自慚形穢，眉頭反而皺得更緊。「慢點，這個王辰，今年也有二十多歲了吧？」見蕙娘神色一僵，並未回答，他心裡有點眉目了，又進一步問：「他弟弟都成親了，自己怎麼反而沒有婚配？」

「也是續弦，元配幾年前去世了。」蕙娘垂下頭去，不看權仲白了，她答得依然很坦然。

「幾年前？到底是幾年以前？」權仲白盯著問了一句。「又是什麼病去世的？」

「唉……」蕙娘輕輕地嘆了口氣。「差不多，就是子喬出世那一年前後吧。什麼病，我們沒問，有些事，不必知道得太清楚。」

是巧合還是有意，真是說不明白的事。好比蕙娘，當時為什麼說四月前見分曉？王辰一中榜、兩家一說親，宜春票號還不是什麼都明白了？這是在這兒等著呢！可在他們來說，也只能是會意而已，真要建立起一條邏輯線來指責焦家早做兩手準備，那也是沒影子的事。王家的意圖也是如此。

權仲白什麼都明白了，可又什麼都說不出來。焦清蕙今日的威風八面、舉重若輕，實際上，還不是她妹妹焦令文的親事換來的優勢？

他的眉頭緊緊地擰了起來，注視著蕙娘，眼神全未曾移開，好半日才道：「我覺得，妳和妳妹妹的感情，應該還是挺好的。」

「我和我祖父的感情也很不錯啊！」蕙娘早就做好了準備，她輕聲回答。「你和你繼母直接，難道就沒有真情意了嗎？我們還不是成了親？」

政治上的事，本來就同私人感情沒有一點關係。政治世家的兒女，難道還有誰不清楚嗎？

「我的確不是什麼良配。」權仲白沈聲說。「可還不至於為了榮華富貴，把妳給害了。要不是清楚這一點，恐怕妳祖父也不會讓妳把票號陪嫁過來。可王家如此行徑，在老爺子下臺之後，我看令妹的結局，恐怕不大好說啊。」

蕙娘的眼角，應聲輕輕跳了一下。「所以說，我心裡裝著事呢……」她似乎根本不以權仲白話中的複雜情緒為意，抬起頭幾乎是抱怨地道：「老爺子要這麼安排，我有什麼辦法？從小就沒打算給文娘說高門，性子養得那樣嬌貴，以後她肯定是要吃點苦的……到底還不是要靠我？」

「靠妳？」權仲白有點吃驚。「妳再能耐，她也是出嫁的閨女——」

「老爺子讓我把票號帶過來，」蕙娘說。「不就是看中了你們家的忠厚門風嗎？對門風忠厚的人家，可以依靠你們的良心，對於沒有良心、一心只想往上爬的人家，只好依靠他們的上進心嘍！只要你這個神醫榮寵不衰，文娘在夫家的日子，就不會太難過……」她露出一個沒有笑意的笑容，略帶戲謔地道：「其實說到底，靠我也還是靠你嘛……不過，以相公的慈悲心腸，自然也不忍得文娘太受氣的，你可是肩負重任，要奮勇向前喔！」

權仲白一時，居然無話回答。他像是終於真正地揭開了焦清蕙的面紗，碰觸到了她的世界，跳上了那一葉屬於她的冰冷、黑暗，為無數礁石和激流包圍的輕舟，這輕舟上承載了驚天的富貴，承載了無數嬌貴的講究，也承載了爾虞我詐、明爭暗鬥，承載了骯髒而真實的權錢交易、權權交易——這些事可能非常醜陋，可能只存在於潛流之中，與大部分大家嬌女沒有半點關係，但它的確存在，它就存在於焦清蕙的生活裡，存在於她的富貴之中，勾染出了她的一層底色。

在這一刻，他明白了一點她的邏輯、她的魄力、她的胸襟，他也真正明白了她說過的那句話。

如此富貴，又豈能沒有代價？

「如果……」一開口，居然是風馬牛不相及的感慨冒了出來。「如果妳是個男人——」

屋外忽然傳來了急切的奔跑聲，有小小的騷動一路蔓延了過來，很快就進了立雪院窗前，有兩路人馬幾乎是不分先後地闖到了東裡間裡。

「二少爺！」、「二少爺！」

一開口，也都是氣喘吁吁——

「大少夫人已、已經發動了！」、「巫山姨娘已、已經發動了！」

第八十三章

雖說是雙喜臨門，可誰也沒想到居然真這麼趕巧，這兩個人懷上的時間，大概只差了有半個多月，發動起來就更趕巧了，巫山拖晚了幾天，大少夫人提前了幾天，竟在一天之內都破了水！權仲白只好先到臥雲院看了看情況，見巫山這裡一切順利，便又到林家去了——大少夫人發動得早，都沒來得及回夫家生產。

權伯紅和國公府派出去的接生婆子，已經趕往林家，權仲白雖然不好在血房裡待著，但進去看看情況，產後及時開點進補方子，也還是要的。

女人生產，是最沒譜的事，國公府上下，估計是在意的人都去林家了，留下來的幾個主子都很淡定。良國公在做什麼，蕙娘不知道，權夫人、太夫人倒都起居如常。蕙娘就更不會在這種時候出去吸引注意力了，她用過早點心，過一會兒又吃了一點午飯，小睡起來，便和雄黃、焦梅、廖奶公商議著給宜春票號解銀子的事。

中午發動的，到了晚上，巫山這裡還是一點消息都沒有，連林家也沒有消息送回來。立雪院裡的丫頭們，是有點幸災樂禍的：這要是都生了兒子，巫山這一位落地還稍早一些，那可就有看頭了。

蕙娘也能理解她們的心思，她雖然絕不會參與，但也不曾板起臉來訓斥螢石和孔雀——

就是她自己，等到晚上該就寢的時候，也都還沒有睡意呢。九個多月的等待，這就要揭盅了。這充滿了風險的博弈，眼看著也就要有個結果……要說不好奇，她自己都覺得自己有點沒人性了。

直等到後半夜，倒是府裡先得了好消息：巫山這邊，自然也有經驗老到的產婆等伺候，雖然年紀小，又是頭一次生產，但生得不算難，開了五指以後沒有多久，就看到了孩子的頭。生了個女兒，倒是母女平安。

孕婦渴睡，得了這個消息，蕙娘也就實在撐不住了，眼皮一沈。

第二天早上蕙娘起來的時候，權仲白都回來吃早飯啦——大少夫人產道開得慢，還是權仲白給扎了一針促產，孩子這才落了地。她年紀大比較吃虧，生得也久，眼下孩子才落地沒一個時辰呢！但足以令眾人高興的是，經過這十多年的等待，國公府裡，總算是迎來了嫡長孫！

「好消息。」就算心裡有別的想法，蕙娘也不會在這時候和權仲白吵架。「大哥大嫂一天抱倆，兒女雙全，這是福分不怕晚。」

權仲白也頗高興。「最難得是孩子中氣十足！本來母親年紀大了，孩子元氣虛弱的情況比較常見，這麼母子平安的，倒是不多見。」

因為孕婦是不能去探望產婦的，蕙娘也就沒費事客氣這個，她和權仲白閒話一會兒，就催他去睡了，難得比較溫存。「耽擱了一天一夜的，你也累著了吧？好歹歇一會兒再起來吃午飯。」

「我還有話要告訴妳呢。」權某人又生枝節。「昨兒談到一半就走了，沒顧上這一茬。」說著，就把李總櫃的那一番話複述給蕙娘聽，又笑道：「聽到沒有？人家言卜之意，連我配妳，都有點高攀了呢！」

他現在心情好，自然愛開玩笑，蕙娘的心情卻沒那麼輕盈，她沒好氣地說：「這個李總櫃，這又兩邊賣好了。明知道我不可能接過掌事大權，還這麼說話……肯定是和喬大叔打過招呼的。這麼虛情假意地來挑我，有意思嗎？」

這也不出權仲白的所料，只要焦清蕙還當著二少夫人，就不可能脫身出去領導宜春票號這頭巨獸。她再精明能幹，要接過這個擔子，也得要付出許多心血與時間，而要克服眾人對女子的偏見，更需要漫長的過程。

「妳要是個男人就好了。」他將昨天沒說完的話給補全了。「我昨天就想說，以妳的魄力來說，後宅爭鬥，根本是雞毛蒜皮的小事。妳實在應該是或者投身宦海，或者一心經商，在江湖中闖蕩出一番名號來的。在沖粹園、立雪院裡待著，是有點委屈妳了。」

這一番話最妙在哪一點？妙在權仲白平時是從不說場面話的，要他甜言蜜語，還不如要了他的命。正是因為句句都發自赤誠，聽著才這麼動人。蕙娘的唇邊，不禁浮起小小微笑，她又作起來了。「知道委屈就好……知道委屈，你還不待我好點？」

「我待妳還不夠好啊？」權仲白叫起屈來。他今日終究是高興的，咬了一口饅頭，想了一想，忽然心頭一動。「宜春票號的事總算是有了結果，妳現在精神也日益見好，成日這麼悶著，不覺得無聊嗎？」

蕙娘嘆了口氣，望了他一眼，雖沒說話，但眼神已經足夠表明態度了。權仲白也理解她的為難——現在他越來越瞭解焦清蕙，也就越來越能揣摩她的思維了。她必定是很無聊的，可一來為胎兒著想，二來也是為了在長輩心中取得更好的評語，事來找她可以，她去找事，那卻是絕不能的。

「現在大嫂生子，月子裡我肯定要時常過去林家照看。」他多少有些惡劣地添了一句，見蕙娘眼色深澤了一點，不禁也是暗自好笑。嫡長孫名分既定，洗脫了不能生育的陰影，長房繼位，恐怕是難起波折了。焦清蕙這會兒心裡還不知有多難受呢，可這難受卻絕不能露出來，在他跟前，尤其要若無其事——也難為她了。「毛家這件事，我就很難繼續留意了。妳和達姑娘來往的時候，可以設法留心，催她給毛家送信。親家的好意，毛家不能不視若無睹，肯定要打發人上門來請的。最好在四月裡，能把這件事辦下來。」

以他權神醫的身分，要給一個病人扶脈，還用為此做作？只怕稍微一發話，多得是人要撲上來請呢！就直接去毛家登門問診，難道毛家還會把人趕出來？他猜著蕙娘是必定要有所疑問的，可沒想到蕙娘居然還是不問，只微微一怔，便行若無事地應了下來。

「喔，好呀，下回寶姑娘再來，我肯定為你辦了。」

一次不問、兩次不問、三次不問，都可以解釋為焦清蕙明知達貞寶即將出嫁，兩人偶然交談，也都發生在她眼皮底下，她不必發話，免得招惹了妒忌嫌疑。可這事情明知是有蹊蹺了，她還不問——這可把權神醫憋得壞了！他本來也打算去休息一會兒的，可被蕙娘這一鬧，上了床都輾轉反側的，倒惹得炕上的蕙娘直發笑。

明知相公在拔步床裡休息，她不去別的屋裡看書閒坐，非得在裡屋待著，簾子也不拉，陽光明晃晃就照進來了……這還笑呢，明顯就是知道他被憋得不行，故意要看他的笑話。這個焦清蕙，真是處處不壓人一頭、逼得人主動讓步，她是絕不會消停的。前幾個月恨不得長在他胳膊上的那點馴順依從，全都不知飛哪兒去了，這人才好一點兒呢，就這麼得意洋洋、威風八面的……

權仲白也有心忍一忍，他實在是一見焦清蕙這個樣子——泥人也有土性子，就想和她鬥一鬥，可焦清蕙有的是時間，他沒有呀！這會兒休息起來了，他還得去巫山那裡看看；這幾天都沒有給府外候著的病者們扶脈了，他心裡也過意不去；再有往年這個時候，桃花汛起，黃河下游很可能會爆發瘟疫——這皇上終究也是要從離宮回來的，還有皇后的病情、楊寧妃的「病」情，他要做的事實在是太多太多了！焦清蕙說她心裡裝著事，其實他心裡的事，未必比她少……這場小小的局部戰役，他終究是要低頭的，焦清蕙也就是清楚這一點，才笑得那樣開心吧？

她開心，權神醫也有點想笑，但在想笑之餘，到底還有些被打敗了的不開心。他一掀床帳子，威嚴地道：「過來。」

蕙娘在炕上側臥著，手撫著肚子，不知在出什麼神呢，見他投了降，她一翹嘴，得意之情根本就無意掩藏。「過來幹麼？」

「妳這個人，難道就沒點好奇心？」權神醫有點發急了。「雖然說關照貞珠的親戚，是題中應有之義，但我也沒那麼空閒吧，次次回來見到寶姑娘，我都要問她一句？我就不信，妳一點也不想知道這背後的文章！」

「背後的文章？」蕙娘拉長了聲音，很明顯，這隻精神十足的小野貓，正享用著自己的勝利呢，他越發急，她就越是開心高興，就連聲調，都透著那麼胸有成竹。「你這麼危言聳聽的，不知道的人，還以為你打什麼壞主意呢！不就是想查查工部爆炸的事唄，這有什麼難猜的？根本就是一目了然，也就是你這傻子，才遮遮掩掩、諱莫如深……」

權仲白這回是貨真價實地打了個磕巴：宜春票號的事，尚且還能說是焦老太爺布局好，引入王家作為牽制，不動一兵一卒，穩穩就壓住了喬家的異心。可這工部爆炸一案，他就有懷疑，也從來都是掩藏在心裡，並未向任何一個人提起過此事，但聽清蕙的意思，竟是了然於胸已有一段時間了?!

「妳是怎麼知道的？」他一下子就失去開玩笑的心情，也顧不得那兒戲般的意氣之爭了。連一夜未睡的疲憊、迎接姪子降生的喜悅，也都全被摒除了出去，權仲白直起身子，語氣嚴肅了起來。「有同別人提起過嗎？這件事，最好是連一個字都別提……是我露出了什麼破綻？快告訴我，也許我還能遮掩一二。」

蕙娘顯然沒想到他竟這麼認真，她也沒有再逗他，而是老老實實地道：「這並不難猜啊……工部爆炸，廢了多少年才研究出來的火藥方子，整個研究都拖慢了一、兩年，直到楊家偏房那個大少爺橫空出世，這才又發展起來。可偏偏到最後，炸了那麼多次，還是炸出了原來那張方子。既然方子沒事，為什麼會爆炸呢？還炸得那麼猛？那就很有可能是人有問題。一屋子俊才，就剩毛家三公子一個人活著出來，我雖不知道你為什麼要攬事上身，但你想查他，也不稀奇。燕雲衛肯定已經把他一家都梳理幾次了，估計也沒查出毛病來。」

她有條有理地往下推。「雖說寶姑娘為人豪邁而沒有心機，似乎和前頭姊姊很像，但以你為人，如果動了心，肯定反而會更加迴避此女。她幾次過來，你回來撞見，不但不走，還要閒話片刻，再問問毛三郎的病情。結合那天你真的找了病案出來，研究了那麼一段時間，又打發人去給楊少爺遞話的舉動來看，這明顯是想要上門重新為他診治，重新找出一點線索——可你不能無故上門，得借達家這個話口過去。這……有什麼難推的？」

聽起來是不難，可能抽絲剝繭、見微知著，僅從權仲白對達貞寶反常的熱情，就推論得這麼細緻入微，其中需要的眼力、胸襟、冷靜、細密，又哪裡是一句「這有什麼難的」能概括得了的？

權仲白對焦清蕙這個守灶女，實在一直是有幾分不以為然的——除了格外野心勃勃之外，似乎也看不出她的出眾。宜春票號一事，算是她小露鋒芒，也還不能將功勞全歸在焦清蕙頭上，此刻這麼一席話，終於是把權神醫說得啞口無言了。守灶女就是守灶女，焦家兩代俊才傾注了無限心血澆灌出來的人物，能簡單得了嗎？

忽然間，他又有點不想把這件事交代給清蕙了：恐怕以她的聰明，一旦牽扯進來，必定能推測出更多訊息。畢竟是懷孕的人，不好讓她過分耗費心神吧……

可話趕話說到這裡，他不能不給蕙娘一個回答——她的猜測，究竟是猜中了還是沒猜中呢？而一旦給出了這個答案，以她多年在焦閣老身邊伺候所接觸到的種種訊息來看，她未必不能就自己推測出正確答案來……這裡頭要花費的精神，可就更多啦！

「的確。」權仲白也只能往下走了，他低沈地說：「這件事，是有許多疑點的。我對毛三郎印象很深，他是傷勢最重的病患之一，事發當時也在屋裡，身上的確是嵌進了一些精鐵粒，為了一一取出，我頗費了一番功夫。但，我記得很清楚，當時他的傷勢，全集中在胸前正面，這些鐵粒的數目，也不會太多。」

焦清蕙頓時神色一動，又一次證實了她的靈敏。「火藥中夾雜鐵粒，也是傷人的妙法，爆炸時嵌入體內，並不稀奇。事發突然，他就算在屋子周邊，被波及也不是什麼大不了的事……其實就算背面受傷，也沒什麼好隱瞞的，畢竟他當時完全可能轉身而出。」

權仲白深吸了一口氣。「但背面受傷甚重，卻一語不發、毫不解釋，甚至還在我跟前掩飾去了這一背的傷口，如果貞寶所言是真……這就非常可疑了。」

他輕輕地按住了焦清蕙的手背。「如果不是男女有別，這件事，我不會交給妳。試想若有人從中弄鬼，他們的能耐該有多大、用心該有多狠毒？對他們來說，人命是根本不在眼裡的。妳設法催促安排，讓達家把消息送出去就夠了，別的事，不要多管——記住，不要流露出著急的神態。這件事，別和達夫人談，貞寶還是個小姑娘，心思單純，她不會意識到不對的。」一邊說，權仲白就邊有些後悔，他不禁扣緊了蕙娘的柔荑，再叮囑了一句。「絕對不要往裡深入了，就辦好這件事就成……」

焦清蕙眼波流轉，眼中神采蕩漾，沈思了好一會兒，這才曼聲道：「知道啦、知道啦，這件事，我一定給你辦好。」

不知為什麼，她竟是神采奕奕，大少夫人產子的消息所帶來的鬱悶，似乎已經一掃而空……

第八十四章

進了四月，權仲白果然忙了起來，第一個皇上身體有恙，第二個家裡有兩個月子裡的產婦，總要稍微關照一番。就這麼兩點，已經是忙得不可開交，更別說河北一帶果然又有小規模的疫情爆發。雖說蕙娘懷孕已經進入第八個月，但他在家的時間，倒是比前幾個月都少了一些。

他不在家，權夫人就經常過來找蕙娘說話——雖說長輩的過來小輩院子裡，多少有些不大合乎規矩，但畢竟是出於關心，家裡人也沒誰會在這件事上討嫌，兩婆媳倒是比從前都走得更近了一點點。權夫人還把自己預備的產婆給蕙娘介紹了一番，讓她自己準備的燕喜嬤嬤，同這八個經驗老道、城裡城外都有名聲的接生婦多加熟悉一番，連著季嬤嬤都一道來磨合，圍繞蕙娘生育時可能出現的種種險情，逐一都要作出應對的方案來，此人做什麼、此人又做什麼，是從這麼早就開始分配演練了。

自己家裡出人，就不用擔心生產時為人暗害，權家也有婆子在屋內，甚至還有太夫人的季嬤嬤當個眼線，這就能有效地隔絕了偷龍轉鳳、貍貓換太子這樣異想天開的手段。聽權夫人的語氣，巫山、大少夫人生產時，屋子裡充當眼線的，還是她身邊得用的管事嬤嬤，和良國公自己派出、府裡幾代老人出身的管事婆子。如此多重眼線，是根本就容不得任何一點異樣的用心。權夫人講給她聽，多少也有點警告蕙娘的意思：可不能看著長房領先了，她就鋌而走險，玩弄些注定會被識破的花招。

蕙娘自然也不會做此想法，說到底，她今年才十九歲，生育機會有的是，第一胎是女兒又如何？無非再蹉跎幾年。只看大少夫人產子後，國公府的平靜反應，便可知道老大夫婦望穿秋水盼來的這個兒子，根本就不是讓他們登上世子之位的聖旨，不過是一根讓他們留在局中的稻草而已。步步順當然是好，可一步走得不順，她也不是不能忍耐蟄伏。這條路不通，還有另外一條，只要能把權仲白牢牢地攏在手心，長輩們終究會為她鋪出一條登天道的。

只是兩相比較之下，似乎生子上位這條路，還比另一條要更簡單一點。權仲白這個老菜幫子，幾乎占盡了優勢，又哪裡是那麼好馴服的？自己不被他套上籠嘴，那都好得很了。

如今天氣漸漸地入了夏，早晚風涼時候，蕙娘也經常出來散散步，偶然到擁晴院裡走走，也撞見達夫人幾次——達貞寶倒還和往常一樣，經常到立雪院裡尋她說話，權仲白在家不在家，對她似乎沒有一點影響。

這一日達貞寶過來的時候，蕙娘正準備出去遛彎兒（注）呢，索性就帶她一起在園子裡繞。

達貞寶道：「這次過來，沒見到世伯母，我伯母在老太太那裡呢。」

「婷娘今日行冊封禮，」蕙娘漫不經心地說。「雖說只是個美人，但好歹也是喜事，娘就進宮去了。說起來……妳這幾次過來，怎麼都沒見到丹瑤？」

「前幾日有人上門問八字，」達貞寶笑道。「瑤娘害羞，躲著不肯見人呢！正好她一個親戚也在京城，就把她接去玩幾天。」

這麼快就說上親事了？蕙娘有些詫異。權叔墨的婚事，她當然不知道，權夫人也是提都沒提，現在看來，應該是沒成——這倪丹瑤那邊，無論如何也不可能拒絕國公府吧？這就是權家到底還是沒看上她了？可論她個人條件來說，能夠參加選秀的，性格才學，也都不會太差吧……

她都不知道內情，達貞寶自然更不會知道了。兩人在權家後花園內走了一會兒，蕙娘有些疲憊了，便帶著達貞寶在水邊花蔭處坐下休息，因便笑問達貞寶。「她倒是慢了妳一步，一樣的年紀，妳都說了人家了。婚期定在什麼時候呀？嫁妝都繡得了沒有？郎君可曾相看過？」

達貞寶說起親事，一直是有一點羞澀的，腮邊染上微紅，看著也別有風情，她　一地答了，又嘆了口氣，不待蕙娘問，自己都說：「姊夫心意拳拳，幾次見我，都問起三公子。可伯母管束我嚴格，這實在是送不出人去傳話。我這會兒倒是怕見姊夫，覺得辜負了他的一片心意呢。」

倒也是乖覺，自己一提起這婚事的話口，就預先堵了這麼一句。

可蕙娘會答應權仲白這個請求，自然不是為了那虛無縹緲的工部爆炸案。她對於權神醫

注：遛彎兒，意指外出散步。

不務正業，閒著無事要客串大理寺提刑官的熱情，其實還有幾分不以為然，如他所說，倘是有人主使，如此膽大包天的亡命徒，什麼事做不出來？只是老菜幫子打著她懷孕了不能費心的名號，自說自話地這就給調查上了，她也不能不幫他一把……唉，到底是夫為妻綱，他這是根本還沒成心對付她呢，她就已經要這麼為他操心了。要是兩人沒有這一層夫妻名分，別說她焦清蕙了，手底下隨便一個丫鬟打發出去，恐怕權仲白都要吃不了兜著走。

再說，一拍兩響、一舉多得、四面賣乖的事，也一直是很合蕙娘胃口的。

「唉，妳才來沒多久，不知道妳姊夫的性子。」蕙娘真心實意地嘆了口氣。「這個人，行事是處處出奇，他是個自由自在的佳公子，就根本不去考慮我們女兒家的難處，哪裡想得到妳派人送信有多困難呢？他想不到的……」

說起來，達貞寶這幾個月，幾乎十天半個月總要過來一次，兩人也算是相當熟稔了，她見識廣博、豪爽明朗，並不是那等乏味無趣、不值得來往的所謂大家閨秀，而蕙娘又要籠絡達家的讚許，為自己博得個賢慧的名聲，因此兩個人妳來我往，還真是好來好去、相當親熱。

蕙娘這話就說得很順理成章，她體貼達貞寶。「我也為妳想過，要不，就讓妳姊夫直接上門去吧……可也不怕妳惱，妳姊夫畢竟身分放在這裡，連皇上有時候都要請他呢，這麼忽然地巴上門去，傳出去了，他不好做人的。這要是等妳出了門呢，妳姊夫這個人，行蹤不定的，誰知道到時候會不會又南下去廣州、蘇州一帶了？若耽誤了病情，那就不大好了……」

這一番分析，入情入理，顯示出她這個小主母的周到細密。

達貞寶也是頻頻點頭，她乖巧大方地說：「嫂子可是為我拿了主意？還快請說吧！」

蕙娘又掃她一眼，這一次，她似笑非笑的，在體貼的語調下頭，有些說不清、道不明的底蘊了。「要不然，就由我這裡出兩個人，冒稱是你們達家的下人，往毛家走一趟送送信？咱們倆對好詞了，這點小事，萬不會露餡兒的，就算露餡兒也沒什麼——也省得妳姊夫每次回來見了妳，都要站住腳問一問這事……」

前頭還好，最後一句，到底是有些陰陽怪氣的，露了情緒……看來，雖然面上不說，但一個未嫁女老和夫君對話，焦清蕙心裡也不是不介意的。

達貞寶微微一怔，她飛快地看了蕙娘一眼，又沈思了片刻，這才低聲道：「本想著初來乍到，親戚不多，又承蒙嫂子待我好，我也就不知廉恥地靠過來了，指望著嫂子將來能拉我一把……不想，嫂子還是知道了？雖說我沒見過，可人家都說，我生得和去世的貞珠姊姊很像。唉，是我讓嫂子不舒服了，我給嫂子陪個不是吧！」居然落落大方地站起身來，給蕙娘福身行了一禮。

蕙娘忙叫身邊的丫頭扶住。「妳這說的是什麼話？快別多心了。前頭貞珠姊姊，連我都沒見過呢，不是妳說，我都不知道妳們生得像……說實話，這還是心疼妳姊夫，他啊，比閣老都忙！成天到晚的，事情實在多，能少惦記一件事，就少惦記一件事吧。」

這圓得有點假，但也是必要的場面功夫，達貞寶便轉憂為喜，真的將蕙娘的客氣話全盤吃進。「那倒是我想多了……因嫂子實在是真心疼我，我、我是真想交您這個朋友……」

兩人不免互相又姊姊妹妹地親熱一番，達貞寶對蕙娘的提議，那是欣然受落，直道：「真是好辦法，我這裡就寫一封信，請您到時候送去吧。」

說著，回到立雪院，便洋洋灑灑地寫了一封信交給蕙娘。蕙娘隨意遞給綠松，綠松就捧著退出了屋子。她又留達貞寶說了幾句話，前頭已經有人過來呼喚，她便告辭去了擁晴院。

今日綠松沒隨著出去，是石英跟在蕙娘身邊。對這個達姑娘，她身邊幾個大丫頭態度也都很一致。綠松好點，不屑放在心裡，蕙娘不提她，她不多說什麼；孔雀雖還不知道蕙娘的懷疑，但她最藏不住好惡，見到達貞寶，就像是昔日見到五姨娘，達貞寶擔心的「高門大戶，孤身上門，下人的臉色不好看」，實非無的放矢，她這不是孤身上門呢，孔雀的臉色就已經不好看了；石英呢，她倒不至於不屑達貞寶，而是遵從蕙娘定下的基調，已經把她當作一個心思縝密的大敵看待了。

也因此，她有些納悶，上來服侍蕙娘用點心時，便問：「您今日試探這麼一招……她倒是接得好，瞧著是真為了毛三公子擔心，並沒有露出什麼破綻……倒也就大大方方地，把幾件事都挑破了放到檯面上來。」

蕙娘是何等人物？真要看達貞寶不舒服，多得是辦法讓她從此以後進不了立雪院的門，至於把這猜忌給露在話裡嗎？這猜忌，就是下在話裡的鈎，可鈎卻並不明顯。達貞寶如果真的豪闊而無心機，那也就放過去了，並不會深想；即使她品出了其中的意思，也可以假裝無事，不去咬它，以後再厚著臉皮上門來，蕙娘還能把她趕出去？可她不但品出來了，沈吟了、低頭了，還把話說得這麼明白，道歉道得這麼真心實意，這難免讓人有些疑惑：要是真想攀龍附鳳，蹬了那個瘸子未婚夫，她似乎不必這麼做吧？

石英這是給蕙娘面子，沒把話說明白，事實上，她估計已經是有些動搖，對蕙娘的判斷，信得沒那麼真了。

「的確是個高手。」蕙娘也是若有所思。「連妳都騙過去了……」

「您是說？」石英神色一動。

「真這麼敏感，連話裡一點不對都聽出來了，能品不出我對她的態度嗎？」蕙娘略略一皺眉，摸了摸肚子。「小歪種，又踢我……這幾個月她上門來，妳幾乎都在一邊，妳覺得我態度如何？」

「這……」石英漸漸覺得有些眉目了。「也就是不冷不熱的，姑爺在的時候，您對她熱情一些，姑爺不在的時候……您老犯頭暈……」

「老虎都有打盹的時候呢，人呢，心情不好就敏銳一些，心情好就忘情一些，這也是人之常情。」蕙娘說。「可狀態起伏成她這個樣子，前幾個月都看不出我的應付，今日忽然連這麼一點痕跡都給抓住了，還來一套長篇大論的，我可沒見過多少……」她笑了。「罷了，算她今日忽然靈醒吧，自己說穿長相相似，也算是夠坦誠的了。她到底居心為何，過幾天就見分曉了。」

石英一時沒答話，蕙娘瞥了她一眼，見她似乎正在沈思，不禁就笑罵道：「傻姑娘，妳也不想想，她要真如此敏感細密，又如此自尊自愛，一聽出我有疑她的意思，便挑破了大家說清，那麼，日後她還好意思上門嗎？起碼沒出嫁之前，她不好意思再過來了吧？等出嫁後名分已定再來走動，那就沒話說了。再說，我這連毛家事都攬到了身上，她還拿什麼藉口上門呢？」

此時把用意說穿，石英方覺蕙娘安排得周到細密，看似閒閒一句話，只為試探達姑娘，實則不論其清白與否，已經被截斷再上門來的藉口。並且在姑爺跟前，還能維持賢慧名聲。

饒是她已經在自雨堂服侍了這樣久，但畢竟從前，蕙娘的厲害是向著外頭，而非向著家裡人，所知還是有限。出嫁後韜光養晦，也未曾玩弄太多手段，因此石英有很久都沒有如此心驚膽顫了：在這樣的主子手底下做事，哪個下人不是戰戰兢兢？休說連一點私心都不敢動，任何事哪怕留了一點力，恐怕都要擔心主子能不能看出來呢……才正這樣想，綠松進來了。

「已經趕著給毛家送去了。」她輕聲細語。「達姑娘人還沒走，也未曾打發人出府，應當是來不及向毛家送消息的。」

「白雲——」蕙娘追問了一句。

「白雲已經抄過了一份。」綠松呈上了一頁信箋。「您瞧著，筆鋒還成嗎？」

白雲善於舞文弄墨，書法比蕙娘還好，模仿他人字跡，也是從小練就的一手絕活。蕙娘打開這封信細細審視了一番——達貞寶的原件，她也是看過的——不禁便露出笑容來。「好好收藏，不要丟失了。」

這連番安排，內中玄機，就又不是石英可以參透的了。她不禁詢問地望了蕙娘一眼，只是這一次，蕙娘卻沒了解釋的意思。她秀麗無倫的面上又現出了一點笑來，一手撐著下巴，很顯然，已經神遊太虛去了。

沒有在國公府生產，起碼彌月宴要在國公府辦。大少夫人在娘家坐完了月子，當天就回到權家。彌月宴沒請外客，只是權家一家人連著親眷，也湊了有四、五桌，分男女在鴛鴦廳中吃酒聽戲，倒也是熱鬧非凡。連巫山都有分出席——她剛被抬舉了姨娘，和大哥兒的養娘站在一處，也是笑容滿面，顯得十分精神。

不過，權家諸人從太夫人起，明顯是更看重大哥兒，瑞雲、瑞雨姊妹爭著要抱人哥兒，倒看得大少夫人、大少爺唇邊都含了笑。蕙娘也想細看看這個小姪兒，但她不方便抱，只好就著瑞雲的手看了看——男孩似母，大哥兒現在看來，生得很像母親，白白淨淨、清清秀秀的，瞧著煞是可愛，是個很惹人疼的小少爺。

「咦？」她眼尖，瞧見大哥兒耳後胎毛裡有一紅點，便笑道：「這是胎記呀？真是鮮紅鮮紅的，好醒目。」

沒想到這麼一說，眾人都笑了。權瑞雨撥開細髮給她看。「這是我們家祖傳的胎記，連爹都有的！」

雖說地方比較隱蔽，但蕙娘可以肯定，權仲白是沒有的！她呆了一呆。「妳二哥就——」

「大哥也沒有。」權瑞雲捏著大姊兒的小手。「我們大姊兒也沒有，是不是？」她同大姊兒玩樂了片刻，才笑道：「我也沒有。這並不是人人都有的，我們這一代，便是瑞雨和季青才有。有時候隔代才有，也不稀奇。」

蕙娘撫著肚子，輕輕地點了點頭，笑道：「原來如此。」說著，便不禁若有所思地望了大哥兒一眼，才一低頭，卻覺得有一道刀一樣的視線，在她身上打了個轉。

可待她抬頭四顧時，屋內眾人，卻又都正言笑晏晏，大少夫人和權夫人正說著話呢，笑得比誰都開心……

第八十五章

小心駛得萬年船，從彌月宴上回來，蕙娘沈思了半日，便命孔雀。「請養娘進來說話。」

廖養娘很快就進了立雪院。

以焦清蕙一落地便是千金萬金的身分，能當得養娘，自小將她教養長大的婦人，又豈是尋常？廖養娘雖然已經出去榮養了，但卻並非是因為遭到了蕙娘的厭棄。實在是十多年來，在飲食起居、為人處事、習字練武、人情世故等各個方面教養、照看清蕙，她已經熬乾了心血，還不到四十歲的年紀，已是一頭花白灰髮，連焦家主子們都好不忍得，因此老太爺在子喬落地以後親自發話，令她出去安生休養。廖養娘這才從自雨堂被放出去了，一個月任何事不做，也有二十兩銀子的月例，每逢四時八節，蕙娘還時常惦記著給她送好東西。不過，這幾年來，她也很少進內堂和蕙娘說話，就連孔雀婚事，這麼大的事，都不過是把女兒接回去稍加吩咐幾句而已。要不是蕙娘有了身孕，怕是難以請動她出山回院子裡幫忙的。

以她的聲望、手腕，重出江湖沒有多久，立雪院上上下下，已經沒有人不聽廖養娘的使喚。就連綠松，在蕙娘跟前算特別有臉面了吧？即使是達貞寶已經說漏嘴的現在，綠松嘴裡也還是漏不出一句話來，蕙娘閒著無聊套問一句，她也是一問三不知。不是廖養娘特別發話，她哪敢這麼違逆自己——蕙娘也是深知此點，也就索性不繼續追問了。要知道，廖嬤嬤的一句話，在十三姑娘心裡，那都是有分量的。

「眼看著就第八個月了，」蕙娘也有幾分感慨，她和廖養娘對坐著說話。「府裡也添了人口，重新熱鬧了起來……我看，您還是得把接生的事抓起來，不能由著幾處人馬在那兒瞎胡鬧。」

廖養娘低眉斂目，好像沒聽到蕙娘的說話，自顧自地品著一盞香茶。她和孔雀生得很像，唯獨是沒有孔雀身上那股掩不住的尖酸刻薄氣兒，神色淺淡，雖不格外嚴肅，可望之卻令人生畏。

連蕙娘都不敢催她，她等廖養娘喝完了一盞茶，才嗔怪地拿鞋尖輕輕點了點廖養娘的腿——這孕婦就是有特權，蕙娘是半躺在炕上，廖養娘就坐在她腳邊呢。

「姆媽！」她有些撒嬌的意思。「人家這和您說話呢……您又擺臉色給我看。」

「我不是擺臉色給姑娘看。」廖養娘終於有了動靜，她嘆了口氣。「姑娘大了，這說話做事，有自己的手段、自己的考慮了……我看不懂，也懶得看了。您讓我做什麼，我就做什麼吧，別的話，還有什麼好說的呢？」

三姨娘性子柔和、謹守分寸，四太太更是個沒脾氣的大好人，老太爺、四爺都是忙人，不可能和蕙娘朝夕相處，要沒有廖養娘一點一滴地節制，蕙娘怕不早就要被養成說一不二、頤指氣使的性子了？對養娘的敲打，她很沒脾氣。「您這還是為了寶姑娘的事，和我發邪火吧？不是都和您說了，姑爺重情重義，苛待寶姑娘，只會起到反效果……」

「我說的不是這事。」廖養娘說。「您厚待寶姑娘，那是理所應當。在這件事上，您就比著國公夫人去做就是了。只是這送信的事，有必要那麼急嗎？您哪怕緩上一天呢都好，這不是為山九仞，功虧一簣嗎？落在長輩們眼裡，對您會怎麼想？您忌憚寶姑娘，名正言順，沒人能說什麼，可也不至於這麼沒有城府吧？」

蕙娘的處事風度，十分裡有三分像爹、三分像爺爺，餘下三分精細，有三姨娘給的，實在也有廖養娘言傳身教培育出來的。聽得這話，她不禁嘆了口氣：要不是養娘身體不好，就讓她跟著文娘過去王家算了，有她在，文娘就是個扶不起的阿斗，也吃不了大虧的……

「我還不知道您說的道理？」她嘆了口氣。「可答應了姑爺，要把毛三郎找到，這要是為了再探探寶姑娘的底，就把這事給耽誤了，我可不好向姑爺交代……姑爺這不也沒讓我幫著辦幾件事嗎？頭一件事就砸了招牌，我哪還能挺直腰做人呀？」

廖養娘不說話了，她掃了蕙娘幾眼，看得蕙娘全身發毛。

「怎麼了？您做什麼這樣瞧我？」

「也成親一年了，同姑爺處得怎麼樣？」廖養娘便問。「剛過門幾個月，聽孔雀說，覺得您不大看得起姑爺……」

「現在也不大看得起呀！」蕙娘的頭，又高高地抬了起來，像一隻驕傲的孔雀。「他這個人……噯，都是不說了，要說起來，真是沒完沒了！」

廖養娘便捂著嘴，呵呵地笑起來，這笑聲到了一半，又化作了輕輕的嗆咳——年輕時候太勞累了，現在就有些氣短，要是真的笑急了，很容易就岔了氣。「好好，不提、不提……既然是姑爺讓您辦事，您緩下自己的事兒，也是應當的！」

最後這句話，她咬字有點重了，蕙娘覺得有些不對，可還沒尋思出個所以然呢，廖養娘又道：「這江嬤嬤不也是家裡給您送來的嗎？人是很可靠的，且又懂行，宮裡的幾個接生婆子，和她都是共出一脈師承。這內行人辦事，外行人不插嘴，我也就沒有多話，怎麼——」

「大哥兒的身世，恐怕還真有一點問題。」蕙娘低聲道。「胎記這回事，我們家還不清楚嗎？爹有、娘有，孩子尚未必有；爹沒有、娘沒有，孩子突然有了，這情況就極罕見了。再結合懷上時機、生產時機的巧合，他這一出世，還真是巧上加巧、耐人尋味啊！」

遂交代了一遍花廳中事。「倒是權家上下，恐怕未曾有誰注意過這回事……姑爺估計也不懂這個，我提出來一說、一頓，就有人露了忌憚，眼神凶得很！廳中都是女眷，在近處的也就是瑞雲、瑞雨，大嫂和四嬸、五嬸並婆婆了。兩個大小姑子不說，婆婆和大房疏遠，一旦知道此事，哪有不鬧出來的道理？四嬸、五嬸平時和府裡來往少，恐怕也不知情……」

這樣的事，一旦鬧出來，那女方肯定是身敗名裂。就算只有一點危機，也一定要將其消滅在萌芽中，為此害上數條人命，那都是毫不稀奇的事。蕙娘這無意一問，是有點冒失了，本來生產的時候，就是很容易做手腳的……

「這件事，可以以後再談。」廖養娘當機立斷，這個灰髮婦人有幾分興奮，端莊的面具似乎也碎了一角。「這麼多巧合，不說破也就罷了，一旦說破，惹人疑竇也是難免的事……還是先平安生產以後，再做打算吧。」她壓低了聲音。「是不是，其實還不是憑著您的安排——」

蕙娘眉尖微蹙，她擺了擺手，沒接這個話頭。「這不就把姆媽給請來了嗎？接生時候，季嬤嬤估計是不會動彈的，她就是一重眼線而已。祖父送來的接生嬤嬤，也可以絕對信任。唯獨國公府這裡派出來的管事們，不能不多加小心，免得人多口雜時候下個黑手，那就防不勝防了……」

「還有產前這一個多月，也是再小心都不過分的。」廖養娘立刻接了口，她很快就下了決定。「讓孔雀陪著您用飯吧，這丫頭口也刁，一旦用料有什麼不對，都能吃得出來。這一個多月，還是以清淡原味為主，就別碰那些個下香料的大菜了。還有上夜人選，也要仔細斟酌……」

有廖養娘接手，立雪院的安保，無聲無息又提高了一層。

蕙娘也不再輕易出門，得了閒只是在院子裡站站走走，立雪院外的事情，現在是告訴她，她也不要聽。就連達貞寶又過來立雪院看她，都被人擋了駕道「我們家二少夫人睡午覺呢，寶姑娘下回再來吧」。

不過，儘管犧牲了再一次揣摩達貞寶的機會，當天就令人上毛家登門送了信，權仲白這個求患者若渴的大神醫，也還是沒能給毛三公子診治：據說三公子每逢春夏之交，傷口都痛癢難當，已經去承德一帶沐浴溫泉，緩解病痛了。毛家人雖然受寵若驚，但也知道神醫最近忙，因只給「達家下人」帶了話，言道等三公子從承德回來，自然會上權家求醫的。

要知道，權仲白這些年來四處行醫，其神醫之名，幾乎已經傳遍天下，多得是各地患者遠從千里之外趕來，盼著權神醫偶然一個回顧的，即使是當年昭明亂局，西北糜爛一片時，也還有人追隨著他的腳步，到西北前線求醫。毛三公子又不是頭疼腦熱，那是困擾他多年的老毛病了，今日有機會請權仲白診治，他不趕緊從承德回來，還這樣推三阻四的……

「這個毛三郎，原來若有三分可疑，」蕙娘便同權仲白閒話。「我看現在也可以坐實為六分了。你若真要查他，倒要仔細一點，別被他動了疑心，免得……」想到達貞寶，她不禁輕輕地「哼」了一聲。

權仲白卻好像沒有聽見，他正蹲在蕙娘身前，專心地按著她的肚子呢。

八個月，孩子落地都能活了，蕙娘的肚子當然挺大，且尖且硬，幾個產婆都說像是男孩。權仲白對此不置可否，但隨著產程發展，他現在每隔幾天就要按按蕙娘的肚子，給她把脈，更有甚者，還會拿個小碟子，貼在肚子上「聽聽他的胎心」。他還讓蕙娘每天按時去記胎動，無奈小歪種不是動起來沒停，就是半天沒有一點動靜，蕙娘記下的數值是從不規律的，記了幾天，也就只能作罷了。

「怎麼？」今天權仲白摁得特別久，蕙娘有點不安心了。「小歪種剛才還動彈來著，你摁這麼用力，他又要踢我了。」

權仲白卻仍未把手移開，他又按了按蕙娘的肚子，甚至在她肚皮上輕輕地拍了一下，蕙娘心頭一個咯噔，想要去看權仲白的神色，卻又為腹部擋住——權仲白似乎也刻意將頭低了下去，不和她眼神對視。

就像是一腳踏空，她忽然為無限的煩躁、擔憂包圍。辛苦懷胎八個月，受了這麼大的罪，這孩子要是出了事，不說八個月一點點把他吃到這麼大，嘴上說小歪種、小歪種的，心裡終究還是有一點感情在，就說這胎死腹中之後，八個月了，要引產都是一番折騰，這要是生不下來，兩個人都憋死了也不是沒有的事。從知道懷孕的那一刻開始，便被她壓抑在心中的恐懼，忽然就隨著這沈默，打從閘門後頭氾了出來：這女人生孩子，一向是一腳踏陰，一腳踏陽，因難產身亡的事，根本屢見不鮮。她就算再能為，在這種事上，也真的只能聽天由命。萬一運氣稍微差了那麼一點，怕不是要再死一次……這一次，她還能再重活嗎？

小歪種似乎未受母親心思影響，還是活潑潑地在她肚子裡打轉，因為父親摁得的確用力，他猛地踹了蕙娘一腳，惹得她倒吸了一口涼氣——是有點疼，也是因為，權仲白終於抬起頭來了，他雖神色如常，但眼中的擔憂，卻是瞞不過蕙娘的。

「這、這不是好好的嗎……」她一下子失卻了平素的冷靜，滿心只想著那鋪天蓋地而來的黑暗與窒息。未曾經歷過死亡的人，也許根本都不會明白，那是多麼令人恐懼、多麼令人發狂的經歷，痛楚甚至已經不算什麼，往日裡堅牢強健、任憑驅使的肢體，忽然間失去自制，度過苦海的舟筏忽然翻覆，心裡就有再多的念頭，口中卻再說不出來，只能一點點鬆開手，再無力抓牢，往黑暗中落去……

蕙娘頭一回捉住了權仲白的手，她是如此的驚懼，驚懼得甚至連慣常的驕傲都再顧不得武裝，死死地捏著丈夫的手，就像是捏著她在激流中的浮木。「幹麼不說話啊？你、你變啞巴了？是孩子出了什麼事，還是……」

「胎位不正。」權仲白輕輕地說。「妳沒察覺嗎？這孩子在妳肚子裡翻了身……現在是橫胎了。」

橫胎有多危險，那是不必說的了。蕙娘面色一白，卻還抱有一線希望。「我聽說，胎位打橫，針灸一番就能自然歸位，甚至過沒一會兒，他自然就回去的也是有的！」

「有是有。」權仲白反手握住了蕙娘，他緊緊地回握著蕙娘，像是要用那一絲疼痛，幫助她保持理智。「但妳是肚子小，孩子大，羊水並不會太多的，我恐怕他轉身不容易是一個，第二個，橫位胎兒，很容易伴有臍帶繞頸。如是自己轉回去，可能不會有事，萬一針灸刺激之下，他胡亂轉動，越纏越緊，很有可能……」

「孩子……」蕙娘不禁感到一陣失落，但她究竟並非常人，一咬牙，便已經下了判斷。「孩子沒了，還能再生，可這麼大月分了，他要沒了，我、我……」

「能保，肯定都保。」權仲白有些詫異，以蕙娘對子嗣的看重程度而言，會這麼爽快地就接受孩子可能有問題的說法，一心一意只是全力憂懼自己的性命，實在是大不符合她的作風。「先等一天吧，明天要還沒有正過來，胎動次數又減少了，那就不能不施針了。」對孩子萬一夭折之後，能否平安引產，卻是避而不答。

蕙娘空餘的那隻手，一把就握住了權仲白的小臂，她哪裡還有一點相府千金的風度，怕得渾身都在打顫，話也說不囫圇。「能保都保，要是他和我只能保一個，保我！權仲白，你聽見沒有？你還是個神醫呢，連媳婦都保不了——」話沒說完，蕙娘自己都覺得強詞奪理，一時間心灰意冷，鬆開手，連話也不想說了。

在此等時候，正因為她是如此聰明，所以才如此難以勸慰。世上神醫，那也是醫病不醫命。如果針灸之後，孩子轉為正位，卻因臍帶繞頸，在生產的過程中被勒住而去，那麼無非也就是生下死胎而已。可要是橫位時就這麼去了，胎動不再時已來不及，只有開膛破腹，才能將孩子取出，到時候她又哪裡能夠活命？也真的只能母子一起憋死了……

「妳要是這麼擔心，」權仲白默然片刻，竟也沒有安慰她，他低沈地道：「那就現在針灸吧，不等他復位了，搏一搏也好！」

蕙娘眼皮一跳，睜開眼來望著權仲白，可此時，她竟再也看不出權仲白的表情了，夫妻相對，竟是默然無語，誰也沒有說話。

「你……你就不怪我？」半晌，才有聲音輕輕地問。「不怪我不慈愛？」

「人而求活，是天生本性。」這回答是沈穩而寬容的。「我知道妳心裡難受，不會比任何人少。」

蕙娘心裡，不禁百感交集，她長長地嘆息了一聲，連眼睫都捨不得眨一眨，只是望著權仲白，她早已經失卻了平素裡那親切而矜貴的面具，甚至也失卻了冷靜而霸道的底色，眼下呈現在面上的會是何等一副表情、何等一種氣質，她自己都難以揣想，可她的確從未感覺如此赤裸、如此無助、如此需要一個堅實的懷抱，又是如此絕望地明白，沒有任何一個懷抱可以給她依靠。再能幹也好，人這一生，難以抗衡的終究是天命……

「這不是求活，」她輕聲說。「這是怕死。你為什麼不怪我？別看我平時……平時……」她說不下去了，淚水大滴大滴地落了下來。「可我比任何人都怕死！你說我膽小、自私好了，我不想死，權仲白，我不想死……」

她畢竟是得到了一個懷抱，權仲白的聲調是如此的冷硬，甚至比平時同她說話都還更缺少感情。

「我會盡力保妳性命。」他說。「我一定竭盡全力。」

蕙娘閉上眼，眼淚流得更凶，她想要說話時，忽然覺得腰際又受了一記重踢——小歪種怕是也覺出了母親的情緒變化，他很是不滿意，連番拳打腳踢的，已經是又鬧騰上了。

張開的嘴又合攏了，她把全身重量都靠進了權仲白懷裡，哽咽著道：「等一等吧，看看他能不能自己正過來，明後天再說……」

第八十六章

小歪種生命力頑強，雖然忽然轉為橫位，但胎動還算正常，一直維持著原來的頻率，忽而大動，忽而又許多時候不動，多少還是蕙娘的一點寬慰。在權仲白同江嬤嬤的指點下，她換了睡姿，往常都左側睡的，如今右側睡了，也顧不得姿勢不雅，還撅著屁股在床上跪了數次，可小歪種還是悠然自得，毫無轉為豎位的意思，說不得，只得出動權神醫的針灸絕技。

連刺了四天，四天內蕙娘什麼事都幹不了，只等著胎動，好在這孩子皮實得很，雖然漸漸地轉為正常豎位，但每天還是照樣拳打腳踢，只是出拳時打的已經不是蕙娘的腹側。饒是如此，蕙娘依然不敢怠慢，從四月中旬開始，她是真真正正隔絕了外事，一心一意就繞著寶貝胎兒打轉——用通俗的話說，這娃兒是真被嚇著了。

越到臨產，可能出現的問題也就越多，因她一路雖然懷相不好，反應很大，但孩子還算是發育得好，一直都很健康，蕙娘也就沒想著臨末了還要這麼虛驚一場。被這麼一嚇，她開始作惡夢了，時常就夢到從前一世臨死前的情景，往往是要把權仲白都給驚醒了，由他來拍醒蕙娘略作安慰，她才能從惡夢中掙扎出來，卻也是嚇得一身冷汗，往往要大半夜的起來擦抹一番身子，這才能又回去安歇。這時候別說什麼達貞寶、什麼林中頤、什麼權伯紅了，她光是害怕胎兒臨產時可能出現的種種問題，都怕不過來了。

這一下又回到了幾個月前，她還血旺頭暈的時候，她又依賴起權仲白來了。只是這一次，這依賴要比從前更情真意切——以前她那是怕安胎藥有問題，拿他當個王牌試藥；可現在，她是真的少不了權仲白。現在的焦清蕙，哪還有一點從前的自信大膽？她是真的嚇破了膽，如她所說，怕死怕到了骨頭裡。

說實話，胎兒打橫，權仲白也不是不後怕的。這孩子在肚子裡，根本是說不清的事，要是一打橫壓到了臍帶，初產婦宮小水少，孩子又不容易翻身回來，這麼掙扎著就沒了氣的情況，也是屢見不鮮。雖說他很少為高門大戶的孕婦診治，但在外遊歷時所接觸過的孕婦，胎死腹中的並不少見。八個月大，這孩子要真出了問題，殃及母體的可能性是很大的……並且還有一重擔憂，他根本就沒敢說。

這孩子太能吸收了！清蕙肚子又小，他已經儘量調整她的飲食，多喝湯水，少吃米糧。可這最後一、兩個月，連他都能摸得出來，這孩子的頭……大得很快！

初產婦產道窄小，胎兒太大，那也是很容易難產的。並且焦清蕙又那樣怕死，這件事一經說穿，恐怕她立刻就要魂飛魄散，就是現在，她都已經嚇得六神無主，成天設想若難產要經受的折磨了。

看她平日沈著冷靜，頗有殺伐決斷的大將之風，沒想到一旦牽扯到自身，立刻就如此擔憂、恐懼。權仲白也多少能體會到清蕙的恐懼——她怕的不只是可能的結果，而是失去對自身命運的控制。也許在另一種險境中，她會毫不猶豫地放棄生命，牟取更大的利益，但因難產而死，在焦清蕙看來，簡直是毫無意義，是其極力避免，卻又很可能不得不面對的結局。

任憑哪個人隨時面對死亡威脅，心情當然都不可能很好，權仲白也同一些孕婦打過交道——他甚至還在許家少夫人身上學了不少講究，譬如用沸水同烈酒「消毒」，從前他是知其然，在許少夫人的解釋中，也算是模模糊糊地知其所以然了。還有難產不順時該如何處置，她也是給了一些方案的。雖說許少夫人並不從醫，但有些想法，權仲白以為很有道理。

可即使是從來都堅若磐石的許少夫人，在生育前夕也一樣憂心忡忡。焦清蕙色厲內荏，比她更沒種一點，的確也不出奇。就是權仲白自己，其實也並不是……只是現在家裡已經有一個人怕成這樣，再多一個人一同害怕，則實在是於事無補。

進了五月，他不再應診了，甚至連宮中都提前打好了招呼。除了偶然給一些尋上門的病患開些方子以外，幾乎是寸步不離地守在焦清蕙身邊。兩人並且罕見地毫無言語爭執，焦清蕙不管說什麼，權仲白都讓著她。

雖然身邊的接生婆子，已經在廖養娘和二少爺的雙重規制之下，瞞住了胎兒很可能過大的問題，但焦清蕙畢竟是焦清蕙，她是何等聰明，怎麼會察覺不出眾人隱隱的擔憂？孩子揣在自己身上，他胖一點，肚子不就沈重了一點？雖然沒有說破，可越近產期，她就越是明白，越是明白，就越是害怕，越是害怕，她就越是焦躁，彷彿她即將要過長空棧道、鷂子大翻身，恨不得能把爪子磨得再尖利一點，以便嵌進石壁之中，取得更多的支持。

「你好歹也是個神醫，」焦清蕙一遍又一遍地說。「死了一個就算了，不會再死第二個吧？」

連這話都說出口，可見真是怕得都有些失常了……權仲白只好把她抱得更緊了一點，和聲道：「不會，到時候，即使是保大人不保孩子，也一定把妳給保住的。」

這保證似乎對孩子很無情，但對焦清蕙卻是很好的安慰。權仲白發現她不但怕死，而且很怕為人加害，對她而言，也許如今整個權家都是敵人，只有自己，因為身分關係，人品也勉強得到認可，還算是一個能保護她的盟友。她恨不能十二個時辰都待在他的懷抱裡，汲取他的溫暖和保護——如果能讓他代為承受生產的危險，她想必是會毫不猶豫地照辦的。

焦清蕙就像是一個無窮無盡的活力源頭，永遠都不會疲倦，永遠都不會氣餒。她永遠想著駕馭他、奴役他、擺布他，受挫了一次、兩次後，她也會作出楚楚可憐的姿態，來誘使他憐惜、縱寵，可在殼後面，她似乎從來都在狡猾地尋找著他的弱點，一擊不中，那就換個方式再來。她無疑是美麗的，支撐著這美麗的不是她的相貌，而是她永遠都燃燒著的、活躍著的、生機勃勃的內在精魂。權仲白忽然發現她對生命實在也是充滿了熱情、充滿了追求，雖然這追求他不認可，但她畢竟是熱愛著生命的，她是太熱愛了，熱愛到反而成了她的阻礙。

現在，她沒有從前美了，甚至說得上是有幾分凌亂、憔悴，過分的恐懼減損了她的風韻，要不是她還是那樣敏銳而尖利，權仲白幾乎要以為她有幾分譫妄（注）。他是擔憂的，可人世很多時候，擔憂有什麼用？急，急不來的。

五月中，天氣已經相當炎熱，焦清蕙卻還是要縮在他懷裡睡，鬧得權仲白自己也睡不好。他有些顧慮——一旦臨產，自己精神不佳，如有情況，很可能會誤了大事，可要自己獨眠，清蕙該怎麼辦？

這天晚上，黏熱中醒來時，卻覺得身邊空空如也，他的睡意立刻就飛到九霄雲外去了，半坐起身子左右一看，卻聽見淨房傳出水聲，沒有多久，蕙娘便捧著肚子踱了出來。

「連覺都睡不好了。」她輕聲抱怨，又上了床偎到權仲白懷裡，在深夜裡，倒是要比白天更平靜。「一整晚，不知要起來多少次。」

權仲白低聲道：「這難免的，胎兒大，壓著妳的肚子了。」

兩人都沒有說話，也沒有睡意，權仲白以指輕輕地梳著清蕙的髮鬢，盼著能助她略微放鬆一點，焦清蕙卻沒有給出一點反應。

過了一會兒，她居然輕輕問：「你知道死是什麼感覺嗎？」

她的語調不同於白日裡的尖利緊繃，輕飄飄的，竟像是一個小姑娘，在同她的夥伴傾訴心事。權仲白不禁一怔，他謹慎地說：「我沒死過，自然是不知道的。」

「死是一種極難受的感覺。」清蕙像是要告訴他一個秘密，她幾乎是附在權仲白耳邊說的。「在死去的那一刻是很輕鬆，可在死前的折磨與恐懼，是人世間最為可怕的折磨。對生

注：譫妄，醫學上指出現錯覺、幻覺、興奮、不安及語無倫次的一種精神障礙，常發生於發熱、疾病、外傷或精神病患。

活的期望，被一點一點剝奪，數不盡的雄心壯志、未了夙願，永遠都再不會有實現的一天。我非常怕死，權仲白，我非常、非常怕死……」

她的手輕輕地搭著權仲白的肩頭，指尖還帶了井水的涼意。「如果、如果我——」

「不要說什麼如果。」權仲白忽然興起一陣煩躁，他打斷了蕙娘。「我一生活人無數，還救不出一個妳？妳放心好了，只要產道全開，即使孩子有事，我都保妳無事！」

「如果……如果我不行了，」清蕙壓根兒就不理他，她執拗地道：「你餵我喝你的麻藥，讓我暈過去……讓我無知覺地死。」她求懇地看著他，眼神是如此的脆弱而坦誠，她是真的誠摯地在求懇。「別讓我再品嘗一次那樣的滋味了。」

權仲白閉上眼，惱怒地嘆了口氣，他收緊了懷抱，將頭埋在清蕙肩上。

「妳不會的。」他喃喃地說。「放心吧，妳不會的……」

有權神醫在，什麼吃飯、睡覺中忽然發動，這根本就是不可能的事。打從小歪種胎動漸止的那一天開始，立雪院上下就進入了迎產模式：血房是早就佈置好了的，產床也屢次經過查驗，連坐月子時專喝的水都給預備上了。果然過得一天半，蕙娘開始陣痛，也見了紅，她立刻就被送進血房裡去了，權仲白親自在側陪伴，沒有讓別人插手——她娘家長輩都是寡婦，進血房不吉利；權夫人嘛，麻煩她還不如權仲白自己守著了。

江嬤嬤為首，季嬤嬤在一側打下手，其餘產婆依吩咐行事，廖養娘在院子裡攬總。蕙娘洗頭洗澡，吃過一餐飯後，在產床上靜候開宮。到得此時，她反而有一種事到臨頭的爽快感，甚至還和權仲白開了幾句玩笑，只等開得五指，開始分娩了。

不想就是這個開指，開得就極為不順，羊水破了有一段時間了，她也才只開了兩指——權仲白雖有接生經驗，但卻始終不如產婆們老練，他神色還鎮定呢，蕙娘已經從江嬤嬤臉上看到了一線陰影，她頓時有些害怕了，難道……

不祥的預感似乎得到了印證，又等了兩個來時辰，羊水已經渾濁，陣痛劇烈，她卻還沒開全。蕙娘在一陣模糊中，隱約只聽見有人低聲道：「怕是產難……頭大口小……」

被這麼一說，她頓時再支撐不住，已為劇痛逼得放聲叫了起來。可沒想才叫了一聲，「啪啪」兩聲脆響，面上竟著了兩掌——這兩下，是把蕙娘的神志給打回來了。

「你——」她一生從未受過耳光，此時不禁愕然撫腮，望向了權仲白。

——她從未見過如此嚴肅，甚至是如此生氣的權仲白。他的眼睛像是兩顆剔透的金剛石，在她臉上能燒出兩個洞，說起話來像是在吼。

「妳還想不想活?!」

又是一陣劇痛，蕙娘簡直失措到了極點，她慌亂地點了點頭，死死地握著權仲白的手。

「我、我……我想……」

「想活就不許哭、不許叫！憋著！」權仲白的口吻充滿霸道。「我讓妳做什麼，妳就做什麼！現在屏氣！」

蕙娘才慢了一步，他便吼：「屏氣！」

她嚇得立刻就屏住了氣——在此時此刻，還談何拿捏權仲白？為了保命、為了求活，根本是他說什麼，她就做什麼，旁的說法，什麼「在羊水裡便溺」、「這麼遲還沒出來，得催催」、「再遲就沒氣了」……這些繁雜的談話，她顧不得聽了。她能望見的只有她的主宰、她性命的所在、她求生的浮木——

權仲白。

也不知過了多久，劇痛中全沒有時間，她甚至以為自己即將就這麼死去，甚至憋屈得死都不能出聲……終於，權仲白開始吩咐她——

「用力！妳們推肚子！」

「屏氣……用力……屏氣……用力！妳沒拉過屎嗎？用拉屎的力氣！」

她顧不得難堪，真連那力氣都用了。

終於，有人喊道：「看到頭啦！」

浮木的手忽然鬆開了，她一陣著急，呼吸節奏就跟著亂了，可緊接著，權仲白的聲音又響了起來，在她身前，遠遠的，可還是那樣權威。「不許多想，屏氣！……刀子遞給我！」

緊接著，下身一鬆，似乎有什麼東西滑了出去，世界猛然靜了下來，在眩暈之中，她隱隱約約地聽到了一聲響亮的啼哭……

第八十七章

權二少爺喜獲麟兒的消息，雖然未經大肆張揚，但傳得也不慢，親朋好友間關注這一胎的本來就不少，當然，最在乎的還不是別人，肯定要數大少夫人和焦家眾人了。

「大胖小子，八斤七兩。」大少夫人告訴大少爺。「難怪生了那樣久，這要不是二弟在裡頭守著，沒準兒就憋死在裡頭了。也是劃了一刀，這才生出來的……倒是比初哥兒沈多了。」

孩子越胖大，元氣就越充足，以大少夫人的年紀來說，初哥兒已經算是比較健壯的孩子了，出生時能有五斤，眼下兩個多月過去了，也就是剛剛碰到了九斤的門檻兒。大姊兒雖然和他同日出生，但現在已經有十多斤了。

大少爺也挺為弟弟高興的。「他也是年過而立的人了，生得早點，現在都能當爺爺啦！這會兒才有了頭一個，我們當哥嫂的，多少總要表示表示。」便和大少夫人商量。「不如，洗三（注）時，把前日得的那個玉鎖給他吧？」

大少夫人得子，娘家人自然高興，林三少爺雖然遠在廣州，但早在生產之前，就送了禮

注：洗三，指嬰兒出生後第三天，要舉行沐浴儀式，聚集親友為嬰兒祝吉，此為中國古代誕生禮中極為重要的一個儀式。

物回京城。這個玉雕福壽萬年長命鎖，用的是近年來漸漸流行起來的緬甸翡翠，雖說用料不比和闐玉那樣名貴，但水頭十足，碩大無瑕，雕工細緻圓潤，也算是一件精品了，要比另一件送給大姊兒的玉製嵌寶石長命百歲鎖精緻得多。但，這都比不過蕙娘送給初哥兒的海棠紋貓眼石鑲嵌和闐玉的一個項圈貴重。大少夫人自然也不會作守財奴狀，只是多少還有些心疼。「別看這翡翠現在不值什麼錢，和闐玉能採幾年？再過十年、二十年，也是一件異寶了。本來三弟意思，是給初哥兒掛到那時候，傳給下一代……給了二郎，本也沒什麼，只焦氏是絕不會讓他佩帶的，白瞎了好東西。」

就如同那個和闐玉項圈，也只能被妥善收藏一樣，要貼身佩帶的飾物，誰也不會放心讓對方沾手的。

大少爺也不同大少夫人爭辯，而是說：「我邀了二弟明晚過來吃茶說話，到時候，妳可別作出臉色來。」

「知道啦！」大少夫人沒好氣。「我至於那麼沒城府嗎？只二弟近日可有空？雖說孩子都生下一天多了，可他還沒出立雪院的門呢。」她的思緒，一下子又轉開了。「對了，爹發話了沒有？孩子的名字怎麼取？」

初哥兒這都落地兩個多月了，還沒得名呢，長輩們顯然是要拖到蕙娘的孩子生下才作這個決定。現在蕙娘也跟著產子，其實就是不問，大少夫人也知道答案了。

「爹說，孩子都還沒養大呢，過了五歲再取大名吧，先都取個賤些的小名喚著，好養活。」

果然，權伯紅張口就是這個說法。

「聽說二哥兒已經取了歪哥做小名，我想大哥兒就叫栓哥，妳看如何？」

正說著，養娘也把大哥兒抱進來了，兩個多月的孩子，胎髮還沒剃，只剛剪過，看著小動物一樣，毛喳喳的，在大少夫人懷裡，只曉得打呵欠、舉著手左右地動，大少爺湊過去叫了幾聲兒子，大哥兒毫不理會，反而有嫌棄他吵的意思，手腳亂舞，似乎要哭。

盼了十多年，才盼來這麼一個，兩夫妻自然愛若珍寶，大少夫人點著兒子的臉頰，看他張口吮舌的，似乎被點得要吃奶了，便不禁抬頭望著大少爺一笑，慢慢地靠到大少爺懷裡，一張口，卻是風馬牛不相及。「我心裡難受得很。」

權伯紅微微一怔。「怎麼？是因為歪哥……」

大少夫人搖了搖頭。「人家能生，怎麼不生？我犯不著妒忌這個。繼母也就罷了，我是覺得……你爹也太心狠了一點。」

說到良國公，權伯紅沒話了，林氏也像是看不到他複雜的神色，她輕聲說：「這過了五歲再取大名，擺明了就是讓我們兩房來爭。承繼爵位，本來是長幼有序，就是長輩偏心，直接指定了二弟繼位，我們除了服從，還有什麼話好講呢？可偏偏卻什麼都不說，只是營造出種種氛圍，令兩房龍爭虎鬥……」她有幾分哽咽。「二房爭輸了，不過是分家出去另過完事，可我們呢？東北邊境窮鄉僻壤，一輩子再不能進京了，和坐監有什麼區別？繼母把二房養大，一心指著仲白給養老，處處偏心，也就不說什麼了。可難道真是有了後娘，就有後爹……」

也許是產後心情特別容易浮動，大少夫人捧著栓哥，雖未放聲大哭，但也已經是珠淚盈睫。「要就我同你兩個人，過去東北也就過去了，可現在還有栓哥呢……」

她一有抱怨的意思，底下人自然全退了出去，屋中只得一家三口，權伯紅的神色也極為複雜，他只好寬慰大少夫人。「妳也別想太多了，這二弟妹雖然有些想法，可這一年間，妳也看到了，二弟疼她是疼她，但大事上可從不由著她作主。」

「我就不信你還沒看透！」大少夫人要抬高聲調，可看了兒子一眼，又把聲音給壓了下來。「家裡根本對仲白已經絕望了，全是看焦氏一個人而已！」她顯然非常介意此點。「這是在逼你、逼我，也是在逼二弟。一家人不好好過日子，非得這麼鬧騰，有意思嗎？」

要不是大少爺本身才具和權仲白相比，的確是有所不如，起碼在和皇室的連繫上，弱於權仲白許多，權家上層也許還不會如此安排。可這話，大少夫人不提，大少爺提出來也只是自怨自艾，對事態不會有任何幫助。

大少爺輕輕地拍了拍大少夫人的肩膀。「該做的也做了，該添的堵也沒少添，焦氏雖然機靈過人，但我看妳和她比，也沒差到哪兒去。就是看在兒子的分上，妳也別再委屈了——這都是做娘的人了，眼看著等她出了月子，家裡肯定會把職司給安排下去，考驗她管家的能力，妳還是多琢磨琢磨這事吧，別浪費了大好的機會。」

到底是知妻莫若夫，軟語安慰大少夫人，對她的情緒根本就不會有什麼幫助，反而是這一番似勉勵、似期望的鼓舞，讓大少夫人止住了感傷。她望著懷裡已經漸漸迷糊過去的栓哥一笑，語氣已經冷靜了不少。

「你說得是！」她說。「都是做娘的人了，也不能同從前一樣著三不著兩的，就為了兒子，也得振作起精神不是？」

和臥雲院的淒涼感傷相比，立雪院的氣氛無疑是熱鬧而喜慶的——雖說一般人家，沒有姨娘登門作客的道理，但四太太心眼好，也就愣是把三姨娘給帶來了，現在兩大長輩正圍著蕙娘噓寒問暖的。三姨娘手裡抱著歪哥，平時多知禮的人，眼下也顧不得分寸了，打從眼底放出喜悅的光來，掂著孩子的分量，嘖嘖地道：「真沈！看著像妳，眼睛像姑爺。」

權仲白坐在蕙娘床邊，微微笑道：「兒似母親嘛，是更像蕙娘。」他也乖覺，平時稱呼蕙娘，不是叫焦氏，就是二少夫人，在娘家人跟前，他就親暱地稱呼為蕙娘了。

因為胎兒橫位、難產等事，在蕙娘同意下，都是瞞著焦家的，兩位長輩並不知底細，只含糊聽說了產程不大順利，開了產門而已，因此都並不太後怕，只顧著開開心心含飴弄孫。

蕙娘靠在床頭，望見三姨娘又掂了掂孩子，便忙道：「姨娘，妳別這樣，嚇著他吐奶了怎麼辦？這才剛吃了幾口呢！」

被親生女兒數落幾句，算得了什麼？四太太和三姨娘都笑了。「真是人眼朝下，有了孩子，對長輩說話都不客氣了。」說著又問：「給安排了幾個乳母？養娘準備好了沒有？」

「請廖姆媽重新出山帶他。」蕙娘含笑道。「相公讓他好歹吃我半個月的奶，說是孩子得吃幾天娘的奶才好。乳母是預備了有五、六個，奶肯定夠吃，都是才下奶沒有多久，這會兒都正喝湯催奶呢。我這奶不夠吃，吸得我疼呢，他也懶得很，不願意吃！」

權仲白對焦家人，自然要比對待別的病人家屬更和顏悅色，見四太太和三姨娘都看過來了，便笑道：「孩子才下地，頭幾天吃不了多少奶的，多吃也是積食。據說別看初乳色黃、髒，其實那是最營養的，吃了初乳，頭半年都不會生病，並且就是親娘的初乳才最有效用——這也是別人告訴我的，未經試驗，我倒信了幾分。別家的孩子不好說，自家的孩子，便讓他吃點吧。」

四太太最是隨和的人，當下便道：「你是神醫，自然比我們懂得多，你安排就是了。」

三姨娘雖然眉頭暗皺，但也就不便多說什麼了。

幾人又說了一會兒話，只聞見一陣臭氣，養娘上來把歪哥抱去換尿布，權仲白也指一事，告辭出去，方便母女說話。

四太太四周一看，見屋內都是可以絕對信任的自己人，這才壓低了聲音問：「竟要請妳養娘出馬……是害怕府裡有人對孩子不利？」

「大嫂……」蕙娘輕聲說了兩個字，便不往下說了。

四太太和三姨娘對視了一眼，都流露出沈吟之色。四太太道：「孩子出了滿月以後，還是回沖粹園去吧，這個地方——」她含糊地揮了揮手，多少心疼，只凝聚在一句話裡。「是太小了點！」

三姨娘的關懷點又和四太太不一樣了，剛才權仲白在，她也不方便細問，權仲白一走，她立刻把四太太請到他的位置上坐著，自己也就能坐到蕙娘身側，仔仔細細地將產程問了一遍。

蕙娘輕描淡寫。「開得久了一點，別的也沒什麼。」

「孩子這麼大，恐怕產門有撕裂吧？」兩個長輩都是生產過的，三姨娘一問就問到點子上了。

四太太也說：「從前……」她面色有一瞬間的黯然。「從前生妳哥哥姊姊們的時候，兩次都是撕裂了的，在床上足足將養了兩個多月呢。」

「是裂了。」蕙娘只好承認。「末了還是相公開了一刀，現在縫上了，說是無事的話，半個月就能拆線了——他從側面給開的，還給上了藥，只有微微的疼。」

兩個長輩都嚇了一跳。

「妳讓他進屋子了？」

「還親自給妳開刀？」

三姨娘的臉色頓時就沈了下來，四太太也是連連嘆息。「到底是我們不方便過來，婆家人哪裡會操心這個！剪產門，接生婆多少都是接觸過的，何必非要他來？生產的時候不許男人進來，就是怕……」

怕的是什麼，長輩不好說，卻似乎很容易揣想：只說那鮮血和尖叫，一般人會生出恐懼心似乎也頗正常。更別提權仲白還是低下頭去給她切過產門的……

蕙娘有幾分尷尬，只好避重就輕。「這誰攔得住他……」

要是焦閣老本人在場，自然能聽得出蹊蹺，猜測得出產程的凶險。

所幸這兩位長輩，卻沒有老人家的細膩，只多番叮囑蕙娘。「要小心了，產後起碼四個月不能同房，這久曠了有一年多，男人很容易就會心野。家裡從前不開口，那是因為妳還沒有子嗣，現在有了兒子傍身，也該安排通房，別讓婆婆發話，那就不好看了。」

蕙娘若有所思，等兩位長輩走了，權仲白回來時，便問他。「你以前有沒有為人接生過？進過產房嗎？」

「有過幾次，都是難產時才請我過去的。」權仲白不疑有他，便老實地答。「許少夫人生產時，因為胎兒比較大，也害怕難產，便請我在一邊坐鎮，不過人倒沒進去。再有就是大嫂生產時，進去了一會兒給扎針。」

產門還沒開全呢，進去了肯定也看不到那裡。蕙娘索性直接問：「見著孩子的頭從那裡出來，怕嗎？」

她在這種事上，素來是大膽而直接的，只權仲白沒想到孩子才落地，她就從那怕得幾乎失去神志的小女人，又變作了往昔的作風，他不禁略略扶額——這才停頓了片刻呢，焦清蕙便扭過頭來，眼神灼熱地瞪著他瞧！

他忍不住就笑起來，不答反問：「妳給人開過膛嗎？」沒等蕙娘答話呢，他又修正了自己的問題。「妳給任何生靈開過膛嗎？就別說妳自己動刀了，妳看過人家殺豬宰羊沒有？」

「看過啊！」蕙娘的答覆卻出人意表。「祖父說，沒見過血的人，有些時候是狠不下心的。我還自己殺過一頭羊呢，血乎拉絲的，沒啥大意思，我連羊肉都沒吃。」

……這守灶女還真是守灶女，同一般閨女，真是不能同日而語。權仲白有點無語。「妳既然動過刀子，當然知道血糊糊的胸腔和產門比，究竟什麼更可怕了。我會害怕那個？真是開玩笑。」

實則他怕不怕生孩子的場面，並不是蕙娘要問的問題，但要再具體細問下去，似乎她就有點太沒廉恥了。二少夫人不太滿意，她「嘖」了一聲，也不提此事了，而是催權仲白。「你也去休息吧，昨兒就在那炕上歪著，我看你也沒睡好。」

「我再守妳一天吧。」權仲白剛才離開，就是去洗漱了一番，在此之前，他是沒出屋子一步。「等過洗三了，應該就不至於再出什麼大事。」

產後大出血，那也是能要人命的，蕙娘心知他是防著這個，便輕輕地「嗯」了一聲，道：「你坐床邊來，坐那麼遠幹麼？」

權仲白只好坐到床邊來，低頭望著蕙娘道：「幹什麼？」

蕙娘抬頭看了看他，便微微挪動身體，將頭靠上他堅實的大腿。「實話說，昨兒我是不是差點就死了？」

生產過後，產婦肯定是有幾分疲憊的，蕙娘的容色自然也減了幾分，權仲白看著她不復從前光彩的臉頰，由不得就輕輕地用指緣撫了兩下──只猶豫這麼片刻，清蕙就猜出來了。「是真的都要到母子俱亡的地步了？」

和她相處，真是一點都放鬆不得。他吐了口氣。「孩子已經在羊水裡便溺了，再生不出來，恐怕會嗆死……妳要是真痛昏過去，我看也──我給妳隨時用針，又灌了藥，妳都不記得了？還好妳也熬得住，又能聽話，不然，是比較險。」

清蕙便輕輕地「嗯」了一聲，她沈默了片刻，才低聲道：「那我就幾乎是又死過一次了，險死還生……這個坎，算是邁過去了。」她側過臉來，對權仲白淺淺地笑了笑。「這一次，倒真是你救了我……算我欠你一個情嘍！」

「傻姑娘。」權仲白不由得失笑。「這也算人情？」

「這怎麼就不算人情了？」蕙娘挺執拗的。「人家要欠你情都不肯，真是個傻子……」

「那妳也為我生了個兒子啊！」權仲白忍著笑，順著她的話往下說。「抵了吧抵了吧！」

說到歪哥，蕙娘就沈默了。現在兩個人都有了兒子，還談什麼你我、人情？這兒子是她的兒子，難道就不是權仲白的兒子了？

從前談到生育，只視作人人都要走的一段臺階，沒有它，她難以登上高峰，可現在孩子落了地，才覺得這條活生生的小生命，並非簡簡單單的晉身階，她和權仲白之間，似乎……

她看了權仲白一眼，見他也正垂眸看著自己，似乎腦中正轉著相似的思緒，那從前再不會說的話，自然而然便冒了出來。「喂，你看著他，有什麼感覺？」

「妳是說……」權仲白有點迷糊。

蕙娘半坐起身子，靠到權仲白身側，讓乳母把歪哥抱過來。這個紅通通、胖乎乎，圓臉圓眼睛的小東西，剛吃過奶，正手舞足蹈地玩呢！從乳母懷裡到了父親手上，他有點不滿意，擰巴著小臉蛋，差點就要哭，可到底是沒哭出來，頭一歪，又在父親懷裡睡著了。

就這麼個只會吃吃睡睡的活物，是真從自己肚子裡掉了出來的，假以時日，他將會爬會走，會說話會籌算，終有一天，會接過父母的家業……

蕙娘問權仲白。「這做爹，是什麼感覺？」

「妳做娘又是什麼感覺？」權仲白有點明白了，他反問蕙娘。

「我沒什麼感覺……」蕙娘說。「我都不相信他是我肚子裡掉出來的……這就是我的兒子了？嘶——」她抽了一口涼氣。「聽起來怪彆扭的……」

「我也差不多。」權仲白也承認。「是有點怪怪的。」

「嗯……」蕙娘靠在權仲白肩上，兩個人一起看著歪哥沈吟，看了看，她又不禁別開眼去瞧權仲白，瞧了片刻，見他尚未察覺，這才多少有幾分失落地挪開了目光。

因為蕙娘要哺乳，頭十天都沒有用中藥。十天後，還和原來一樣，權仲白在她喝藥之前會先嚐嚐藥湯，有了一群人的特別警醒，月子裡沒出什麼大事。辦過彌月宴，坐好了月子，權夫人便命蕙娘到歇芳院去和她說話——她在月子裡看了蕙娘幾次，其餘時間似乎都相當忙碌，也不知在忙些什麼。

才一落坐，權夫人就笑吟吟地問她。「身子康復了吧？瞧著神完氣足的，嘖嘖，連腰身都沒寬幾寸！」

蕙娘主要是前期反應太大，胃口不好，後期吃的，全長寶寶身上去了，身上是一點肉都沒長。這幾天出了月子，稍一練拳，腰身便又緊實了許多，穿起從前的衣服，竟只稍微緊繃，相信之後幾個月再一活動，便可恢復原來的身形。

她笑道：「肉都長歪哥身上去了不是？才一個月呢，竟長了好幾斤了！」

提到歪哥，權夫人笑得合不攏嘴。「是真的健壯！」又關懷孫子。「這幾個月，別抱出立雪院了，栓哥、柱姊都害病呢，沒得染了病氣就不好了。」

「正是這話了。」蕙娘也說。「現在相公從臥雲院回來，我都讓他先洗過澡再去歪哥那裡。不過，據說也就是小病小痛的，這幾天已經見好了。」

權夫人點了點頭。「是，給乳母開了幾方藥，吃了就好多了。說是進補過度，奶水火氣大，孩子是一個害咳嗽，一個害脹氣。」

大戶人家的孩子就是金貴，小毛小病連年不斷，那是常有的事，說來也都不著意了。

權夫人又同蕙娘扯了幾句歪哥，才道：「這半年多來，怕妳耗費心神，許多事都沒同妳說，恐怕外頭的新聞，妳已經很久沒有趕上了吧？」

蕙娘忙作洗耳恭聽狀，權夫人見她識趣，眼中笑意便是一閃，不疾不徐地道：「事雖多，可想著妳最關心的，說不定還是件喪氣事。達家貞寶姑娘，妳還記得不記得？進京發嫁的那位，這聘禮都抬過門，嫁妝都置辦好了呢，可惜，毛家那位三公子卻是青年夭折了！」

第八十八章

要沒過聘禮，一方就已經去世，那也沒什麼好說的，親事自然是不能成了；可這過了聘禮人夭折了，該怎麼辦就有講究了。門風高潔的人家，把閨女送過去守寡的也不是沒有，就不過門，在家守著望門寡，將來也肯定很難再說上好親了。以達家現在的境況，達貞寶要再說進官宦人家做正妻，只怕是難。

權夫人見蕙娘一時未有反應，索性點得更明顯。「還記得從前楊閣老身邊有個姨娘，那就是他生母的外甥女、他的親表妹，也是守了望門寡，萬般無奈之下，投靠在表哥身邊做了妾的。」

「楊閣老那不本來就是庶出嗎？」蕙娘比較賢慧天真，遇事喜歡往好處想。「達家這可是妻門。雖說貞寶不是宗房嫡系，可怎麼說也姓達呢……」

「達家現在除了一個爵位，也不剩什麼了。」權夫人淡淡地道。「他們也難，這豪門世族到了為難的時候，比一般人都還不顧及臉面呢。唉，也就是十幾年的工夫，竟就敗落到這分上了……」

「這件事，還是得看相公的態度。」蕙娘在納妾、開臉提拔通房的事上，態度一直是很端正的。「他同過世姊姊情分深，又是那牽著不走、打著倒退的性子，這會兒達家還沒開腔呢，我們就先從中作梗，反倒不美了。」

權夫人閃了蕙娘一眼，似笑非笑。「妳倒是賢慧……現在兒子也有了，怎麼不見妳給仲白提拔幾個通房？」

「家裡帶來的丫頭們，年紀都大了，長得也不好。」蕙娘向權夫人解釋。「陸陸續續，也都在去年訂了親。再說相公修行童子功養生，對此事似乎很不熱心，也就沒有安排……還得靠娘給我幾個人呢。」

一般的婆婆，在這時候都會順水推舟給安排幾個貌美溫順的通房了——這不是為了和媳婦過不去，而是規制著小輩屋裡的風氣，自己指定看好的，起碼比小輩們自己選中的要靠譜得多。

可權夫人卻瞪了蕙娘一眼，多少有些恨鐵不成鋼。「特地提起這事，就是為了探探妳的口風，不想妳這個守灶女也這麼教條！什麼納妾、開臉提拔通房，那都是一般柔順懦弱的妻子，強不過相公才做的安排。仲白已經夠野的了，妳要想的，可不是什麼賢慧大方，而是要管他越嚴越好。妳身子沈重的時候，仲白是不會拈花惹草的，現在這幾個月，可別鬧出什麼么蛾子來，那就不美了。」

蕙娘從不否認，她就是重男輕女，如有可能，她恨不得自己也生做男兒。你看，生兒子好處多大？比起沒生育之前，權夫人半含半露的示好，此時這一番談話，儼然是已經將她當作了心腹中的心腹，隱然就是下一代的接班人了。

「這……」占了便宜，此女還要賣乖呢！她秀眉微蹙，猶豫了片刻，方道：「這似乎不合《女誡》……不瞞您說，雖是守灶女出身，可現在做了權家婦，自然是夫為妻綱——」

「夫為妻綱，那還了得？」權夫人冷笑道。「在你們二房，那得是妻為夫綱！不要怕別人說三道四的，妳公公和我心裡明白著呢！」

幾次提到了良國公、自己，卻沒提太夫人……蕙娘眼神一閃，若有所思，到底還是應承了下來。

她向權夫人打聽。「我生得晚，也不知當時貞珠姊姊是誰作主聘進門的……」

「是妳祖母。」權夫人滿意地衝蕙娘微微一點頭：有些事言明不便，只可意會。「雖說達家的確也紅得發紫，可……」

只看權夫人的表情，便可知道她當年怕就不贊成這樁婚事。蕙娘笑著點了點頭，不問達家的事了，而是請教權夫人。「還有什麼消息，是媳婦該知道的？」

「輩分擺在這裡，我們是不便經常進宮走動的。」權夫人說。「再說，當年我也的確和慧妃走得更近一點，現在見了太后和太妃，不好說話。以後妳和林氏有進宮的機會，還是要多進去探望探望婷娘。」

有權家背景加持，再加上婷娘本人絲毫構不成任何威脅，她雖然還沒有承寵，但在宮中的日子過得不錯——反正，皇上秉持了他一貫清心寡慾的作派，二月選秀，三月冊封，四月各妃嬪分宮居住……現在是六月了，新進妃嬪，恐怕還沒有一個人，能得到他的青眼。

「這是自然的。」蕙娘自無二話。「就算身分低微，不能時常進宮，我也會請相公多關照關照婷娘。」

權夫人要聽到的其實也就是這句話，她眼底的笑意深了。「其餘也沒有什麼……妳出嫁也有一年多了，還沒回過幾次娘家呢，得了閒，回娘家看望看望長輩，也為我們帶一句話，麻家那個案子，需要幫忙的，請老人家儘管開口。」

實際上，這種話一般是由良國公告訴權仲白，權仲白再轉告老爺子，才顯得更有誠意。可惜權仲白性子特別，朝廷政事，竟也要兩個女人在此商議。蕙娘自然謝過夫家的好意，又好奇地向權夫人打聽。「此事究竟是怎麼個來龍去脈，我這幾個月竟像是活在籠子裡，外頭的事情，一概都不清楚。」

事實上，刨開重重遮掩，這件事無非是改革派對保守派的又一次進逼而已。此事由御史臺大夫踢爆，經歷了兩派無窮的嘴仗、攻訐，現在算是進行到了調查階段。麻家一百來口人，的確是在一夜之間給遷徙完了，只是缺少發配文書。現在去寧古塔尋找麻家的人馬還沒有回轉，究竟是自行遷徙，還是被強行發配過去的，還不能下個定論。總之不論是楊家還是焦家，現在都應該在發動人手尋找——或者假扮麻家人。問題的關鍵，就看誰能更快一步了。

畢竟是寧古塔，東北重鎮，也是權家的地盤，焦家要想動些小手腳，權家肯定也是能幫忙遮掩的。只是，楊家說來，也是權家的親家……

的。」

「這還沒有回家，絲毫不知道內情。」蕙娘笑著說。「真要麻煩爹娘，也不會客氣的。」

兩人又談了些朝野間的大事：麻家事現在還沒有一個結果，不能不說是朝野重心不在此處的緣故。從正月裡開始，幾個月了，南邊海關一直沒有平靜下來，有一支極為慓悍輕快的海盜船隊開始頻繁犯邊，廣州一帶被滋擾得人心惶惶。因大部分海軍船隊都隨著孫侯爺南下了，現在廣州邊防的確空虛，可用的都是新兵蛋子。現在皇上的心思，全放在南邊呢——被這麼一鬧，不知有多少客商就不敢過來了。所幸廣州將軍同兩員副將許鳳佳、桂含沁，作戰都算是勇猛，現在是許、桂前頭打，林三爺在後頭著急上火地督造軍艦，現打現補充。

再有些事，便都是權家內部瑣事，不足為外人道了，多是瑞雨出嫁的瑣事。

權夫人還為之前達夫人帶兩個姑娘來訪的事解釋了一下，因嘆息道：「可惜了，倪姑娘人是好的，但叔墨卻沒看中。」

一般大家婚事，多得是牛不喝水強按頭，權家規矩，真是處處大異尋常，蕙娘也說不上是好或不好——她今兒還把給雨娘添妝的那一對玉鐲帶來了，權夫人少不得亦鑑賞一番。

兩婆媳談到近午飯時，蕙娘方起身告辭，權夫人起身送她出去，漫不經意地又道：「妳身邊那個叫綠松的大丫頭，本是預備做通房的吧？雖和妳貼心，妳怕也是對她有過說話了，但還是那句話，我們家不興這一套。該說親就說親，也別耽誤了人家的終身。」

連婆婆都發話了，蕙娘還能怎麼說？她輕聲細語道：「是，回去就給她訂了親。正好，陳皮、當歸，都還沒有說親呢。」

權夫人眼神一閃，她笑吟吟地說：「要在這兩個小傢伙裡挑，那還是當歸好。陳皮雖似乎也不錯，但我看是不如當歸穩健的。」

當家主母親自背書，綠松這是不說當歸都不行了……

從歇芳院回來，蕙娘就把綠松找來說話。「人家石英、孔雀，連嫁妝都備上了，我連添箱禮都賞了，妳倒好，這還不疾不徐地挑著人呢。且說，陳皮同當歸，究竟哪個好？」

綠松淡眉淡眼的，毫無待嫁女兒的羞怯，她甚至是多少有幾分無奈地嘆了一口氣。

蕙娘都想哭了，她噘起嘴給綠松看，惹得周圍幾個丫頭一邊往外退，一邊還偷偷地笑呢！

「陳皮吧。」綠松也不可能再拿喬了，她滿是無所謂地點了那麼一個，見蕙娘神色略變。「怎麼，是他不合您的心意？」

「夫人看著當歸更好，大有給妳親自指配的意思。」蕙娘也沒瞞著綠松。「不過，些許小事而已，妳要看中陳皮，那就是他了。」

「那就當歸也好。」綠松立刻就換了口吻，她跪在炕邊上，懇切地道：「可別為了這麼點小事，惹得您和夫人多費唇舌。」

終身大事，在蕙娘口裡成了小事，那是蕙娘疼她，她自己說是小事，蕙娘就真想拿手邊的蜜糕糊她一臉了！她沒好氣地說：「妳還真是閉著眼睛亂指呀……當歸就當歸，這事兒，就這麼定了！」

當歸畢竟是權仲白手裡使出來的小廝，算是他的嫡系，權仲白晚上回來吃飯時，蕙娘就和他彙報了一下這門親事，她多少也有幾分感慨。「本還想讓她再挑挑的，可娘都問起來了，以為她是我給你預備的通房……」

「妳就沒告訴娘，我那個不納妾的意思？」權仲白的眼神頓時一凝。「她要挑，就讓她挑好了，女兒家的終身，可不能隨意發落。」

「這話怎能我說？」蕙娘白了權仲白一眼，在相公跟前，她始終是有三分蠻不講理的潑辣任性。「我當你早就剖白了心跡呢，今兒婆婆說起來，我一時都沒話回了，好像我多不賢慧，竟不給你安排通房似的……」

「奇怪，人家不給，我怎麼說？」權仲白還有理了。「好端端忽然來這麼一番話，妳肯定被冠上妒忌跋扈的名頭，這不關我的事，妳還埋怨我呢！被我帶累了，妳還不得拿這把柄，拿捏我到老？」他擱了筷子，倒也乾脆。「既然提到了通房的事，那我現在都去說。」也不管蕙娘在後頭招呼他「你把飯吃完啊……」，這就站起身來，往歇芳院過去了。

小半宿後他才回了立雪院，若無其事地道：「只吃了個半飽……今晚破例，用些夜點吧！」

蕙娘扶著額頭，真是都不敢去問他到底說了什麼……

第二天早上請安時，權仲白按例是沒過去的，蕙娘自己進了擁晴院時，權夫人、太夫人、大少夫人的臉色竟都不大好看，三個人沒一個同她搭話，就連良國公，看她的眼神都頗為不善。

待回了立雪院，綠松就送了消息來——

「昨晚少爺和夫人吵起來了……鬧了有小半宿呢。少爺說自己練的是童子功，本來就不該在男女事上損耗元氣、多花心思，這輩子誰再提給他納妾、納通房的事，那就是逼他早死，是要害他……聽歇芳院的丫頭說，少爺還指名道姓地數落您，說、說您想給他納通房，被他罵得狗血淋頭的。夫人氣得揉心口，罵他不識好歹、顛倒黑白，正好國公爺在歇芳院吃飯，也是氣得要拍桌子，還是擁晴院來人問了消息，傳了太夫人的話，這才收歇了，要不然，幾乎要請家法……」

蕙娘托著腮聽，禁不住唇角就翹起來，見綠松眼神有點不對，似乎隱含鄙視，她便為自己的笑容解釋。「看來沖粹園的保密工作，做得還是不錯的。」

去年權仲白發的那場火，看來是真的沒有傳到府中來，太夫人和權夫人都是一無所知，這才一個想給打發通房，一個和蕙娘暗通款曲。要說蕙娘是為這高興，似乎也並無不可……

不過綠松又哪裡會信？她嘀嘀咕咕地道：「我這婚事，真被您借題發揮，鬧出了多大的動靜……這一下，這個欲為通房而不得的帽子，真是穩穩就扣在我頭上了。」

「這個帽子，人家求還求不來呢。這不是一舉多得，也給妳抬抬身價嗎？」蕙娘指著她抱怨。「就妳沒良心，還埋怨我……」

想到今早太夫人和大少夫人的表情，她又不禁甜甜地笑了。「唉，可惜，今早相公不在，沒能鑑賞到大嫂的臉色。」

「不好看？」綠松給蕙娘纏指甲，預備染顏色。

「相——當不好看。」蕙娘想一想都好笑。「這麼看，達家忽然把這麼個寶貝姑娘打發過來，背後少不得是她在推波助瀾了……唉，這一招接著一招，一浪接著一浪，要不是我也有三分本事，真和祖父說的一樣，要被她活活吃嘍！」

從入門開始，大少夫人就沒消停過，只要蕙娘在國公府裡住，她就有本事給蕙娘添堵。可要抓把柄，卻又上何處去抓？不得不說，她亦是有幾分手段了。綠松代蕙娘設想了一番，也覺得為難。「雖說大家心知肚明，可她手腳俐落，馭下嚴厲，恐怕要找到她的破綻，也不是那麼簡單吧？」

從前沒有兒子，又是新媳婦，受大嫂的氣也就只能受了。現在兒子也有了，過門也一年多了，立穩腳跟，似乎可以開始布局拔釘子了：大少夫人這個釘子，很顯然就不是那麼好拔的。沒有長時間的部署和埋伏，想要將她斬於馬下，簡直就是作夢。連小福壽，那也都是說處理就處理了，要想打進臥雲院內部，真是談何容易……

蕙娘沒有直接回答綠松的問題，反而提起了雨娘的婚事。「昨天娘的意思，雨娘的婚事，肯定也是要大辦的。家裡人手不夠，這幾個月，讓我在府裡住，別回沖粹園了，有好些地方，需要我的幫襯。」

這是順理成章地讓二少夫人熟悉府中內務……朝中有人好做官，權夫人對蕙娘的栽培，也的確是不遺餘力。

有兒子，有能力，有人在上頭提攜，又有個得到長輩絕對重視的好相公，在這一場世子角逐戰中，二房領先得已經不是一星半點了，該著急的，絕不是立雪院吧？

「您是說，以不變應萬變……」綠松很快就捕捉到了主子的意思。「讓她多做多錯……」

「人嘛，一著急，很難不做錯事的。」蕙娘淡淡地道。「再說，做得多了，行事風格也就出來了……別忘記，咱們頭頂還有一樁懸案未解呢。我還是那句話，一個人行事的風格，和筆跡一樣，一旦定了型，是很難改的。」

想到大少夫人今早的臉色，品味著那連輕快都掩不去的陰沈，她不禁又是甜甜一笑。「我們要忙的事，可多了去了，誰有那個閒工夫，成天任何事不幹地勾心鬥角？」

綠松也笑了，她站起身來。「奴婢這就去打聽打聽，從前大姑娘出嫁時，是怎麼行的禮。」

小夫妻頭一回聯手給人添堵，權仲白是懵懵懂懂，絲毫沒有想深，可蕙娘卻是有的放矢、有意而為之，她射出的這一箭，的確也正正中了紅心，戳得達夫人好一陣心痛。

「妳也給句話呀！」她有些不耐煩地敲了敲桌子。「大姑娘，這會兒還擺什麼棋譜？新人勝舊人，從前的情分，這會兒已經不好使啦！」

多年來百事凋敝、處處催心，已經令得這個貴婦人的精神極度緊繃，權家的消息才送到侯府，達夫人連眼淚都要下來了：連權姑爺都不惦記著達家了，還能指望著權家別人嗎？眼看著這些年來，生意是越來越難做，開銷雖少了，可年年收入更少……這是侯爺還沒回府，要回府了，真不知該怎麼交代！達夫人是連自己的院子都待不住了，前腳送完客，後腳就來了達貞寶這裡。

和她的憂慮、緊張相比，達貞寶就要沈靜得多了，她依然低著頭對著棋譜，輕輕地在棋盤上落著子，蜜色長指緩緩地在棋盤和棋盒中來回，哪管達夫人都快抽噎上了，落子的節奏也依然還是那樣穩定。

過了老半晌，等達夫人漸漸地也平復下來、收了淚，這位眉清目秀的少女，才慢慢放下了手裡殘舊發黃的棋譜。

「急什麼？」達貞寶對著棋盤喃喃自語，似乎根本就沒聽到達夫人的哭訴，只是一心一意地琢磨著這剛擺出的名局。「窗下覆棋殘局在……這一局，才剛剛開始呢。」

她的聲調，陰涼似水。

第八十九章

出嫁一年來，回娘家次數真是不多，除了三朝回門之外，也就是小夫妻鬧彆扭的時候，老太爺特地把小夫妻接到閣老府申飭了一次。此外不論是新年還是端午，蕙娘都被耽擱住了沒有回門。歪哥的彌月宴，以焦閣老身分，自然也不可能親至。屈指一算，也有近一年沒和老人家相見了。如今出了月子，蕙娘自然要回門探望老太爺，權仲白亦有分隨行。四太太也是知情識趣，把三姨娘的生日提前了幾天來辦，要不是文娘病了，正好大家團圓了坐下來吃飯。

有個神醫做姊夫，生病的待遇都特別高。權仲白現在也養成了條件反射，一聽說有人生病，就預備要過去扶脈。

倒是蕙娘度四太太臉色，心裡有數，因便對相公道：「你也不必那麼著急，左不過是老毛病了，吃幾方你給開的太平方子，自然而然也就痊癒了。」

做姊姊的快一年沒有回娘家了，當妹妹的稱病避而不見，要不是真病得厲害，這肯定是在和蕙娘鬧彆扭呢！權仲白沒有犯傻，他「嗯」了一聲，若有所思，又問四太太、三姨娘、四姨娘。「近日身體都還康泰？」

丈母娘看女婿，通常都是越看越有趣，但四太太和兩位姨娘卻是例外。三姨娘就比權仲白大了兩、三歲，四太太老一點，年紀差距也在六、七歲之間，都是守寡的人，為了避嫌，通常不多和權仲白說話。權仲白問了一圈，見都道好，便也告辭出去給閣老扶脈。正好和焦子喬擦身而過，焦子喬還回頭看他呢，又同四太太告狀——

「娘，裡屋闖進個外男！」

小孩子變化最大，就是兩歲到五歲這幾年，幾乎是每一天都更懂事一點。童言無忌，好些話大人聽了是要直發笑的，四太太就被逗得直笑。「那是你姊夫！」

四、五歲的孩子，對親屬關係已經分得很清楚了，聽說是姊夫，自然就看蕙娘——一年多沒見，他對蕙娘顯然多了幾分生疏，因她坐在焦太太身側，子喬便怯生生地依偎到三姨娘身邊，這才細聲細氣地道：「十三姊好。」卻也懂事，一邊說，一邊身子前撲，給蕙娘作了個揖，這才又把臉藏到三姨娘背後。

四太太望著他直笑，口中卻有幾分嚴厲。「小裡小氣的，像什麼樣子？出來給你十三姊正經行禮。」

焦子喬身邊的養娘，已經換了一人，對孩子的影響力就不太大了，任是在一邊猛打眼色，孩子也還是磨磨蹭蹭的。見一屋子人都不說話，默然望著他，到底還是挪出三姨娘身後，給蕙娘行了禮，聲音也變大了一點。「給十三姊問好。」

蕙娘方露出笑來，彎腰把焦子喬抱到懷裡，摸了摸他的腦門，溫言道：「喬哥也好。」雖一年多沒見，可子喬如今被教養得嬌驕之氣大去，行動間漸漸有了規範，蕙娘倒是比從前待他更親切了點。

孩子是最敏銳的，姊姊不像從前一樣軟中帶硬，焦子喬如何察覺不出來？不片晌，已經喜笑顏開，抱著蕙娘的脖子捨不得撒手了，小傢伙還表忠心道：「十三姊比十四姊好！」

蕙娘笑咪咪地看了三位長輩一眼，又低下頭逗子喬。「十三姊好在哪裡？」

「十三姊愛笑。」焦子喬毫不考慮地就把家裡的事全賣了出來。「十四姊都不笑、不理人，我去看她，她把我趕出來。」

「你十四姊不是病了嘛，」四姨娘有點著急。「怕把病氣過到喬哥身上不是？喬哥是大人了，可不能胡生姊姊的氣。」

喬哥噘著嘴，愀然不樂，他忽作成人之語。「就兩個姊姊，十三姊成年見不到面，十四姊天天在家還見不到面……唉！」說著，還嘆了口氣。「都是我討人嫌。」

眾人都笑了，連蕙娘都被喬哥逗樂。

四太太一邊笑，一邊把他抱到懷裡，為他順了順耳旁的碎髮，親暱地道：「傻孩子，就會胡說八道、胡思亂想的。今兒功課做了沒有？快去早早做了，還能和你十三姊玩一會兒。還有你的奶兄弟們，今兒巴巴地在你屋門口冒了幾次頭，都惦記著你練完大字出去打陀螺呢！」

比起一、兩年前，四太太如今看著，氣色真是好得多了——也到底是正房太太，把喬哥帶得是要比從前在五姨娘手上好。喬哥一聽說有陀螺打，立刻就坐不住了，從四太太懷裡扭著下了地，牽著養娘的手，招呼了蕙娘一聲，便往自己住的裡屋去了——現在，喬哥就在四太太眼皮子底下養。

把孩子打發出去了，四太太才露出愁容，對著自己女兒，陪著的都是心腹，沒什麼好瞞著的。「自從四月初訂了親，文娘不吃不喝，鬧了小半個月的絕食，誰勸都不言不語的，連眼淚都不流，後來還是老太爺親自去了花月山房，這才肯吃東西了。可這幾個月，話要比從前少得多了，這請安也是愛來不來，動輒就稱病，我們這裡也都只能瞞著，不敢讓前頭知道。」

前幾個月，是蕙娘的要緊時光，家裡自然不敢打擾，到今日四太太這麼一說，蕙娘眉尖不由得就是一蹙。「您也應該早給我送個信……」

「妳自己事兒難道還不多嗎？」四太太嘆了口氣。「現在林家真是起來了，據說三少爺在廣州表現出眾，周旋內勤料理糧草，比多年的糧草官辦得都好。從前他也就是沾個內眷的邊，朝中人不大把他當回事，這回可不一樣了，在軍界算是立住了腳跟……這要是分了妳的心，讓妳大嫂抓住了空子，娘家人怎麼對得住妳？」

這門親事定下來，文娘會不服，倒在蕙娘意料之中，她就沒想到這孩子脾性這麼倔，都兩個多月了，老太爺都親自發了話，就這還硬挺著呢。她有點坐不住了，本想和三姨娘說幾句私話的，這會兒也押了後，從謝羅居直出花月山房——文娘雖然口口聲聲羨慕她的自雨堂，可蕙娘出嫁以後，自雨堂原封不動依然空置在那裡，她還是住在她的桃林深處。

花月山房一切如舊，甚至連雲母、黃玉那又著急又為難的表情都沒有變，蕙娘一時竟有幾分恍惚。她衝兩個大丫鬟擺了擺手——不用一句話，也知道這肯定是文娘派出來攔著她的——長驅直入，不由分說地掀簾子就進了堂屋，可不想，通往文娘臥房的門卻推不開。

雲母急急地跟進來了。

就連黃玉都是真個發急。「姑奶奶，我們家姑娘性子左——」她把聲調放得大，一邊說，一邊給蕙娘使眼色。「這會兒怕是睡下了，才把門給門上了，求個清靜。您要不飯後再來吧？」

這個黃玉，都什麼時候了，還是這樣兩面討好……蕙娘衝雲母使了個眼色，雲母微微搖頭：這會兒，怕是屋內各處可以通行的門，都被從內反鎖了……

三天不打，上房揭瓦。一別這幾個月，焦令文實在脾氣見長啊！蕙娘也提高了聲音。「她還以為我會就這麼在外頭和她拚耐性嗎？去尋一把斧子來，把門劈了！」

多年守灶女，餘威猶在，黃玉哪敢多說什麼？只囁嚅了一聲。「姑奶奶……」

雲母卻也跟著把聲音抬起來了。「這……奴婢這就去辦！」

她還沒出屋門呢，只聽得一連串門閂碰撞之聲，文娘鐵青著臉把門給拉開了，一返身又進了屋裡，聲音遙遙從暗處傳來——

「妳來做什麼？來看我的笑話？妳還有什麼不足，要這樣對我！」

這番話，強詞奪理到了極處，丫頭們聽得都變了顏色，蕙娘卻毫不動氣。

她進了屋子，反手把門給門上了。「我就是來笑話妳的！妳作踐自己，這是給誰看呢？就這點韌勁兒，妳哪裡配當我的妹妹？」

文娘本來還在床邊坐著，隱約能看見一道身影，被蕙娘一說，氣得一頭就撞進姊姊懷裡，胡亂地要廝打蕙娘。「妳不要臉！妳沒良心，妳……妳……」

這股鬱氣，想是憋在心裡憋得久了，這孩子一邊說，一邊就自己氣得哽咽。「妳憑什麼事事都比我強？連親事……嗚……連親事……」

按說這親事，真是她唯一能少少勝過蕙娘的地方了，權仲白再怎麼好，那前頭也有個元配了。文娘好說都會是元配嫡妻，將來就葬，那都能和夫君合穴的。可如今呢？王辰就算自己條件也不差了，同權仲白那能比嗎？而且他元配才過身幾年？權仲白成親的時候，達氏都過世快十年了！下頭妯娌，雖然是商戶人家，可那是渠家的小閨女啊，渠家富可敵國，兼且一心巴結王家，錢財必定是源源不斷地支持過來，文娘陪嫁縱多，能和人比嗎？

宜春票號的份子，哪怕就是分她一分、兩分，也總好過如今吧？這不只是婚事，就是陪嫁，都處處透了區別，在文娘來看，焦閣老的心，的確是偏得大了……

蕙娘心中，亦不禁暗暗嘆息。她還沒說話呢，文娘又使力掙開了她的懷抱，拿起身邊的小迎枕就往蕙娘臉上丟。

「還有妳！祖父說妳見過王辰，很是滿意。呸！我焦令文就是一無是處，和妳比賤似腳底泥塵，我也有我的骨氣！我知道妳看不起我，妳覺得我就只配和那樣的人在一處，那妳就別虛情假意地和我來往，我自過我的日子，用不著妳裝出些和氣的面孔，似乎很為我著想——」

蕙娘反手一個巴掌，乾脆俐落地就抽到了文娘臉上。文娘的話頓時就被抽得斷了，她怔然撫著臉頰，才要開口，蕙娘又一個巴掌抽過來——長這麼大，敢抽焦令文耳光的人，恐怕也就只有她一個了。

室內頓時就沒了聲音，蕙娘將文娘一推，這孩子連站都站不住了，腿一軟，跌坐在地。蕙娘毫不搭理，她自己回過身扯開窗簾，令室內陰暗的氣氛為之一爽：雖說文娘把窗簾拉了起來，但室內還算雅潔，她挑剔了一圈，總算勉強滿意，便自己給自己倒了一杯茶，坐在窗邊，慢慢地品了起來。

過了好半晌，文娘才有了動靜，她慢慢地爬起來，在蕙娘對面坐下，甚至也給自己倒了半杯茶，雖說還低著頭不肯和姊姊對視，可水流傾注，竟也只有微微的顫抖。

「我知道妳心裡委屈，同王辰比，一樣是布政使之後，何芝生、何雲生起碼年紀輕，也都沒有娶親。」蕙娘這才和緩地說。「論功名，他才中進士，假以時日，何家兄弟未必不能和他比較。論家產，王家的錢，現下也不比何家的多。祖父承諾妳，會給妳說一門滿意的親事，最後卻著落到了王家，的確是有點坑人。」

文娘肩膀一顫，她沒有說話，也還是不肯抬起頭來。

「至於勸解的那些話，四姨娘、娘肯定也都和妳說了。何家有權有勢，那是現在，王家的著眼點，卻是將來。本來就簡在帝心(注)，我們家再一拉拔，來年入閣封相，實是題中應有之義。閣老家的兒媳婦，就算是續弦，以妳庶女出身，也不算委屈。倒是何家，他們期望落空之後，失望之下會如何待妳，也說不清楚。」蕙娘說。「可理是這個理，妳自己心底，是不是覺得祖父騙了妳？覺得我明明早就知道此事，卻只隱約提醒妳親事早定，而不肯點透，甚至在祖父跟前，還說自己滿意王辰，不為妳出力……也有幫凶之嫌？」

文娘的肩膀開始輕輕抽搐，有些啜泣聲出來了。

「妳怨祖父嗎？」蕙娘不理她，她問：「心裡是不是有點恨他？」

這一問，是有點驚世駭俗了，文娘僵了許久，到底還是輕輕地搖了搖頭。「五刑之屬三千，而罪莫大於不孝，血、血脈流傳，不敢怨恨……」

「妳從小到大享用的潑天富貴，來自於他，沒有祖父，我們家根本就不能往下傳承。」蕙娘說。「養妳了、教妳了，今日要嫁妳了，也給妳尋了個門當戶對的人家，祖父是沒什麼對不起妳的，妳非但不敢怨，也是不能怨。」她一瞇眼，語氣忽然針一樣利。「可妳心裡，總難免覺得祖父有賣了妳的嫌疑。為了子喬將來的安穩，為了他老人家的晚景，妳個人的意願，也就成了他考慮的最後一件事，是不是？」

文娘猛地抬起頭來，一雙眼腫成了桃一樣大，她嗚嗚咽咽的，哪裡還有片刻前的鋒利？

「姊……」

「妳生於富貴，長於富貴，今日為了富貴出嫁，也沒什麼好抱怨的。」蕙娘卻半點都沒有同情，她淡淡地道。「至於祖父，那也是富貴之人，他當然會作出這樣的決定。換句話說，妳焦令文就不嫁王家，妳能嫁到哪兒去？似乎妳除了認命之外，已經沒有第二種選擇了，那麼妳這兩個月的做作，是做作給誰看？養妳十八年，連局勢都認不清楚，不能順勢而為，妳還真是出息。」

文娘在她跟前，永遠都是那個糯米糰子，這不是又被搓服了？她的口氣，已經有所鬆動。「我、我……我就是不甘心不行嗎？我就是沒出息，我就是不懂事，看不上我，那就別給我說那麼高的親事，我——我高攀不起！」

「行啊！」蕙娘反而微微一笑。「心有不甘，也是人之常情，我要是妳，我也不甘心……就是我自己，又何嘗甘心呢？」

文娘白了姊姊一眼。「妳是睜眼說瞎話！姊夫有什麼不好？形容俊美、才華橫溢，妳就非得作成這個樣子，從前對他讚不絕口的那些話，妳都自己吃進去了？」她有些煩躁。「妳甭說了，我就是沒本事。祖父心裡有妳沒我，好的都是妳的，差的都是我的，就不許我不甘心嗎？啊？妳就不能讓我多消沈幾天，就非得這麼整我？」

蕙娘不禁欣然一笑。「行，不甘心，妳不甘心……」她拉長了臉，又狂風驟雨一樣地訓斥。「除了不甘心，除了折騰自己，妳還會不會別的？沒出息！想嫁就嫁，真不想嫁到這個地步了，妳就連自救都不會嗎？像妳這種人，真是活該一輩子被踩！除了哭、鬧、絕食，妳

注：簡在帝心，意指為皇帝所知曉、賞識者。

還會什麼？」

「我——我難道還能私奔啊？」文娘被罵得一愣一愣的，她很不服氣。「那妳倒是教教我，我還能怎麼著？」

「私奔，那就更蠢了！」蕙娘不屑地說。「把終身交付到一個野男人頭上，和他能見過幾次面？妳敢私奔，我打斷妳的腿！」

見文娘被她繞得暈了，蕙娘唇邊不禁現出一縷微笑，她慢慢地說：「但不能私奔，妳卻可以逃婚。妳要真不想嫁，今兒就發句話，我還有足夠的時間，能在婚禮前從容安排，把妳送出城外，逃得這門親事。」

饒是文娘也是大膽任性之輩，依然不禁被蕙娘此語驚得倒吸一口冷氣，幾乎是出自本能，她怔怔地問：「那，妳、妳不也和我說，妳不甘心嗎？妳又為什麼不逃……」

「我和妳不一樣。」蕙娘輕聲說。「我有我的責任，我是被當作繼承人教起來的，妳不是。所以我要認命，我妹妹卻不必如此。只要妳能下得了這個決心，寧可和這個家斬斷一切連繫也不嫁王辰，逃婚的事，我來幫妳安排。」

第九十章

雖說時值盛夏，但焦閣老的小書房，上有自雨管道，外有叢叢花木，甚至不必冰山納涼，屋內也是自然蔭涼，毫無暑氣。歪哥被抱來不過片刻，便睡得很沈，連呼吸聲都要貼著臉邊才能聽見，小臉擰巴著，偶然咂咂嘴、舞舞拳頭，倒越發顯得愜意自在了。

對這個曾外孫，老太爺是很喜愛的，他不讓乳母喚醒歪哥，而是親自抱在懷裡輕輕地搖了片刻，這才把他送到乳母懷裡。「送到後頭去，讓他打個盹吧，不要驚動了他，孩子在這個時候，是最要多睡的。」

見權仲白轉著身子，目送著孩子出去，老人家不禁玩味地一笑。「怎麼，當了一個月的爹，倒把你性子給改了？往常可不見你作此婆媽之態，子殷，變了啊！」

三十多歲，才剛剛當爹，姑且不論和孩子他娘的感情究竟如何，對這個生得越來越像自己的孩子，權仲白肯定是有感情的。他毫無羞赧地道：「虎為百獸尊，誰敢觸其怒？唯有父子情，一步一回顧。我這也有幾天忙著，沒太見他了，回顧兩次，也不算什麼。」

他給老太爺扶了脈。「還成，同上回一樣，脈象還是這樣健旺沈穩。您還和從前一樣，堅持早晚打一套拳？」

「最近天氣熱，事情也多，」老太爺說。「別的拳不打了，你讓我練太極拳，倒是練得還有勁兒的。」他和權仲白閒聊。「聽說你媳婦生產時吃大苦頭了，差一點就沒生下來？」

「她自己本身也慌。」權仲白避重就輕。「孩子又大，是比較難生。好在雖險，卻順，孩子落地了，一切也就好了，本人月子裡恢復得還不錯。」

「唔。」老太爺眼神一凝，旋即又回復過來，不輕不重地捋著白鬚。「她命硬呢，從小沒病沒災。焦家一百多口人的福氣，全集中在她一人身上了，生產小事上，不會栽跟頭的。」

兩人又說了幾句蕙娘的恢復和歪哥取名的事，老太爺問了問大房栓哥取什麼名，權仲白道：「都沒取，說是五歲上譜的時候再說。」

權家規矩，當家人的幾個孩子，取名自有排行。譬如權家這一代，都按瑞字輩起，可伯紅、仲白兄弟就是例外。老太爺「嗯」了一聲並不細問，看著怡然自得不露喜怒。權仲白看在眼裡，不禁嘆了口氣：帝國首輔，這份心機根本不是自己可以相比的，指望他露出一點端倪，倒是他天真了。

也因為如此，他根本就沒和老太爺繞彎子，直截了當，就衝老太爺發問。「您說她從小到大沒病沒災，可我聽她說的，不像。」

他略略交代了幾句蕙娘在懷孕後幾個月的表現。「聽著是在生死線上走過一遭兒的，這一次就特別怕死。對我說了兩次，一次說是，別讓她再品嘗一次那樣的滋味了，還有一次，說的是她幾乎是又死過一次了……」

老太爺也有些吃驚，他倒抽了一口冷氣，望著權仲白，似乎還有些不大相信，竟又罕見地追問了一句。「你沒聽錯吧，她真是這麼說的？」

「是。」權仲白穩穩當當地坐在老爺子對面。「聽她的意思，彷彿真是從前也曾經歷過一次生死交關的險境。」

老爺子畢竟是帝國首輔，眼神連閃、心念電轉之間，似乎已經揣摩出了蕙娘的用心，他沈吟片晌，才淡淡地道：「看來，佩蘭當時是真的很激動了。」

只這一句話，立刻就坐實了蕙娘曾經有過瀕死險境，甚至還給此事塗抹上了一層神秘的外衣，婉婉轉轉，還是在暗示此事大有隱情，是蕙娘心中的一大秘事，不是心懷激蕩時，輕易是不會說出口的。

權仲白眼瞳一縮，他多少帶了幾分沈思地望著老爺子，沈吟了半日，才道：「這事兒，是已經解決了，還是尚有餘波未平呢？」

能在宮中打轉的人，心思會淺到哪兒去？老爺子挺為孫女兒高興的：就是去年這個時候，恐怕他是看出來不對也都懶得問，一年光景，小倆口進步很大啊！

「你既然聽出來了，怎麼不自己問她？」他不答反問。「怎麼捨近求遠地，還來向我老頭子討口風？」

「這……我覺得她不會告訴我的。」權仲白也坦白。「想說的，她自己會提。這麼重大的事，除了那最心潮起伏的一段時間，其餘時候她一點口風都沒露，可見她並不想讓我知道。」

老爺子「嗯」了一聲，也是若有所思。「看來，雖然孩子落了地，可你們兩夫妻距離『你泥中有我，我泥中有你』，也還有很長的一段距離啊……」

當著娘家人的面，承認夫妻感情不大好，雖說老人家沒有隻言片語，但權仲白總覺得他好像在指責自己待焦清蕙不好，他不得不為自己說幾句話。「話也不是這麼說，她心思深……唉，這感覺上的事，不大好說。」

老爺子樂得是放聲大笑，他逗權仲白。「不是讓你和她鬥嗎？她的嘴就像是河蚌一樣緊，你能把她徹底壓服了，這河蚌也能張嘴不是？」

「她那懷著身孕呢……」權仲白嘟囔著。「鬧騰了將近十個月。欺負一個孕婦，我好意思嗎我……」

「哈哈哈哈……」老爺子笑得前仰後合。「你們這對歡喜冤家！」他指著權仲白，樂得連擦眼淚，好一會兒才平復過來，正經地說：「但話又說回來了，這麼一年多來，你還不懂蕙娘的性子嗎？自己天資好，出身強，家裡人也看得重……別看面上和氣，其實心裡比誰都傲。」他的語氣，大有深意。「別的事猶可，該放下面子的時候，她能表現得根本就不知道面子是什麼東西。但你們夫妻之間，如果你不主動，她永遠也都不會邁出第一步的。個中道理，你明白不明白？」

「你是說……」權仲白心中不禁一動，很多迷惑之處，似乎都有了解答。

「雖說你自己也有你自己的苦衷和追求，但在佩蘭看來，」老爺子淡淡地道。「你不想娶她，肯定是她的天資才情、容貌為人並不足以打動你，她就是再好，你不動心也是枉然。你以為她面上風輕雲淡，心裡會不介意這點？有此前情在，你不主動有所表示，要她把你當自己人，難。」

老實說，頭回見面，以權仲白慣見天下美色的眼睛，焦清蕙的美貌雖令他有些觸動，但要說真箇就心旌大動，那是胡扯。他看焦清蕙當時也十分瞧不上他，這彼此看不上的關係，在新婚夜後自然已經宣告終結。成了夫妻，夫妻該做的事，生兒育女、教養成人等等，兩人也都願意去做，從前的事那就不再算數了，被老爺子這一說，他才想到：是，對他而言，焦清蕙究竟怎麼想他，他能看得清楚，可自己是拒婚的那一個，在他，話說得是真心實意，在焦清蕙心裡，她可未必是如此想的……

老爺子見他發怔，語氣更淡。「夫妻間的事，關係著你們這一輩子。你們兩個所求之物，幾乎南轅北轍，不互相協調商量，那怎麼行？蕙娘從前往事，只能心證處很多，問我，不合適，還是你自己問你的妻子更好些。」

話題到此，已經沒有必要繼續。老爺子的意思已經表達得很明顯了：蕙娘不說，自然有她的理由在，沒準兒就是還不信你這個做相公的。要說緣由呢，簡單，你自己做了什麼事，擺在這裡的，蕙娘什麼性子，擺在這裡的，情況我都告訴你了，餘下該怎麼發展——你自己參詳吧！

見權仲白還在發怔，老爺子換了個話題。「小牛美人身子骨還康健吧？」

「還成。」權仲白也回了神，字斟句酌，話說得很審慎。「宮裡諸主位，情況都不錯，東宮身子骨也好，都好。」

「二皇子那個情況，」老太爺壓根兒就沒理會東宮。「也比較複雜……這究竟怎麼回事，到底是不是小牛美人……」

「這個，只能說有猜測。」權仲白也明白老太爺的意思：當年牛淑妃這一胎，懷得是疑雲密布。孩子落地之後，小牛美人忽然就進了宮、得了名分——那可不是選秀的年分，事前也沒聽說牛家獻美。這背後的故事，就很耐人尋味了。「當時雖是我在扶脈，可重簾阻隔，這手腕是誰的，我也沒有過問。不過，似乎皇上並不介意此點，最近對牛家、淑妃娘娘，倒都是關愛有加。」

「皇上是預備要大用楊家了……」老太爺嘆了口氣。

屋內沈默了半晌，見權仲白沒有接話，老太爺微微一笑。「陪你兒子去吧。以後多陪你媳婦回回娘家，她母親和幾個姨娘，終日寡居也是無聊。今天給她生母過小生日，一會兒席間，你要有所表示才好。」

權仲白便起身告辭，退出了屋子。

老太爺往後一靠，眸光閃閃，沈吟了也不過片刻，蕙娘就進了屋子。

「祖父，」她給老爺子請安。「一年多沒見了，您可還安好？」

兩祖孫真是有段日子沒見了，蕙娘雖然跪在當地，但面上的擔憂、思念、委屈、激動，老爺子哪裡看不出來？饒是他心堅似鐵，此時亦都要鼻子一酸。「嚇著了吧？人沒有事就好。」

雖說沒有見面，但蕙娘的情況，老太爺自然瞭若指掌：有些事，廖養娘瞞著四太太、三姨娘，卻不敢瞞著他。蕙娘在祖父跟前，也沒什麼好隱瞞的了，廖養娘等心腹下人能知道的，老太爺自然清楚。他點評道：「別的都安排得頗妥當，就這搶著送信一舉，大無道理，簡直都不像是妳的作風。背後可有隱情？」

蕙娘沒把權仲白想要調查毛三郎的事瞞著祖父。「……這件事和他，根本風馬牛不相及，沒見過這麼著急攬事上身的人。可答應了不能不給他辦到，耽誤一點自己的事，那也只能耽誤了。」

老人家恐怕也沒想到這一招，一時亦不禁托腮沈吟，走神了許久，才把話題給拉了回來。「見過令文了？」

「見過了。」蕙娘眸光微沈。

老太爺不動聲色。「說得服了？」

「服了。」蕙娘說。「現在正在哭呢，四姨娘過去了。想必日後，也不會再鬧脾氣了，我和她把話說得很清楚……她到底還有幾分靈性，該怎麼做，心裡還是有數的。」

「喔？」老人家不免少少動容。「怎麼，雖然知道有妳出馬，她多半還是會服，可這也太快了吧？」

「以她那點能耐，想幫她都沒法兒幫。」蕙娘也有幾分無奈。「問她想不想逃婚，她又捨不得這萬丈軟紅。這也不成、那也不成，還想怎麼辦？她又不是公主……就是公主，那不也正準備和親嗎？認清這一點，自然也就消停了。」

要逃婚，真是說來簡單。焦令文自小錦衣玉食，心氣是高的，這一逃出去，從此就是另一番天地，蕙娘能養她一輩子，卻不可能和她再見幾次面了。為了避免被人認出，她連京城都不能回，獨自居住在京外，有家不能回，有親人等於沒親人，她怎麼去說親？她說給誰？割捨了現有的一切，去換取一種似乎也並沒有更好的生活……該怎麼選，似乎也很清楚了。

而蕙娘都把話說到這分上了，她還鬧什麼脾氣？再鬧下去，就真是強詞奪理了。文娘忍了兩個多月的一場眼淚，終於流作傾盆雨，這會兒正窩在四姨娘懷裡，聽她輕聲呵哄呢。

蕙娘卻著實沒這份柔情，她還得過來見祖父呢！

見老人家撚鬚不語，唇邊隱約含笑，似乎對她處理文娘一事快刀斬亂麻的手段頗為讚賞，蕙娘便替文娘求情。「她不想過去，其實多少也是因為妯娌陪嫁多。您也知道，她這心高氣傲的性子——」

「該有的不會少給她。」老爺子臉色一沈，對蕙娘有多欣賞，對文娘就有多失望。「她若想要更多，得自己來和我談！」

老爺子都這麼發話了，蕙娘還能說什麼？她輕輕地嘆了口氣，換了個話題。「國公府讓我帶話，麻家的事如要幫忙，他們可以伸出援手。」

「麻家事？」老爺子微微一怔，旋即便不屑地一笑。「這會兒再來發話，心就不誠了。」

雖說外界鬧得是風風雨雨，可只看老爺子的神色，便可知道老人家根本智珠在握（注），穩坐釣魚臺。蕙娘心裡頓時一鬆，耳中聽祖父道——

「實際上，這件事一直沒個結果，我卻是在等妳。」

她微微一怔，心頭已經靈光連閃，有了初步想法，才抬起眉毛時，老爺子已經漫不經意地道——

「怎麼樣？生了這個兒子，在權家，可以站穩腳跟了吧？」

「婆婆很提攜。」蕙娘徐緩地說，她未曾作勢，但自然有一股信心露出。「大嫂雖是個人物，可……也不過是時間的問題。」

老爺子唇角上翹，露出了一個極為真誠的微笑，他拍了拍蕙娘的手。「是成熟了，為人處事，細處很見功夫。妳既然想著要向妳姑爺揭開下毒的事，可見在權家，是真正站穩了腳跟……」

蕙娘是何等人物？只聽老爺子的意思，便明白權仲白到底是意識到了自己話中的不對。她詢問地看了老爺子一眼，見老爺子微微搖頭，便明白他是打了一番太極拳：這種事，肯定

注：智珠在握，意指具有高深的智慧，並能應付任何事情。

是小夫妻關起門來說，才能最大限度地為權仲白保留面子，不激起他維護家人的心思。

將錯就錯，當時忘形的幾句話，倒有了別番好處，這的確是她料想不到的。可蕙娘現在沒有心思考慮這個，她的聲音有些微微的顫抖。「祖父，您的意思……」

「這得看妳行不行了。」老人家望著孫女，神色也極為複雜。「妳爺爺年紀大啦，今年這都八十一了……」

對這個問題，蕙娘不可能有第二個回答，她的驕傲、她的感情都不允許她有第二個回答。

焦清蕙身子一挺，神色反而多了幾分從容。

「行。」她說。「我能行的，您就放心地退下來吧。」

第九十一章

雖說眼睛還有幾分腫，氣色也不那麼光鮮亮麗，但文娘到底是被蕙娘調教慣了的糯米糰子，在四姨娘懷裡哭了半個下午，及晚還是出來和眾人一道用飯。因老太爺不在，今日又是三姨娘的生日，四太太開恩，姨娘們也能敬陪末座，大家湊了一張圓桌團坐，這就要比上回幾個人吃飯，還得分上三桌要熱鬧得多了。

有個焦子喬在，席間就多出了無限的熱鬧，四太太忙著看顧他，話都多了不少。

文娘雖寡言少語的，可蕙娘今日話也多，還道：「有許久都沒聽蘇州評話了。」

焦家自然養了有些說書女先兒（注），從北面的鼓詞到南面的評話彈詞，都能供應主子們取樂。

四太太欣然道：「還是妳心疼妳姨娘，知道她就愛聽這個。」說著，就要派人去叫。

權仲白連忙說：「今日不在這裡過夜，就別耽擱得太晚了，免得歪哥睡著了還上車顛簸，晚上又要鬧起來。」一頭說，他一頭略帶警告地瞪了蕙娘一眼。

蕙娘見他發窘，咬著下唇微微地笑。

三姨娘看在眼裡，心底也不是不欣慰的：雖說年歲差距大了一點，但就是因為姑爺年

注：先兒，即「先生」之意。

長，才更能容讓清蕙的性子。幾次回娘家，蕙娘都是神采飛揚，逗起姑爺來那股頤指氣使、喜意暗藏的勁兒，可見得在權家是很受夫君疼寵的……

「這實說得是，今兒實在晚了，孩子沒過百日，也不好在外頭過夜。」她望了四太太一眼，見四太太微笑點頭，便邀請蕙娘。「等歪哥三個月、半歲大了，你們也忙完了，得閒回來小住上一段日子。老太爺去年八十整壽沒有大辦，其實就是因為惦記著妳，根本沒有心思。今年小生日，回來待一天，也算是全了妳對老爺子的一片孝心了。」這其實是四太太的意思，只是被三姨娘說出來而已。

權仲白和蕙娘自然滿口答應，權仲白起身給四太太敬了酒，又還敬了三姨娘。「今兒給您慶賀生日，賀您長命百歲。」

唬得三姨娘站起身連連遜謝。

蕙娘見嫡母神色寬和欣慰，便也抿著唇笑道：「就讓他敬您一杯吧，姨娘，您坐下。」三姨娘到底沒敢坐下，站著把杯中酒給乾了，她激動得眼淚都快掉出來了，雖說沒撈著和蕙娘說私話的機會，可母女兩個目光相對時，蕙娘又如何看不出三姨娘眼裡的激動同喜悅？

回程車上，她時不時就瞅權仲白一眼，權仲白察覺了，也看了看她，挑起一邊俊眉，似乎在問：怎麼，有什麼事兒？

蕙娘不禁淺淺一笑，她探手挽住權仲白的臂彎，把頭擱在他肩上，低聲道：「今兒，謝謝你！」

這謝的是什麼，兩人心中自然有數。不過以權仲白這種不分上下尊卑的為人來說，三姨娘是蕙娘生母，幾乎也就約等於他的岳母，敬她一杯酒，他根本用不著任何心理掙扎，也不覺得這是自低身分，才要說「這也沒什麼好謝的」，偏頭一看清蕙時，話又梗在了喉嚨裡。

焦清蕙這個人，平時是很「鬧」的，是開心是難過，她都能影響到身邊一群人。她開心，立雪院、沖粹園就是鶯飛燕舞，寒冬也是春天；她難受，即使是盛夏裡，身邊近一百來號人，也沒有誰敢高聲說話。權仲白自己的情緒就時常受到她的干擾，她的的確確，很少有這會兒這種語氣，靜謐的、輕盈的、甜美的——這並非刻意做作出來惹他惱火的，也不是得意中迸出來的，似乎是從她心底極深處、最柔軟的地方輕輕地飄出來的。這麼短短的五個字，倒是一下子就說到了他的心坎裡，令得他也柔和下來，又對她生出了幾分憐愛。

他沒有說話，想要攬住清蕙，又覺得有幾分尷尬，腦中心上，不禁便想起了老太爺的那幾句話：「你還不懂蕙娘的性子嗎？……在佩蘭看來，你不想娶她，肯定是她的天資才情、容貌為人並不足以打動你……」

姑且不論焦清蕙是否不足以令他心動、令他歡喜，就只說老太爺這番話，細細尋思，卻是大有玄機——如他對婚事態度稍微積極一點，清蕙的態度是否也會隨之大變呢？

她要是真的看不上他，不論他是積極還是消極，恐怕那份嫌棄都不會變吧……

「我還記得我頭回見妳，」他就漫不經心地開了口。「那時候，妳才只十一、二歲，習武扭了腳踝，我來給妳正骨。不過那時妳還小呢，恐怕也都不記得了。」

別人能不記得，清蕙記性多好？可她一句話都不接，靠在權仲白身邊的嬌軀，兼且還僵硬了幾分。權仲白心中微微一動，卻還拿不十分準，他又道：「妳疼得滿頭都是汗，牙都快咬斷了，可愣是一聲都沒出。後來想想，早在當時就該明白，妳的脾性就是這麼倔，疼成那樣了，卻還不肯掉眼淚。」

話都說到這地步了，清蕙要再說不記得，那就有裝傻的嫌疑了。她笑了一聲——笑聲中的勉強，權仲白也聽得出來。「你不說，我還真不記得了。」

「嗯。」權仲白開始覺得有點意思了。「還有後一次見面——」

「你今兒怎麼忽然就說起這個了？」蕙娘撒開手瞥了他一眼，聲調竟繃得緊了一線。「人家才覺得你有時候也還挺不錯的，就來——」權仲白這是同小嬌妻回憶初遇，這無論如何也稱不上大殺風景，甚至可以說是很浪漫的事兒，蕙娘要指責他，又去哪裡指責？她有幾分驚疑不定，腦中回憶著從前種種言談，口中卻道：「雨娘婚事在即，文娘也要辦婚事了。雨娘婚事，我這個做嫂子的給添了妝，文娘那邊，你這個做姊夫的是否也該表示表示？」

她迴避的態度都這樣明顯了，權仲白再追著不放，似乎有失風度。說到文娘，他倒有幾分好奇。「是親事不中意嗎？看她沒太大精神，連妳回來了都不出來。妳下午在後院，是和她說話？」

這也沒什麼好瞞人的，蕙娘隨口就將文娘不大看得上王辰的事告訴了權仲白。「畢竟是年紀大了，又有過元配的，她被寵慣了，鬧得不成樣子。」

權仲白不免好奇地追問：「被妳說了這一番話，她就想轉過來了？妳這個做姊姊的，在妹妹心裡倒很可靠。」

「問題總是要解決的。」蕙娘說。「世上真正毫無選擇的窘境，其實很少，只看願不願意付出足夠的代價吧。我問她敢不敢逃婚，她又沒那個膽量，自己也就知道認命了。」

權仲白是知道她同焦閣老密談過的，一時好奇之心大起。「她想轉了，總要有個理由吧？妳和妳祖父是怎麼交代的？一見到妳，她就軟了？恐怕以祖父的城府，未必會信妳這句話。」

「在祖父跟前，我總是實話實說。」蕙娘無所謂地道。「怎麼和你說的，自然也就怎麼和他說嘍！」

「那我就不信了。」權仲白大奇。「祖父就沒有追問一句『這要是文娘說了是，妳會不會真的幫她逃婚』嗎？」

蕙娘白了權仲白一眼，兩人下了車，並肩進了立雪院。「祖父大人是聰明人，這種話，他何必問？」

「我並不聰明。」權仲白尋根究柢。「我倒是真想問，要是文娘願意逃婚不嫁，妳會不會真的為她安排？」

蕙娘無奈地吐了一口氣，一欠身進了裡屋，已是直入淨房，似乎壓根兒都沒想搭理權仲白。

權仲白站在屋內，一邊解著斗篷，一邊若有所思：他隱隱有幾分失望，卻沒有表露出來。

「你這根本就是廢話。」他正換衣時，蕙娘從淨房洗過手出來，又白了夫君一眼，她多少帶了幾分傲然，語調中又端出了慣有的矜貴。「好像根本就不認識我一樣……凡是懂得我焦清蕙的人，哪個不曉得我言出必行，從來不會答應做不到的事？」

婚姻大事，一向是父母之命，媒妁之言——這話曾經被焦清蕙拿來堵過他的嘴，可如今呢？她的作派，卻是明明白白地又把這句話給踐踏到了泥裡。她有幫助妹妹逃婚的勇氣和決心，為什麼自己不逃開這段婚姻？

權仲白抱著手靠在門邊，深思地望著蕙娘在屏風後的背影——她正在幾個丫頭的服侍下換衣服呢！曼妙的曲線映在山水畫上，隨著燭火搖曳不定，直是活色生香到了頂點……

可令他好奇的卻又實在不是這個，權仲白心裡想：該不會就是這麼巧，焦清蕙其實原本是有幾分喜歡他的吧？

天氣暑熱，立雪院不比焦家涼爽，必須室內陳設冰山納涼，好在還有蕙娘從娘家帶來的風車，透過大開的窗戶，一陣陣帶了冰意的涼風吹來，令東裡間是「水殿風來暗香滿」一，一片溫涼寧恰，只有西裡間隱隱傳來歪哥的哭聲：他小孩子不能近冰，天氣再熱也只能吹點天風，這一陣子脾氣比較暴躁，晚上老哭。

不過，有權有勢就是這樣好，清蕙只要生個兒子出來便算完事了，其餘帶孩子的一切煩難，自然有人為她承擔。

她半坐起身子，還沒下地呢，哭聲也已經止住了，她便又倒回了枕上，總算還捨得問權仲白一句。「怎麼還沒睡？」

兩人上床，是有一段時候了，權仲白來來回回，一直在咀嚼著一些從前輕易放過的細節，越想越是疑團滿腹。他本性不是個太喜歡藏話的人，聽見清蕙這麼一問，幾乎就想要直截了當地問出口：喂，當時我婉拒婚事，妳反應那樣大，是否也有期望落空，反而更加失望的原因在？

不過，只要稍微瞭解清蕙的性格，便也能知道要這麼問，焦清蕙會回答才怪。他翻了個身子，從側面入手。「今日祖父和我說，男人要能壓得住女人才好，他讓我多管管妳，最好能把妳全面壓服，夫為妻綱，這才是人間正道。」

這麼有挑釁意味的一句話，自然令清蕙雙目圓睜，立刻就清醒過來。她翻了個身子，轉為趴在權仲白身側，有點作戰的意思了，似笑非笑的。「是嗎？祖父對你的期望還挺高的。」

唉，只看她的模樣，誰能想得到她心裡很可能會有自己這個枕邊人的一點地方？權仲白沒接她的話茬兒，他側過身子，曲肘支頤，另一隻手不知不覺就溜上蕙娘肩背，來回輕撫，兩個人的眼睛在昏暗處都特別的亮，時而對在一起，像是被沾住了，時而又被硬生生地扯得分了開去。「聽祖父的意思，妳似乎是喜歡那種處處強橫霸道的人，最好是似妳一般，卻還要比妳更有野望、更有手腕……妳覺得，祖父說得對嗎？」

「你怎麼就這麼關心起我來了？」

清蕙還是沒有正面回答，但權仲白能從她竭力鎮定的面具下頭捕捉到一點什麼，他心裡越有幾分猜疑了。

「我為什麼要告訴你？你也都未曾告訴過我，你中意的又是哪種人啊！」沒等權仲白回答，她便自己給出了答案。「不過，你不用說我也知道，你稀罕的人，和我是南轅北轍。你喜歡柔弱，喜歡嬌滴滴的小姑娘，喜歡『良人者，所仰望而終身也』，一心一意就靠著你，同你詩酒江湖，不亦快哉……」

她的話裡是有點幽怨的，可卻的確也很中肯，權仲白竟不能反駁，他道：「我是喜歡這樣的人。」要再往下說，便有一句話躺在舌尖——「可未必是只有這樣的人，才能讓我喜歡」，但這話出口，涵義卻絕不止於這麼一句話而已，連權神醫這樣豪爽的性子，一時竟也有幾分躊躇。

雖凝視著蕙娘，可這話卻也未及出口，他不知自己正在猶豫什麼，尋思了片刻，還沒有答案，蕙娘已道——

「那就得啦！你喜歡的那種人，同我是南轅北轍，我喜歡的那種人，同你……我喜歡習武之輩，又高又壯又黑，最好還要一身的腱子肉，那樣的西北壯漢，最討我的喜歡！」見權仲白神色玄妙，她噗哧一聲，忽然大樂，一邊說，一邊笑，玉足一踢一踢，直蹬床板。「此人必得人情練達，能力、武功都極高強，非但文武都能好得不說，黑白兩道也能通吃。算得到、熬得住、把得牢、做得徹……又能守住本心，在世上成就出一番事業來。相公不必替我委屈，你同我喜歡的那種人，實在也是南轅北轍，毫無半點相同。」

她這麼說，也要權仲白肯信才好，可他雖沒有信，卻也不禁有幾分不悅，心旌搖動之下，竟欺身過去，壓在蕙娘背上，靠著她耳邊說：「祖父都告訴我了……」他拉長了聲調，引得蕙娘一僵。

平日裡多麼鎮定的人，八風都吹不動，此時聲調也有點亂了。「告、告訴你什麼了？」

她越是這樣，權仲白自然就越啟疑竇——才被蕙娘變著法子罵了一頓，他正有點不大高興呢！白些、瘦些又怎麼了？人瘦一點，又不是沒有肉！權神醫思來想去，索性就冒猜一把，他多用了幾分力，把蕙娘壓死，在她白玉一樣晶瑩的耳廓邊上輕聲細語。「祖父說，妳從十一、二歲那一次見著我開始，便對我很是喜歡了……」

蕙娘的身子，頓時僵硬如石，她一動不動地伏在床上，好似沒聽到權仲白的說話。權仲白心中大定，也不知是何滋味，又有些得意，又有些憐惜。他畢竟是把清蕙逼到了這個地步，兩人從初見到現在，她怕是從沒有和此時一樣無助而羞赧，想必此刻心情，自然不會太好了。按她那以玩弄自己為樂的壞習慣來說，這現世報應令他高興才對，可看著她趴伏床上，把臉死死地埋在枕頭裡，剛才還樂得亂蹬的腳都僵在了半空，他又實在是有幾分憐惜……

「唉，」本待揭破自己用詐，再逗她一逗的，現在有點不忍心了。權仲白和聲說：「這也是人之常情——」

「什麼人之常情！」蕙娘忽然掙扎了起來。「哪個要和你人之常情——」

她氣鼓鼓地在權仲白身下百般用力，到底還是轉過了身子，和權仲白鼻子碰著鼻子、額頭碰著額頭——卻是雙頰榴紅、眼神閃爍，露出了極為罕見的羞窘之態。「好吧！告訴你也無妨，我自小隨在父親身側，見過的外男真是數也數不清的多，自然都各有風采。這許多種人之中，我是對你這樣的白面書生有所偏好，昔年初見時，年少無知，也為你的皮相驚豔了一番，曾對身邊左右誇獎過你……可這要算是歡喜，我歡喜的人可就多了！從……」她咬著唇，似乎是開始尋思著還有誰能令她驚豔，想了半日，也不過胡亂堆砌出了幾個人名。「從……何家的大少爺何芝生，到……到……」

權仲白咬住笑，看著清蕙眼珠子亂轉，越轉越慢，越轉臉就越紅。

「到……」她說不下去了，只好憤然又轉過身去，把臉埋到了枕頭裡。「我不理你了！」

真是頭一回露出了一段真正的小兒女態度來。

這七、八個月來，權仲白還是頭一次如此情慾勃發，可是清蕙生產沒滿兩個月，這時候實在不宜行房。只是這股情慾，又似乎不似往日的偶然浮念，可以輕鬆消解。他想了想，忍了一會兒，還是湊到蕙娘耳邊，吹了一口氣，輕聲道：「喂。」

蕙娘不理他，見他不走，才動了動肩膀，不大情願地回道：「幹麼？」

「妳不是私底下有在上課嗎？」權仲白說。「課上得如何了？我來驗收驗收。」

第九十二章

雖說剛才一番狡辯，畢竟還是沒給權仲白留下話柄，但蕙娘如今可沒那麼輕視權仲白了，以他的反應來看，那一番托詞，恐怕只是更坐實了祖父的說法而已。這人老了，就愛亂點鴛鴦譜，當年她真箇、真箇只是對著文娘隨意誇了權仲白幾句，以她的身分，哪想得到後來會有如此這一番孽緣？祖父就算從雄黃那裡聽到了這麼一番話，應該也是隨意放過——沒想到老人家雖然老了，可老而彌辣，多少年前的話居然還都記得那麼清楚，一見是時機，立刻就毫不猶豫地把她給賣了，害得她在權仲白跟前大抬不起頭來，往常的優勢地位，似乎是一去幾萬里，就連在這種事上，他都主動起來，要在從前，他可一向只有被戲耍的分……

「誰要給你考察驗收！」蕙娘自己都察覺到自己面紅似火，她死死地壓在枕頭上，不讓權仲白翻她過來。「你走開，別、別逼我揍你！」

這個權仲白，哪裡是什麼端方君子！自己對他有過那麼一點虛無縹緲的好感，在祖父的推波助瀾之下，倒是被他坐實了，可他自己呢？沒個半點表示，反倒是求歡來了，這算什麼？黏糊糊的，話也說不清楚……

可要蕙娘主動去問，她也是問不出口的，並非是不敢——說到底，還是不想。她是惱怒的，氣祖父，也氣權仲白，該說的話不說，不該問的倒是問得起勁。權仲白拍了她幾次，她都使著勁和他對抗，不比從前半推半就，這一回，焦姑娘是真的不肯把身子翻過來了。

「唉……」

那個可惡的老菜幫子也居然就鬆了手，在她耳邊嘆息。「這怎麼好，往常妳要的時候，我倒是都很肯配合的，我難得要求個一回，妳倒是心硬。」

蕙娘差點把唇瓣給咬出血來了，她不敢鬆齒，害怕一鬆開就禁不住要尖叫起來：這能一樣嗎?!她可沒有在權仲白真箇疲憊萬分的時候，硬是要求著他用手指或者是……

想到這裡，即使是焦清蕙，也都不禁被腦中浮現的景象逼得更崩潰了。她捂著耳朵，堅定地表示出自己的態度：說什麼我都不會聽的，今晚，您還是歇菜吧您！

「嗯，」老菜幫子還是挺能察言觀色的，他有點遺憾。「看來，妳是寧肯對著死物練，也不肯對住活的了……也好，那妳就好好休息。」

這種事，只要她本人不肯配合，料權仲白也不能迫她，蕙娘多少放下心來，她的手漸漸地鬆開了，過了一會兒，忍不住道：「那你還不轉回去休息？別這麼黏著我，熱死了！」

「等等。」權仲白沒動，他那略帶藥苦的體味還熏著她，伴著淡淡的、溫良的皂香。「既然妳不肯幫忙，總要讓我自己解決一番吧？」

「你不會在你那一邊解決呀？擠死我了！」蕙娘趕快又作抵抗狀，恐怕自己一個疏忽，就被老菜幫子翻過身來了。「翻過去啦，你都要把我擠到牆角了！」

「碰不能碰、幫不肯幫，我瞧著妳意淫一會兒，妳都不肯？」權仲白的聲音裡有淡淡的笑意，有蕙娘十分熟悉的、那居於上位而顯得特別優越的溫和——這本來是屬於她的態度！

「唉，這個是沒辦法，得要擠妳一會兒了，妳忍忍啊！」

一邊說，蕙娘一邊就聽到了衣物窸窸窣窣的聲響，這肌膚摩擦之間，皂味陡然就濃厚了不少，還有權仲白意舒之下的一聲輕吟。他的聲音又低了下去，這為她漸漸熟悉的宮弦輕輕地被撥了兩下，蕙娘便能感覺到那熟悉而潮熱的形狀貼著了她的背，權仲白自己的手握著下部呢，頂端一點，已經濡濕了她的薄衫。

臭流氓、不要臉、登徒子、安祿山！她伏在自己臂彎之間，心驚膽顫地往回看了一眼——卻恰恰對上了權仲白滿含了笑意的眼睛。這雙眼本來就特別的亮、特別的純淨，即使現在正做著這樣羞人的事，也顯得如此從容而寧靜。可這寧靜、這從容，卻令得她更為羞赧、更為彆扭、更為……

男色當然可以很誘人，焦清蕙也很能欣賞男色，只從前那基於理性淡然的讚賞，在今日已經寸寸灰飛煙滅，隨著權仲白的每一個動作、每一下蹙眉、每一聲情不自禁的低吟，她漸漸覺得體內燃起了一團撩人的火，這火直往上燒得沸滾，令她那糾結複雜、暗流處處的心湖洋洋大沸，她頭回感到自己全面為權仲白壓制，他在戲耍她，他在玩弄她，享用著她的不適與逃避，此時此刻，兩人心知肚明，即使並非真箇在那交歡一刻，他也實在是她的主人……

焦清蕙銀牙一咬，她猛然就翻過身來，由得那東西繞著她的身子滑了半圈，從權仲白口中逼出了訝異的低吟。

「還是這麼慢！」她一抬下巴，羞固然還是羞，可終究，她又是那個盛氣凌人的焦清蕙了。「你這個人，不行就不要作怪！」

她的手觸到了權仲白的手，微涼碰著了微熱，權仲白肩頭跳動了一下，他的眼睫毛上下一搧，眸色黯了下來。

「唔……」和從前她迫他那幾次不同，要說從前是她在享用他的窘迫和無奈，那麼現在，是他在享用她的服務。他的手沒有勁力，鬆鬆地圈著那東西，隨著蕙娘的動作上下移動，長睫半垂、雙頰潮紅，唇色透著水潤豔紅，看著實在是……

「我學得如何？」蕙娘一心想要找回點場子，她現在多少有些得意了，指尖忙忙碌碌地，柱前柱後地忙活，時而輕點頂端某眼，時而又往下探到更深的地兒去，權神醫的眼睛，這會兒已經全合攏了，他的手沒了力氣，某處倒是繃得很緊、很大，要比從前第一次，蕙娘霸王硬上弓的時候激動了不少。她很有幾分自得。「這門功課，我看也不是頂難——」

見權仲白有往她手心裡頂的意思，蕙娘眼神一閃，她忽然猛地收緊了拳頭，緊緊地抓握著那處。

權仲白倒抽了一口氣，他慍怒地睜開眼來，終於失卻了從容。「焦清蕙！」

「求我。」蕙娘跨坐在他腰間，故技重施，壓住了權仲白的掙扎。她點著權仲白的胸口，像是要把場子全找回來，這兩個字，都說得鏗鏘起伏。「求、我！」

四目相對，她還沒看清他的神色呢，權仲白從喉嚨裡吼了一聲，他抽開手握著她的腰，快得令她來不及反抗，就已經被壓在了身下！

這一震驚，手自然鬆了，可還沒來得及撤開呢，就被權仲白的手掌給包住了。

「功課做得不好！」他咬著牙在她耳邊說。「妳最好是換個老師。」

「誰說的！」清蕙一生人，最憎別人說她功課不好，她直跳起來。「哪裡不好？做得不好，你會這麼快就想要——」

「手勁該輕不輕，該重不重。」權仲白捏了捏她的手，他緩緩地帶著她重新開始動作。「跟我重學，這會兒才剛開始。我中意妳輕點、慢點……」

有這麼一個名師教導，蕙娘這門課，哪還能耽誤？也是權仲白今日格外動情，沒有多久，他便已經再次喘息連連、眸光水蘊，握著蕙娘的手快了幾分。

「這、這會兒要快、要猛——」

蕙娘嫣紅著臉，滿是不高興地將他送上了極樂，權仲白還不只欺負她到這樣，他竟跨在了她身上，幾乎壓得她透不過氣來，兩人呼吸相交，他灼熱的呼吸吹得她更是難受。

「躺開啦……」她的聲音到底是帶上了幾分不情願的嬌滴滴。「壓著呢。」

權某人動了動，卻沒有讓她爬出去，他到底還有半邊身子遮蓋著她，甚而還伸出一手，把她往自己懷裡摟了摟。

「嗯……後半場，還是能打個甲下。」他還吝嗇呢，連甲上都不給。蕙娘啐了他一口，順手就把手在權神醫身上抹了抹。

「睡覺！」她沒好氣。「不許再亂了！」

室內於是就沈默了下來。

又過了一會兒，權仲白再生事端，他輕輕地頂了頂蕙娘。「睡了沒有？」

「你還要再來啊？」蕙娘大為恐慌。

「還能再來啊！」老菜幫子嚇唬她，見蕙娘驚得一跳，才摁住了她。「再來，那都得後半夜了……也就是妳，才會動不動就想到這種事上去了。」

胡言亂語倒打一耙的，現在倒變成他了！蕙娘哼了一聲，聽權仲白續道——

「好叫妳知道，妳的確是說中了，我喜歡嬌柔些的姑娘……」他輕輕地咬了她的耳垂一下，低聲說：「不過，我也未必就只喜歡這一種人。」

蕙娘不說話了，她瞪著花紋隱隱的帳頂，瞪著隱約透了一點燭光的床帳，過了好久好久，她一開口，卻是風馬牛不相及。「沖粹園裡，是不是種了些石楠花？」

「是啊，種在扶脈廳左近。」權仲白有些莫名其妙。

「砍掉。」蕙娘嫌棄地皺了皺鼻子。「這個味道，臭死了！」她一吐舌頭，半是賭氣。

「我以後都不要再聞！」

權仲白不禁大愣，過得許久，這才絕倒，笑了半日，笑得蕙娘心火又起。

「你到底要不要睡覺！難道還和你兒子一樣，想吃夜奶？」這話一出口，頓知不妙，還沒等權仲白回話呢，趕緊一回身，把某人的嘴給捂住了，到底是帶了點告饒的意思，道：

「快睡、快睡，我明兒要到歇芳院去幫忙家務，真沒心思折騰了。」

雖說權神醫寬宏大量，到底還是放過了她，可蕙娘第二天起來，眼底下還是有淡淡的青黑，精神也沒有往常好。權仲白倒好，他有特權，可以不必經常請安，蕙娘卻得支著痠疼的身子往歇芳院趕。一場生產，畢竟沒那麼快恢復過來，她的身子，要比從前虛了一點，只能慢慢將養回來了。

還好，今天太夫人要做早課，眾人不必去擁晴院請安，不想打照面的人是一個都沒來，倒是雨娘正和母親看嫁妝單子呢，見到蕙娘來了，兩母女都笑道——

「來一起看。」

權夫人更說：「這麼多箱籠，怎麼運往東北，都要費一番手腳。那個地方，青紗帳（注）起，很有可能會出事的。讓鏢局押運不好，可要跟著送藥材的船走嘛，那又遲了點。」

權瑞雨的嫁妝單子，開得竟很是簡樸，和一般的京中豪門比，並無絲毫特出，蕙娘看得有些驚奇，卻不好多問什麼，她若無其事地把單子擱到了一邊，字斟句酌。「崔家也算是東北的地頭蛇了，這財物也不算太招人眼，應該還是能壓得住陣的吧？」

權夫人和雨娘對視了一眼，權夫人倒笑了。「妳不知道，那個地方人少地多，地是不值錢的，鋪子呢，出息也不多。這裡寫的都是她日常吃用之物，實際還有一些現銀。她要行兩

注：青紗帳，指夏秋間長得高而密的大面積高粱、玉米等。

場禮，這裡一次被迎回去，那邊還要到老家過幾夜再發嫁到崔家老家，兩處城都不大，宜春號好像還沒有分號呢。這些銀子，可能只能從京裡運過去。」

按說，這樣的事，往宜春票號打聲招呼，開張花票也就了結了。雨娘大可以等到了崔家駐地以後，再憑花票、印章等物，甚至是把掌櫃的請到家裡來領銀子，可這麼簡單的辦法，權夫人不用，這會兒還在這兒犯難……

牽扯到大額銀錢往來的事，一般就算不是核心機密，也是靠近核心了。崔家、權家往常似乎沒有太多來往，卻能毫無障礙地說得親事，這裡頭說不定有些交易，是她目前還沒法參與進去的。這些現銀是不是瑞雨的嫁妝，還很難說呢。

蕙娘望了雨娘一眼，似有詢問之意，見雨娘微微搖頭，便笑道：「這個還得慢慢想，好多銀子呢，是得想個穩妥的法子。」

權夫人也不大在意，同蕙娘隨意說了幾句話，便打發瑞雨。「回去繡花吧。」

把雨娘打發走了，她才同蕙娘商量正事。「這張單子，是給崔家人看的，他們家雖是武將，可妳也知道，東北這些年來都沒有戰事，他們手裡的油水不太多。但雨娘陪嫁太顯赫了，恐怕長輩們會有意見。些許現銀，其實是要運回老家去收藏，這也算是家裡留的一招後手，妳自己心裡知道就好，平時話裡無須帶出來。實際上，我還想著給雨娘私底下置辦一些首飾布疋，令她日常不至於缺乏。這府裡要說這樣的事，肯定是妳眼光最高——是我自己私房出錢的，也不好太過張揚，免得招來非議。我看就由妳來操辦最好，若缺個跑腿的人，則可以找季青幫忙，我的幾份嫁妝都是他在管著，妳支多少銀子都隨妳，到時候給我一個小帳就好了。」

要接管家務，肯定得和外頭男丁打交道，落在權家，外頭管事的男丁不是權伯紅就是權季青。可縱使蕙娘已經有了這個準備，也沒想到第一樁差事就得和權季青接觸……

心裡不是沒有嘀咕，可看了權夫人一眼，她還是微微一笑，應承了下來。「哎，就包在媳婦身上，一定給辦得妥妥貼貼的，讓雨娘滿意。」

還是這麼會抓重點，一句話就點了出來——這件事是夫人出錢，可重心卻在雨娘身上。

權夫人很滿意，語氣也就有了一點深意。「先辦這個，以後要妳參謀的事，還有很多。」

第九十三章

要給雨娘辦點嫁妝，對蕙娘來說，真是手到擒來。這樣的事甚至不消焦梅出馬，請廖奶公出面送個消息，十三姑娘的面子放在這裡，為小姑子辦嫁妝，哪個商戶敢怠慢？自然是要送上頂尖之選，在價錢上就更好商量了。可不論是權夫人還是蕙娘，都當作大事來辦，權夫人還特別把自己身邊使慣了的幾個管事給蕙娘打發過來。

「令我等幫著少夫人參謀參謀。」

所以說，不論什麼時候，頭頂都要有個人才好。蕙娘連廖奶公都沒招呼，自己同幾個管事媳婦在西裡間說話，正好廖養娘把歪哥抱進來了，幾個媳婦都露出笑容，上前圍著歪哥湊了一回趣。

這明顯是讓她多熟悉熟悉府裡的人事了：雖說進門一年，但真正在國公府住的時候並不多，而且立雪院相對來說比較獨立，很多開銷直接就從外院走了，她和內院的管事們一直沒怎麼打過交道。綠松雖然有所交際，但在蕙娘生育兒子之前，府中各實權人物，對她的態度也一貫是不冷不熱的。

不要以為一個大家族，也同小戶人家一樣，除了每天開門七件事之外，就沒有別的家事了。事實上國公府和各地藩王府一樣，有一套朝廷規定的人事班子，雖沒有王府長史（注一）

司管理規制，但府內也是有四位中人（注二）服侍國公爺的。這些人員由朝廷指派，雖說名義上供國公爺差使，但實際領的還是宗人府的銀子，這就又和一般侯府有所不同了。

此外，主要由男人管事的外院，起碼還得有十多名精明能幹、專事商業的管事，來往於各地協助掌櫃們處理權家在各地的藥材生意，同當地官員拉關係，在他們手心裡滴點油。到了年終，又回來幫助主家和各地分號算帳結銀子——這是管生意的管事們。還有管田莊的就又是一批，一樣充當著莊頭和主家之間的緩衝，每年加不加銀子，莊頭來打饑荒，是否要派人下去盤查，這都是他們的活計。

雖說年年都有宜春票號的份子錢，但這樣的浮財，實際上只依靠於權家本身的權勢，真正的百年大計，還得看實在生意。可換句話說了，大家都是人，國公府富得流油，經手人能落到的好處，和他創造出來的財富卻極為不配襯，誰能不起些貪心？指望生意自己運作，年年收入便可蒸蒸日上，是極為天真的想法。別看大少爺不文不武，除了練畫之外，也沒有什麼風雅的愛好，但他平時卻一點都不閒，光是管好這些人精子，不令其欺上瞞下、兩邊作怪，就已經要花費不少功夫。一般家族幾代不分家，也是因為自家人畢竟比較可靠，總是比外姓人強點。光是權伯紅一個人有時候還管不過來，因權仲白、權叔墨是無法指望的，所以這幾年，權季青也開始往這方面發展，雖說年紀小，可到底是聊勝於無。

這是賺錢的下人，此外還有專門花錢的各種採買、專門管錢的大小帳房、在各處看家護院的健僕、門上的管事、以及專管貴重物品入庫出庫的各種司庫、管著各種人出門進宮的車馬轎班、往各府裡跑腿傳話，能把京城貴族錯綜複雜的親戚關係摸得賊透的傳話人、在各位少爺身邊打雜溜邊伺候出門進門的小廝，就這還不算平時居住在權家附近，專靠他們家平時有事時幫上一把，得點賞錢度日的幫閒……單單是外院，就有這麼小幾百號人，這些人各有司職互相牽制，撐起了國公府這麼大的攤子。而要把這體面維繫下去，不至於主而不主、僕而不僕，除了主人家在朝堂中的地位和權威之外，還非得需要一個靠譜的男當家不可。

而內院雖說銀子接觸得不多——都是往外院每個月去關，但實際上人口絕不比外頭少。首先第一個，內院後花園維護就要好些人手；其次各院主子身邊跟著的貼身丫頭、心腹嬤嬤、教養嬤嬤、燕喜嬤嬤，這都是什麼事不幹，專管服侍主子的；還有使喚的小丫頭、粗使婆子，連著給這些人做飯送飯的、裁衣洗衣的——甚至是各院裡收夜香的，那可不都是人嗎？這麼上下四、五百號人繞著權家十幾口主子打轉，各人性格作派、能力缺點都不一樣，大事小情，自然無日無之。一般沒有受過專門訓練的小戶閨女，輕易是接不下這麼大的盤子的：在這麼幾百號人裡能混出點名堂的，雖不說太深沈，可也簡單不到哪裡去。沒有人會橫眉豎眼，給主子難看，可私底下手腕如何，那是不問可知的。剛管事的新媳婦，這城府要是淺點，恐怕被賣了還得幫著數錢呢！

權夫人給蕙娘打發來的幾個管事媳婦，看著就都很精明，也算是給足了廖養娘面子，明

注一：長史，音ㄓㄤˇ ㄕˇ，職官名。
注二：中人，此指宦官。

知她抱歪哥出來，有炫耀之意，可仍是極為配合，誇獎之詞滔滔不絕。

還有人笑道：「上回到臥雲院去，正好看到栓哥、柱姊，雖說都生得比咱們歪哥早，可說實話，看著倒像是歪哥比他們大了有半歲呢！」

這話說得就挺有意思的，大少夫人最近心情不大好，就正因為這事：栓哥這孩子，也是七災八難的，大毛病沒有，小毛病不斷。不是犯咳嗽，就是夏天太熱發濕疹，再不然就是晚上睡不安穩，把臥雲院幾個奶媽子折騰得人仰馬翻，一個夏天過下來，倒是病了兩個。她又忙著雨娘的親事，這不是忙得顧頭不顧尾，這臉色能好看得起來嗎？

可蕙娘會接這話，她也就不是焦清蕙了。她眉頭一皺，望了廖養娘一眼，廖養娘心領神會，忙道——

「這孩子可經不得誇，嫂子快別這樣說，這歪哥要回頭就鬧瘦了可怎麼好？」說著，便抱著歪哥出了屋子。

那人倒是蹭了一鼻子的灰，只好訕訕地垂下頭去。

蕙娘藉機掃了這四位管事媳婦一眼——雖說也不是頭回見面了，但從前都沒說上幾句話，今天這一次，也算是頭回有個接觸吧——都是府裡的老人了，背後也是枝枝蔓蔓的，誰都能拖出一長串粽子。

管著府裡內院金銀器皿的雲嬷嬷，丈夫雲管事是國公爺身邊的帳房；內庫司庫之一的常嬷嬷，專收著各種布料，也管給各院分發料子的，這是太夫人陪房出身、在她院子裡服侍過的季嬤嬤的親妹妹；惠安媳婦，年紀最小，也沒什麼職司，只是在權夫人身邊參贊幫閒，可她是最不能小覷的，丈夫惠安是權夫人的陪房，現在就管著內院通向外街的幾扇門，連二門都是他在巡視，手底下有成班護院健僕，也算是個小頭頭了；最末尾一個康嬤嬤，就更是關係戶了，那是權仲白小廝陳皮的娘，現在管著內院的小帳呢！

雖說形貌不同，可穿著都是端莊富麗，神色喜興中略帶了一絲矜持，是很典型的豪門家僕，對自己這個二少夫人，當然是熱情而謙卑的，就連常嬤嬤，剛被廖養娘下了面子，看著也都毫無怨懟，而是恭順地疊著手等她發話……也是，要連這點城府都沒有，她還能當上這個司庫嗎？親姊姊可也不過才是個燕喜嬤嬤。

「我年歲小，不懂事，」蕙娘徐徐說。「這家裡又才添了個哥兒，就更是心力交瘁、疲於奔命了。今番奉了娘的意思，同幾個嬤嬤、嫂子們一道辦事，雖我是主子，可年幼思慮不周，有什麼不妥當的地方，還請幾位不要客氣，只管告訴我就對了，我是再不會動氣的。」

這一番場面話，自然激不起什麼風浪，眾人一陣唯唯之後也就靜了下來，都等著蕙娘發話，竟是沒有一個人主動開口。

別人不說話猶可，康嬤嬤不說話，是有些出乎蕙娘的意料。她掃了康嬤嬤一眼，不禁也是一笑。看來，孔雀棄陳皮選了甘草，綠松再棄他擇了當歸，康嬤嬤心裡也不是沒有意見的。

「這回給雨娘辦嫁妝，雖說她是遠嫁，多給些也無妨，可卻不能躍過姊姊太多。諸位都是老人了，當年雲娘出嫁時嫁妝大略花費多少，多少都有個數吧？」蕙娘笑著目注雲嬤嬤。「雲嬤嬤是管金銀器皿首飾的，依各府慣例，當年也是妳給置辦的首飾嘍？」

被點了名，雲嬤嬤不可能不接話，她眉毛下塌，看著本有幾分愁苦，這時倒是打疊起了精神。「是小人置辦的不錯，因是往閣老家說的親，閣老家是有名的富，當時是老太太特別發過話的，雲姑娘光是金銀寶石首飾，從外置辦的就有——」她環視眾人一周，到底還是站起身來，湊近了蕙娘，在她耳邊輕輕地說了一個數字。

實際上，任何一個習武之人，都不喜歡陌生人靠得太近，尤其蕙娘又有潔癖，這就更觸犯她的忌諱了，可她恍若未覺，聽了雲嬤嬤說話，反而衝她甜甜一笑。「嬤嬤好記性，這麼說，我心裡就有數了。」

雨娘身邊的金銀首飾，雲嬤嬤心裡肯定也是有數的，在這一點上，兩姊妹不可能相差太多。這是給蕙娘報上大預算了，蕙娘自己沈思了片刻，望了常嬤嬤一眼，見常嬤嬤還不說話，便又問惠安媳婦。「娘的意思，這送去的首飾，是實在一點，還是花巧一點？」

「夫人雖沒發話，」惠安媳婦含笑欠了欠身子。「可依奴婢來看，還是實在一些吧。崔家在東北呢，首飾太花巧，他們也看不出好來，倒是實在些，以後要換了款式，重熔了也方便些。」

這和蕙娘的想法，倒是不謀而合。

康嬤嬤此時開腔了。「雲姑娘的嫁妝，當時走的肯定是外帳了，內帳這裡只有一些細碎開銷，您要想看細帳，便得使人去外院要，不過……」

「我明白妳的意思，這件事，動靜不必這麼大。」蕙娘擺了擺手。「娘把妳打發過來，是讓妳做一本嫁妝小私帳的，把動靜鬧到前院去，讓老人家知道了，這可不大好。」

她再頓了頓，別有深意地看了常嬤嬤一眼，一邊笑道：「好啦，也不是什麼大事，大家用心去做——」

這一回，常嬤嬤頂不住了。

置辦首飾、布料這活計，說簡單簡單，說複雜複雜，經辦人不多，可一進一出，油水很大，夫人派她們四人過來，兩個琢磨花樣開採買單子，在外頭跑店、一個做帳、一個充當她的眼線，分工用意是很分明的。少夫人這幾句話，說得雖簡單，可每一句都問到了點子上，可見她也是解讀出了夫人的用意，可她跳過自己不問，先安排了首飾的事，這邊竟是要收歛的樣子了，居然是完全把她給排擠在了外頭……

刁奴欺主，那是主子自己弱了以後的事，這二少夫人卻不是她一個管事婆子可以輕辱的，哪管常嬤嬤也不是沒有靠山，可二少夫人永遠都會是二少夫人，她卻隨時可能被打發、被轉賣、被調離，她敢和二少夫人犯多久的倔？原也不過是只想輕輕拿拿喬，可二少夫人居然硬成這個樣子……

「少夫人。」她堆出笑來，覥著臉道：「聽說還要給二姑娘預備些料子，不知是否也按著往年雲姑娘的分量準備？有些難得之物，家裡藏量也不夠，若要上單子，還得出去訂呢！」

蕙娘笑了笑，她的態度鬆弛了幾分。「這卻不是這麼辦的。首飾可以少點，料子卻要多備，花色大方、不容易過時的上等料子，多多益善。倒要辛苦兩位嬤嬤，回去擬兩張單子來我看。」

她話不多，說完這幾句，便衝綠松一擺手。

各位嬤嬤頓時不敢則聲（注），起來魚貫退了出去。待得出了院子，彼此一望，才都露出苦笑來。常嬤嬤想說話，可康嬤嬤卻搖了搖手，竟是連一句話也不敢說。大家只互相吐了吐舌頭，便各分東西，辦事去了。

這邊蕙娘，卻有幾分無聊。她又叫人把歪哥抱了過來，見他在襁褓中睡得正香，又覺得挺無趣的，只看了幾眼，便要放到炕上。

廖養娘忙道：「他就是要抱，一放下就哭呢！」

果然，才挨到炕邊，歪哥小臉一皺，嘴巴一張就嚎起來，廖養娘抱起來了，這才不哭。

蕙娘看著，不由得便道：「這可怎麼好，難道這幾天十二個時辰不斷人，都是抱著？」

「好在乳母多，分了班的，一人一、兩個時辰，也可以打發。」廖養娘行若無事。「正好，誰當班就誰餵奶，也是方便。」

也就是大戶人家，才這麼嬌氣了，一般的人家，誰有這個空閒，一天十二個時辰不斷人地抱？蕙娘的眉頭不由得就擰了起來。「這個歪哥！這樣抱，一抱要抱幾年？婦人懷裡長起來，能成大事嗎？以後除了餵奶，都不許抱，讓他去哭，哭久了自然也就睡了。」

當娘的哪有這麼心硬的？廖養娘不以為然，一邊拍著歪哥，一邊就刺蕙娘。「這是像您。您不記得了，您小時候賴著要我抱，我是一夜一夜地抱著您坐著睡呢，這頭髮不就是那時熬白的？我瞧著您也不像是不能成大事的。」

養娘都這麼說了，蕙娘面上自然不禁一紅，她多少也有幾分淡淡的不快，可也不提此事了，只和廖養娘說些閒話，又不免感慨。「做人媳婦不易，些許小事也要這樣著緊去辦。放在從前家裡，隨意令雄黃管帳，孔雀、瑪瑙督辦，還有誰敢弄鬼？這會兒，還不知道她們交上來的單子能看不能呢。」

「這種事肯定也得慢慢來。」廖養娘安慰她，又見綠松站在一邊，欲言又止，便笑道：「小丫頭，妳想說什麼？又作出這精乖樣子來。」

「您剛才那句話，點得有些透了。」綠松是一直在一旁服侍的。「這頭回交辦差事，可不得辦得順順當當、不起波瀾的才好嗎？您這是偏要鬧點事出來，恐怕夫人知道了，心底會不高興呢。」

權夫人要私下給女兒辦點嫁妝，據她對蕙娘說，是要瞞著老太太辦，動靜才小。這道理可能底下人心裡都有數，但蕙娘剛才那句話說得就冒失了，常嬤嬤回頭給老太太請安的時候要這麼一提，婆媳兩個不就起嫌隙了？雖不是什麼大事，蕙娘也肯定有自己的用意，但這總

注：不敢則聲，開口發言、出聲謂之則聲，不敢則聲即是形容極度謹慎、拘束或畏懼。

歸是節外生枝，有不必要的風險。

不僅是綠松，就連廖嬤嬤，問明瞭此事，都不禁大皺眉頭。她比綠松多尋思了一種可能。「妳這是想乘機搞掉常嬤嬤，又給我們自己人鋪路，又討婆婆的好？可太婆婆雖然不大中意妳，也沒有怎麼為難妳……」

「真要瞞著老太太，就不會找我來辦了。」蕙娘吹了吹茶面，正要入口時，忽然歪哥那邊傳來一陣臭氣，她不禁皺起眉頭，頓時大失沈著風範。「臭死人了！快抱出去——順帶擰一把手巾來給我擦擦臉。」

廖養娘慌忙把歪哥抱出去交給乳母，這才又回來和她說話。「這，老太太心裡就算有數，也是眼睜眼閉的事……」

「自從嫁來府裡，我就像是個木偶。」蕙娘重又從容了下來，她輕輕地哼了口氣。「她們讓我鬥，我就得鬥，不讓我鬥，我就得走。她們對我，瞭解倒是越來越深，我呢？只知道長輩們在兩房間猶豫難決，應當儘量表現，爭取一點分數。」她撐著下巴，慢慢地說。「知己知彼，百戰不殆。對大嫂，我瞭解得已經挺多的了，可太婆婆、婆婆，是不是瞭解得還不夠呢？」

廖養娘和綠松對視一眼，都不說話了。任她們再能為，到底也只能襄助十三姑娘，這真的只是出身的區別嗎？恐怕也並非如此。單單是十三姑娘的思路，那就是隨了她祖父的，有時候，實在是大膽得叫人大吃一驚。

過沒幾天，蕙娘投出的這顆石子也就有了回覆。

也不知是從什麼時候開始，這府裡就悄然有了流言：雨娘陪嫁不多，權夫人不太滿意，私底下是想自己給女兒添妝——這也就罷了，對作主削薄了雨娘嫁妝的太夫人，國公夫人似乎是有幾分怨言的。

國公府婆媳關係處得還算好，這種傳言真是少見，因新鮮，很快也就長著翅膀飛遍了國公府，竟連權季青都知道了。

蕙娘和他在西裡間才說了幾句話，他就笑微微地問：「嫂子，這件事不是得辦得隱密點兒嗎？怎麼，這鬧得滿城風雨的，可不大像話啊！」

第九十四章

不論和她貼心不貼心，兩個嬤嬤都還是有能力的。也不知是否有了一定的默契，常嬤嬤和雲嬤嬤是同一天交的單子，各自密密麻麻，都寫了有成百上千樣物事，不過這個蕙娘就不必一一過目了，自然有孔雀和瑪瑙兩個專業人士為她過濾斟酌。蕙娘又給雨娘看過了，問知雨娘有什麼一定想要的物事，添減定稿之後，雲嬤嬤、常嬤嬤也大概估算出了銀子花銷。蕙娘按著這價錢，同自己人開出的單子對過了，估出個總價來——今日她是必須得找權季青關銀子了。

自從去年冬天，權季青從沖粹園回去之後，兩人似乎就沒見過幾面，這幾個月來他也沒有閒著，就蕙娘瞭解，現在外院一些事，良國公已經指定讓他來管。

畢竟還年輕，這麼歷練了幾個月，權季青的氣質看著便有了變化，他顯得更溫文內斂了，坐在當地笑意隱隱，彷彿那個吹簫情挑蕙娘的小無賴，竟同他沒有一點關係，一切也都只是蕙娘的胡思亂想而已。就是這也許半含了質問的言語，也因為他的溫存和關懷，顯得柔軟圓滑，毫無稜角……

可，哪管什麼都能瞞得了人，這眼神也是瞞不了人的。這個小流氓，眼神還是那樣亮、那樣灼熱。蕙娘討厭見他就是這個道理——他什麼都不說，甚至連表現都表現得很隱晦，可眼神中、態度裡蘊含著的喜愛和追索，她是能感覺得出來的。

雖說傾慕她的人不在少數，可表達得像權季青這樣含蓄又大膽的人可不多，和那個不解風情，最多也就只肯含糊暗示一句「我也未必就只喜歡這一種人」的老菜幫子比，這樣的熱情，要說沒觸動到蕙娘，那是挺難。可偏偏也就是因為此事極其危險，一旦鬧出來，對她的損害之大，那是不用說的，因此現在見到權季青，蕙娘心裡就像是有兩個小人在拔河，其中一個，是恨不得衝他同情地笑一笑：羅敷有夫，這癡心妄想，她是不會給予回應的，可也不妨礙她覺得權季青挺有眼光；可另一個，卻恨不得能板起臉來，將權季青打發到天涯海角去，不使他亂了自己的大事才好。

這回見面，也還是一樣，蕙娘恨不得嘆一口氣，拿個面具罩住自己的臉，免得被他看得穿了，卻也只能若無其事地道：「是啊，這件事鬧成這樣，真是可恨。也不知道是哪個嬤嬤嘴不嚴實，竟把話給傳了出去。」

這四個人，雲嬤嬤無兒無女，也沒什麼親戚，當時是買進來的人口，主要關係在外院她相公那邊。惠安媳婦是權夫人自己的心腹——都是積年老人，閒來無事，不會隨意說嘴的。這麼做，肯定是有意興風作浪，而在康嬤嬤和常嬤嬤，似乎常嬤嬤因為出身的關係，自然就多了幾分可疑。

權季青話中有話。「據說娘問起這事的時候，常嬤嬤委屈得直磕頭呢，她也知道自己嫌疑大……」

歇芳院的下人，被權夫人管得很嚴，有些話是傳不到蕙娘耳朵裡的，可對權季青來說，那又不一樣了。見她似笑非笑，權季青也是微微一笑，他忽然就不往下說了，而是一本正經地攤開單子。「嫂子您要的這現銀數目可不小——若是這一整筆，其實倒可以直接和娘商議了。當時都以為您是細碎地支使銀子，才讓您直接和我說話呢。」

這擺明了就是留個話鈎子等蕙娘來問，蕙娘心底，不禁隱隱有些興奮：她的確天性是喜歡鬥爭的，現在有個人要這麼和她鬥，即使不可能上鈎，熱血亦不禁被激發一點。

「但凡做事，總要先有個章程預算，心裡才有底氣。」她就是不接這個話鈎子，若無其事地和權季青說。「事實上這麼多首飾，一家是承擔不下來的，到時候分批訂貨結銀子，還是得找你來要。這只是先和你定個章程而已，你瞧著可以，那麼我這裡自然給你開個單子，到時候來支領現銀，前後錯不了幾天的。」

她不急，權季青自然也不急，他真的細細地就看起了單子來，一邊看，一邊就笑道：「瑞雨這丫頭，孩子氣不脫，好些東西，是她點名要置辦的吧？」

蕙娘並不藉口和他閒聊，只是微笑不語。

權季青從單子上抬起頭來掃了她一眼，又輕輕一笑，揭過了一頁。「嫂子好定力，這事兒，鬧得娘也有幾分不高興呢！」

自從蕙娘入府，權夫人對她是大力提攜，幾乎可以說是她的最大靠山。她要動怒，對蕙娘的確是有影響的，可蕙娘還是笑，還是不說話。正好孔雀進來，她便和孔雀說些家常瑣事，隱約只覺得權季青看了她幾眼，眼神灼熱，令她雙頰刺癢，可蕙娘瞥過去時，又沒能抓個正著。

這樣曖昧情挑，在煩擾之餘，的確是有一種別樣的刺激。大抵在明確知道自己為人垂涎注意時，只要此人不是過分低劣醜陋，這女人心裡總是有點竊喜的，蕙娘雖然出類拔萃，可一點根性也無法改。可就越是如此，她心底理智冷靜的那一部分便越是警醒。權季青看單子這短短一刻鐘，她幾乎是數著沙漏過的。

「安排得妥當！」好在他也沒有故意做作、拖延時間，用正常的速度審過了單子，甚至還看出了蕙娘的用心之處。「要是一般管事來辦，這麼多東西，怕不要四、五萬兩才能辦下來？嫂子這是一下就給削了三成……是預備動用您的面子來辦了？」

「這點小事，也無須動用什麼關係、人脈吧？」他在正事上的確是敏銳的，蕙娘笑了笑。「府裡開四、五萬兩，裡面總有些好處在的。以後也就罷了，頭回辦事，我總是要拿出一點表現來的。」

「這……」權季青眉頭一蹙，倒是很為蕙娘考慮。「新官上任，火燒得太旺，也會激起底下人的反彈啊……」

這又是一個話題了，蕙娘依然不回答，只是靜靜望著權季青，等他自己告辭。兩人默然相對，氣氛很是怪異緊張，過了一會兒，權季青屏不住了，他那溫良面具，終於碎去了，倒有幾分哭笑不得。

「嫂子，我這長篇大論都在喉嚨眼了，您倒是往下問一句，也讓我賣妳一個人情唄？」

權夫人對此事的真實反應究竟為何，說蕙娘不好奇，那是假的。她輕輕地搖了搖頭，雖說面上還笑著，可語氣已經冷了下來。「我知道四弟想說來著，可我一直沒問是為了什麼，四弟你這麼聰明，不至於猜不出來吧？」

兩個人的眼神撞在了一處，一個冷得怕人，一個熱得怕人，蕙娘的下巴抬得挺高，雖未作色，可氣勢是出來了。她是理直氣壯：覬覦有夫之婦，那是傷人倫的大罪。權季青不能將情緒深埋心底，反而外放，就算沒有包含更深的心思，這一個輕浮無行的大罪，也是躲不過去的，在這一刻，蕙娘畢竟是在道德上占了上風。

權季青唇邊逸出一縷從容微笑，雙眼黏著蕙娘，他渾身氣質似乎為之一變，似一塊灼熱的冰，在絕對的熱情中透出了絕對的冷靜。他忽然變得非常搶眼、非常俊美，也非常的大膽。「二嫂，妳我年歲相當……實則有些事只差在毫釐之間，我這麼說，二嫂該知道我是什麼意思吧？」

「我可想不出來。」蕙娘嗤之以鼻，她一掃室內，見只有孔雀、綠松在一邊陪侍，便也把話說得大膽了一點。「再說，那是沒影子的事。你哥哥何等身分地位，才能說我為妻，換作你們家別人……」

這濃濃的不屑之意，任誰都能聽得出來，可權季青卻彷彿未聞，這頭年輕的、精力旺盛而又性格古怪的小野獸，正肆意地展露著他的危險，甚至連一掀唇都像是要咆哮。「天下間的道理很多，可不論這些花言巧語有多動人，大道卻只有一種：弱肉強食，最強大的人，總是能得到他想要的東西……」

他沒有往下說，只是望著蕙娘深深一笑，言下之意，已經極為清楚：不論能否做到，起碼他權季青，是很有野心要站在良國公府的最高點，來奪取他想要的女人！

從他這篤定的氣勢來看，恐怕蕙娘願意不願意，並不在他的考慮範圍之內了……

這個權仲白，處境居然也沒有比她好多少。這有個異母兄弟，心心念念地要把他給害死呢！奪人妻子，已經不是把權仲白趕回東北老家就能辦到的事了，不把老菜幫子那個武大郎給藥死，西門慶能強搶民女嗎？

「你的話很有道理。」蕙娘這會兒倒沒那麼嚴肅了，她甚至還微微一笑，只有眼神多少洩漏了真實情緒。「最強大的人，總能得到她想要的東西……」她甚至還衝權季青眨了眨眼，帶了些戲謔。「猜猜看，我想要的東西裡，包括你想要的東西嗎？」

權季青眼底亦閃過一絲笑意，他深吸了一口氣，忽然朗笑出聲。

「說笑、說笑！」這個俊朗青年又回到了他的面具裡。「嫂子說得對，有些事，錯過了就是錯過了！是我不好，心裡思緒太濃，竟形諸於外，倒是打擾到嫂子了。」他站起身來，從容地道：「常嬤嬤向母親自辯時，已經點出，當時您和幾個管事媳婦說話時，其實是自己說漏了嘴，帶出了一句『讓老人家知道了，這可不大好。』，當時在場的，也還有您的幾個心腹丫頭……」他掃了綠松和孔雀一眼，兩個丫鬟都不禁微微瑟縮，權季青似乎覺得挺有意思的，竟衝她們二人露齒微笑，這才又往下說。「因此嘴上把不牢往外傳話的人，也可能就出在嫂子身邊。這消息，算是我送給嫂子的吧。」說著，便將單子一抽，欣然道：「我這就告退，二嫂如有什麼吩咐，就只管派人過我屋子傳個話。在這件事上，我不會給您添麻煩的。」

蕙娘坐著沒動，想了想，才淡淡地道：「那四弟慢走……外頭風大，仔細別閃了舌頭。」

這點譏刺，權季青哪裡會放在心上？當下只是哈哈一笑，便徐徐出了屋子，從背影來看，還是那樣翩翩俗世佳公子。

綠松和孔雀自然都嚇得不輕——雖說兩個人說話聲音都不算太大，可綠松還是屋裡屋外地繞了一圈，這才回來和蕙娘說。

「應該是沒人能聽見，這會兒大家都忙，歪哥在那邊哭，熱鬧著呢……」

蕙娘點了點頭，卻絲毫不提權季青，只是吩咐綠松。「在這件事上，他沒有必要說謊。看來，常嬤嬤背後，不是擁晴院，就是臥雲院了。」

綠松眼底閃過幾許訝異，可還是順著蕙娘的話往下說：「是啊，您露出這個破綻，她們自然也就抓住了，這是意料中事，沒什麼好吃驚的。可現在，您打算如何收尾呢？」

「一點謠言而已，有什麼好收尾的？」蕙娘並不在意。「妳這是被嚇傻了吧？不管哪個嬤嬤把話走漏出去，這個人肯定靠向祖母、長房，這是毋庸置疑的。這件事，要瞞著擁晴院去做，如何反用擁晴院的人？婆婆怎麼問我？我不問她都好得很了。」

綠松和孔雀的眉頭都擰了起來，綠松若有所悟。「您這是投石問路……」

「不錯。」蕙娘點了點頭。「我早就有所懷疑，雖說娘和祖母之間，似乎有所分歧，可這分歧，是意見上的分歧，卻不是立場上的分歧。這件事，祖母根本從頭到尾都心知肚明，之所以要故作低調，不過是要試試我的能力而已。」她不免流露出少許譏誚。「這是她們特地出的一道考題呢……呵，不愧是百年國公府，行事真是處處離奇古怪。我們這樣的人家，婆媳能如此和睦，也真是咄咄怪事（注一）了。」

那，常嬤嬤會漏出話來，是否也是一重考驗呢？綠松只稍微一想，便不多琢磨了，她還是一心煩惱權季青。「四公子那事，您、您知道多久了？怎麼什麼都不和我提？這可是您的心腹大患，聽他的意思——」

「聽他的意思，那是衝著國公爺的位置去的。」蕙娘打斷了綠松。「甚至對我還有非分之想。是，這我們都聽得出來，可妳有憑據沒有？總不能憑著我們三個人的瞎話，就衝姑爺和娘他們告狀吧？我看連娘都毫不知情，不然，她根本犯不著說我過門。」見綠松還要再說，她搖了搖頭。「這件事，目前毫無辦法，想必在他羽翼未豐之前，也不會為他人作嫁衣裳。想不出破解之策，就可以先不去想。」

兩個丫頭都沒話說了，可又不想走，葳蕤（注二）了那麼一會兒後，孔雀忽然衝口而出，

幽幽地道──

「唉，要是姑爺有這性子，您還犯什麼愁……」這顯然是一時不察，把心底話給嘆息出來了，話說到一半，孔雀就嚇得捂住口，挨向綠松身邊。

蕙娘白了她一眼，想要說話，卻也不禁輕輕地嘆了口氣。

「是啊……」她喃喃地說。「都是一個爹生的，這麼大的心思，怎麼就不能分給相公一點呢……」

注一：咄咄怪事，意指令人感到驚奇、不可思議的事情。
注二：葳蕤，音ㄨㄟ　ㄖㄨㄟˊ，指委靡不振、無精打采。

第九十五章

雖說起了這麼一個小小的波折，但一、兩個月內，常嬤嬤、雲嬤嬤陸陸續續，也將這張新單子上的物事都置辦完全，康嬤嬤走帳往權季青那裡支領銀子，惠安媳婦時不時來立雪院坐坐，和蕙娘說說話，這四個人各司其職，事情倒是辦得有條不紊，蕙娘並不用多操心。得了閒，不是去兩個婆婆跟前請安，往雨娘處和她說說話，就是在自己院子裡帶歪哥。最近隨著小牛美人胎重，宮中是非又多了起來，婷娘才剛入宮沒有多久，腳跟都還沒站穩，還不到入宮請安的時候。

也許真是因為吃了她十天奶，不管栓哥、柱姊怎麼鬧小毛病，歪哥都絲毫沒有磕絆，進了深秋也沒犯咳嗽、鬧感冒。三個月的孩子，胖胖大大的，除了吃就是睡，很快便連乳母都抱不住了——一抱就是一、兩個時辰，這麼十多斤重的大胖寶貝，誰也受不了——終究還是給他放到了童車裡，就是這樣，歪哥也就是哭了兩天，便也慣了，自己醒來的時候，只是饒有興趣地啃著小手，大人逗他，他有時候理會，大多數時候，還是毫不在乎，只顧著自己玩自己的。

蕙娘對這個懷胎十月生下來的兒子，心思是有點複雜的。因為不用她來帶，每日裡抱著玩一會兒，確實覺得他白嫩嫩的挺可愛，但要說真有那種護犢的心，似乎又沒到這個地步。

倒是權仲白，年紀畢竟是大了點，對她不冷不熱的，兩個人話算不上太多，可對兒子卻黏得慌，三十多歲的大男人，還給兒子換過幾次尿布，閒來無事抱著親親嗅嗅的，在父母之間，歪哥倒是更喜歡他來抱著，有時候蕙娘抱他，他還要哭呢。

蕙娘一賭氣，索性同權仲白發狠。「好、好，我們家看來是要嚴母慈父了，這會兒他還小呢，等他大了，看我怎麼收拾他！」

正說著，歪哥頭一歪，又在她懷裡嚎起來。這當娘的一聽此聲，心裡就是一揪——也有幾分煩躁。「怎麼了？忽然又哭！」

「是要到吃奶的時辰了。」權仲白倒是比她更精通這個，果然，稍微一點孩子的臉頰，這個精精神神的小歪種，頓時便張嘴吮舌，做出種種憨態來，總之就是要吃。

蕙娘笑罵了一聲。「這個小歪種，要吃這一點，最像爹了！」

「喔？」權仲白現在和她說話是越來越不客氣，從前可能還要顧及君子風度，和她唱反調時還要猶豫猶豫，現在是張口就來堵蕙娘。「一旦不對胃口，連一口都吃不下的人，還不知道是誰呢！」

「我那不是貪吃，是會吃。」蕙娘是很喜歡和人抬槓的。「哪裡和你兒子似的，五、六個乳母的奶，他誰都吃，一點也不挑食！」

「他要是挑食認奶，認著妳的奶不肯放，妳現在還能脫身出來辦事？」權仲白隨口道。「怕不是就只能專心在立雪院帶他了。還嫌他歪種，他這分明就是疼妳。」

蕙娘無話可說了，見權仲白起身要往外走，便道：「去哪裡？回來吃飯嗎？」

「今兒不回來了。」權仲白說。「在子梁家吃飯，吃完飯回來。」

自從她懷孕以來，權仲白能回來都回來吃飯的，唯獨去這個子梁少爺府上就有幾次：子梁是他的字，此人名為楊善榆，乃是陝甘巡撫楊氏長子，也是名門子弟，卻不從科舉出身，一意鑽研各色奇技淫巧，在火藥上是立過大功的，因此得封了一個六品散官，這幾年來聲音不多，似乎在鑽研新的火藥配方。

蕙娘也有許久沒聽過他的消息了，聽權仲白今晚又要去，不禁便道：「那樣多達官貴人，求你去和他們交接都求不來呢，你倒好，得了閒就在家裡消磨時間，絲毫不出去交際，唯獨和他關係那樣密切。」

「知心朋友，未必要時常往來。」權仲白站在屏風後頭換衣服，隔著屏風和蕙娘說。「不過我的朋友的確也不多，在京城的就更少了……嘿嘿，人生在世，志同道合者哪有那樣容易尋到呢？」

實際在這一點上，蕙娘更沒有資格說他，她自己的朋友還要比權仲白更少一點，尤其權仲白可能還能和那些志同道合的浪蕩子結為知交，可她這樣的人，誰要同她志同道合，利益卻有衝突時——就好比權季青——雙方還談什麼結為知交？恐怕連最基本的善意都不會有……

想到權季青，她不禁有幾分煩躁：這隻小狐狸，明知道自己打的殺兄奪嫂的盤算，簡直是有逆人倫，平時卻表現得極為淡然從容，絲毫沒有破綻。自己刻意迴避了一、兩個月，權季青也根本不過來主動接觸。只是每每在擁晴院碰面時，此人眼神，總是大有文章在。權仲白就在邊上呢，那一眼之間的熱度，卻好似要燒穿她的劉海，在額心燒出兩個洞來似的。

她多少能看穿他的主意：是，焦清蕙的性子其實不難揣摩，天下間任何一個女人，都希望自己的男人能比她強，尤其是她也不例外。如果權季青連他的非分之想都不敢說出口，那麼她雖然看出了他的心思，但卻未必會看得起他。他之所以把自己的野心大剌剌地形之於口，便正是因為唯有如此，才能給她留下深刻印象。

這都成親一年多，是一個孩子的娘了，居然就在自己家門內，被小叔子這樣追求。蕙娘真是想到就煩——越煩，也就越對權仲白有點失望。這人，總是經不起比較的……

可她要這麼往下去想，那就等於是中了權季青的計了。蕙娘輕輕地搖了搖頭，正好被權仲白看見，他從屏風後出來，一邊還繫著紐絆。「怎麼，有心事？」

「家裡的事。」蕙娘不由分說，就先白了權仲白一眼。「都賴你，耽擱了我半年……」

這句話，她說得很輕，可權神醫的耳朵一下就豎起來了。他本來漫不經心，只有三分心思放在蕙娘身上，此刻倒是全心全意地打量著她：說來不錯，當時約定半年之內，她不能對長房出招。可沒有多久，清蕙就懷有身孕，這半年的時限過去之後，她已經又是鬧胎兒橫位、又是鬧血旺頭暈的，他跟著鬧騰，倒把這事給忘了個精光……

「對了，」權仲白便道。「說來這事，妳也是挺好奇的。我找子梁，就是為了談毛三郎的事，妳要一同去嗎？倒是可以順帶著也讓妳和子梁太太見上一面。」

蕙娘嚇了一跳，反射性地道：「閒來無事，怎能隨意出門？」見權仲白瞥了她一眼，大有笑她膽小，辜負了守灶女出身的意思，她便為自己辯駁。「從前在家時，出門也是常有的事。可你看大嫂，除了回娘家之外，一年何曾出過門的？你這是又要扯我後腿嘛……」

「大嫂是大嫂，妳是妳。」權仲白說著就喚人。「給你們少夫人備輛馬車，再往娘那裡送句話，今晚我帶少夫人出去，她不能去請安了。」

綠松遲疑著望了蕙娘一眼，蕙娘輕輕地搖了搖頭——可這丫頭猶豫了片刻，還是輕聲應了。「誒，這就去辦。」

說著，也不去看蕙娘臉色，竟就退出了屋子……

蕙娘氣得猛捶權仲白的肩膀。「好啊，我的丫鬟，不聽我的話，反倒聽你的擺布！」

權仲白哈哈朗笑，將她摟在懷裡，往炕上就摁了下去，頂著她的鼻尖道：「錯啦！妳站的是權家地，吃的是權家飯，這是立雪院的丫頭，我們的丫頭，可不是妳一個人的丫鬟。」

的確，隨著名分變化，丫頭們名義上的主人的確變成了權仲白，可他從前和這群小妮子，根本是形同陌路，幾乎毫無交流。像如今這樣大剌剌地指使著來去辦事的，也是近日才養出來的習慣。可這種意志衝突的情況下，綠松居然選了權仲白，這著實令蕙娘有幾分鬱悶。

雖說權仲白帶了藥香的體息，和那沈甸甸的重量，壓得她有幾分心猿意馬，可二少夫人還是很矜持，她哼了一聲，閉著眼側過頭。「我不去！你就會誠心給我添亂！」

「妳也有八、九個月沒有出門了吧？」權某人一點都不氣餒。「我這哪是給妳添亂啊？我是心疼妳被關著哪！想當年……呃，妳身為守灶女，肯定要時常出門巡視生意的。」一聽就知道，他對蕙娘出嫁前的生活毫無瞭解，只是照常理瞎上一把，一邊說，還一邊觀察蕙娘的反應，蕙娘便繃住臉，不給權仲白看出端倪。

權仲白又續道：「自從過門，一年多了，都沒怎麼出過門，出去走走又怎麼了？大嫂要是早就有了栓哥，也不會這麼安分的。」

說了這麼多，到底還是最後一句打動了蕙娘。想一想她悶在立雪院裡有九個多月了，每天一抬頭，都是這熟悉的天地房屋，為權仲白一說，她也的確有些蠢蠢欲動，思來想去了一番，雖不說話，可權仲白喚丫頭們來給她打扮的時候，蕙娘就咕嘟（注一）著嘴，沒有作聲了。

往常去閣老府那幾次，路都是走熟了的，無甚可說。今日去楊善榆的住處，走的就是朝陽門外的大街了，因天色未晚，街上人口還多，權仲白還想給蕙娘指點一番街景呢，可沒想到蕙娘比他還熟。

「這是老王家賣金錢肉的，那是這會兒才出的鐔子，賣豌豆黃、綠豆黃的，往前走一段路，還有個雜耍攤子，賣大力丸的。再朝東走走——那是春華樓了……看什麼看？你不說了嗎，我是守灶女，平時肯定要經常出來行走的，我在東城那一塊的名號，還頗響亮呢！」

「真的？」權仲白不免有幾分笑意。「相府千金焦清蕙……嗯，這名號是挺響亮的，在道上肯定能鎮住不少人了。」他便學市井中人的腔調問蕙娘。「是哪條道上的尖門（注二）？嗯？盤正條順，招子又亮，原是相爺府的千金——哎喲！」

蕙娘搗了他的軟肋一下。「我不同你說了……你自個兒回去打聽打聽，東城一帶，誰敢動齊佩蘭的鋪子，你就曉得了。那時候我一個人打理幾間鋪子，誰也不知道我的出身，地痞流氓沒有不來勒索的。見我年紀小是個不懂事的小東家，除了帳房是雄黃來當之外，餘下掌櫃夥計們欺我年紀小，藉機生事的有的是……」

見權仲白聽住了，她又有點不好意思，如今既然已經嫁為人婦，好漢不提當年勇，從前的事，還提它做什麼？

「哎，算啦算啦！」她說。「也就是小打小鬧，和你的豐功偉業比，沒什麼可提的。」

也的確，權仲白在她這個年紀，已經遠赴漠北去給先帝尋藥了。焦清蕙開幾間鋪子而已，就算是做得再有聲有色，這和他的功績似乎也不能比。可權神醫竟像是沒聽到她的說話，他依然還在出神，過了一會兒，才低聲道：「齊佩蘭……我先前也聽祖父喊過妳佩蘭，這是妳的化名？」

注一：咕嘟，音ㄍㄨ　˙ㄉㄨ，此指噘嘴含怒的樣子。

注二：尖門，黑話，意指大姑娘。

「出外行走，沒有用本名的道理。」這沒什麼好瞞著人的，從前不說，那是權仲白不問而已。蕙娘道：「你也知道，我爹單名奇字，起個諧音，便是齊佩蘭了。家下人在外人跟前，有時候也稱我佩蘭公子，免得帶出閨名，終究不雅。」

「唔。」權仲白的面色深沈了幾分，竟不再說話，雙目神光閃爍，偶然瞥蕙娘一眼，一望即知，他是已經陷入了沈思。

畢竟要接受家裡商業，焦四爺去世前一、兩年，蕙娘以齊佩蘭的名字，在京城商界，是闖出過一點名號的。雖然限於年紀、精力，無法做得更大，但東城一片她的幾間鋪子，現在還經營得不錯。蕙娘原以為權仲白從前聽說過她，可再想想，又覺得不對，她靜待了片刻，有些按捺不住了，便衝權神醫挑起一邊眉毛，作詢問狀。

「沒什麼。」權神醫漫不經心的。「紉秋蘭以為佩，妳這個名字，取得很雅啊！」

這個典故，出自〈離騷〉，一般人是想不到的，多半都直接想到「蕙者，又名佩蘭」去了，權仲白竟能一語說中，蕙娘也有些吃驚。她掃了權仲白一眼，待要說話，卻又覺得氣氛還是有幾分古怪——權仲白一手撫著下顎緩緩搓摩，很明顯能看得出來，此時此刻，他的心情並不太好。

雖說已經先行使人來打過招呼了，可兩人都到楊家下了車了，主人楊善榆居然還沒有回來。

主母蔣氏很抱歉，不斷向蕙娘解釋。「相公就是這樣，這邊答應得好好的，那邊有些什麼新動靜，心思就又立刻被吸進去了……」

這是個很美貌的少婦，只是形容有幾分清瘦憔悴，氣色乾巴巴的，少了……少了蕙娘在自己、大少夫人，甚至是大少爺那些通房身上都可以看到的潤澤之意，說得通俗一點，那就是正當齡、已破身的婦人，雲雨卻並不多，好似四太太、三姨娘等長年居喪的人家，面容硬是就帶了有幾分黯黃。她談吐柔和，對權仲白也相當禮貌，只是禮貌中透了熟稔，這解釋也是衝著蕙娘而非權仲白，可見楊子梁的老毛病，他已經是一清二楚。

果然，權仲白絲毫不以為意，他欣然起身。「我今日過來，一來帶內子認認門，二來，也是帶她見識一番子梁那些巧奪天工的器物。弟妹妳忙妳的，我帶她到前院看看。」

主人不在還能直入書房，已經是很熟的朋友才有的待遇了。

蔣氏果然亦沒有任何意見，只含笑讓權仲白。「務必要留下吃了飯再走，我這裡再派人去催催他。」

說著，兩位少婦相視一笑，權仲白就帶著蕙娘直驅男主人平時起居的前院。

這個院子，居然比後院還要更大，看來是兩疊院子打通了蓋起一個大堂屋，裡頭有無數鋼鐵器物，透過窗戶看去，彷彿一個大倉庫。權仲白領著蕙娘進了偏廳，這裡也有許多條案，擺了各色物件，其中大部分蕙娘根本就不認得，甚至難以名狀，有毫無外力卻兀自擺動不休，連幅度都不曾變化的小鐵搖輪，還有被拼接在一起，投射出無窮倒影的幾個玻璃鏡大筒等等。如非主人不在，只怕她都要上手去摸了。身家到焦清蕙這個地步，物件材料貴賤已經不放在心上了，所求著，無非獨一無二、舉世無雙而已。這個小倉庫，的確是比什麼美景，都更能引起她的興趣。

可權仲白卻沒在此處駐足，他帶著她直進了最裡頭一處空地，一邊還道：「小心些，這裡是有火藥的！」

唬得蕙娘湊到他身邊了，他才拿起一個極大的金剛罩，一截木頭並一個小小的炮仗狀物事，將木頭擺在炮仗之前，點了引線，便將罩子一罩，轉頭望了蕙娘一眼，似乎大有挑戰她的膽量，試探她是否害怕的意思。

蕙娘就是在誰跟前服軟，都不會在權仲白面前認慫的。她雖也有些吃驚，但更多的還是大感新鮮，手一背，頭一抬，也是一副從容不迫的樣子。權仲白見了，不禁就是一笑，此時只聽得罩內一聲悶響——那炮竹已是炸開了。

他便揭開罩子，拾起木頭來給蕙娘看：只見木頭背後嵌滿了細細碎碎的紅色，連著罩子內部，也多出了一些細小紅點，可木頭另一面卻完好無損，依然還是原色。

「當時工部那場爆炸，我是最先趕到幫助救人的大夫。」權仲白說。「毛三郎被救出時，我就在現場，他胸前被炸得焦糊一片，神志卻還算清楚，我問他傷在哪裡，他說是胸口有鐵片嵌入……這倒也是看得出來的。當時靠在柱子邊上，趁皮肉還沒凝固，我立刻就為他拔除了許多小鐵片，又因為還有旁人情況更危急，留了一瓶金創藥讓人給他敷上止血，我自己就走開了。當時兵荒馬亂的，再回頭他已經被家裡人接走，之後也沒有找我。不過當時我想，我這裡畢竟忙，他要沒有什麼後患，也就不會過來了……」

他衝蕙娘點了點頭，低聲道：「看來妳也明白啦，這個毛三郎，肯定是有問題。我猜他這一次報的去世，也是假死。工部這件事，初看非常荒唐，畢竟有誰會在此事中獲得好處呢？可仔細一想，其實依然是有的，只是妳未必——」

正說著，門口忽然傳來一陣鈴聲。

一位眉清目秀、氣質儒雅的青年手持一串銅鈴，一邊搖一邊進了屋子，衝權仲白笑道：「子殷兄，你看——」

他一邊說，一邊就掃了蕙娘一眼，一望之下，頓時是瞠目結舌，剛要說出口的話，已經斷在了唇邊。

第九十六章

以蕙娘姿容，初次得見她的青年男子，驚豔者自然不少。只是能進到老太爺、焦四爺身邊的子弟，亦無一不是百裡挑一之輩，即使有波動，也都能掩藏去七、八分。只有這個楊善榆，一眼之下竟為她容光所懾，還竟表現得這麼明顯，倒讓蕙娘得意之餘，又有幾分尷尬。她笑著望了權仲白一眼，尚未說話時，楊善榆已經回過神來，收拾了面上毫無掩飾的驚豔，誇獎她——

「嫂子生得真美！」

權季青也說過幾乎一色一樣的話，只是他溫良的面具戴得再好，也及不上楊善榆此時神態中的一抹天真。蕙娘依稀記得，他是大器晚成，少時曾被認作個傻子——如今雖說也算是功成名就、事業有成，但眼底依然留存一份好奇與天真，使得他說出什麼話來，似乎都不至於讓人生氣，反而令人對他的坦率大起好感。

「子梁客氣了。」她自也就不在意他的失禮了，隨意抿唇一笑，就算是揭過了這章。

倒是權仲白笑道：「你怎麼還是老樣子？心裡有什麼就說什麼，一點都不知道遮掩。」

聽他語氣，甚至比有時候和權叔墨、權季青說話還隨意。

楊善榆把銅鈴擱在桌上，自己笑道：「哪裡，我已經挺會遮掩的了。上回在皇上身邊，我忍著沒誇新入宮的白貴人生得好看呢！」

蕙娘唇角一抽，有點無語了。

權仲白哈哈大笑。「你還好意思提這事！我聽人說了，當時你雖什麼話也沒說，可神色卻沒掩蓋，白貴人尷尬得不得了，還好皇上沒和你計較。」

「這種事，皇上哪裡會和我計較？」楊善榆看了蕙娘一眼，多少也有些解釋的意思。「見了美人嘛，總是會讚嘆一番的。我這個人心裡藏不住事，一根筋，嫂子別往心裡去。」說著，一扭臉，似乎真就把這事給放下了，又若無其事地同權仲白道：「子殷兄你來得正好！上回所說，廣州那邊新出現的一種洋槍，我已經拆過看了，這才剛仿製了一把，可似乎不得其法。還有，據說新出了一種洋炮也是極威猛的，要運來也不知要多久。現在南邊形勢吃緊，我已經說動皇上，讓我南下去實地勘探一番。你想不想和我同去？」

他喜歡拋妻棄子去戰火連綿的南海摻和，蕙娘管不著，可權仲白要想如此浪蕩行事，她可受不了。雖然礙著楊善榆就在一邊，她不便大發雌威，可那雙寒星一般的眸子，早已經似笑非笑地盯住了權仲白不放，就等他的表現了。

權仲白在楊善榆跟前，也顯得很放鬆，不似從前在外人跟前，總是劃出一條身分上的界線。他看了看蕙娘，再看看善榆，不禁露齒一笑，輕鬆地道：「現在是有家室的人了，子梁，太太猛於虎啊！」

哪有人這樣說話的！蕙娘銀牙暗咬，白了相公一眼。

倒是楊善榆連聲道：「是我沒想到！唉，我真是光顧著高興了，今日處處都很失措！」說著，他竟不禁握住權仲白的小臂，也不顧蕙娘還在一邊，就低吼起來。「我能下廣州，能上海船啦！子殷兄，我終於能出海瞧瞧了！」

他如此興奮，權仲白同蕙娘兩人自然也免不得湊趣，權仲白給蕙娘使了一個眼色，蕙娘便自行出了倉庫，返回去找蔣氏說話。

正好蔣氏正站在院子裡，隔遠看廚娘做菜，見到蕙娘來，兩人彼此一笑。

蔣氏吩咐丫頭。「讓她別放那麼些鹽，今兒已經放得多了，再多做一味清淡些的湯，只放小指甲蓋還少些的鹽就夠了。」

說著，便請蕙娘進去說話，一邊嘆道：「這年頭下人也不好管，越是廚藝好，脾氣就越大。只顧著和我頂嘴，說鹽太少了不好吃，可她哪裡知道，少爺最不能吃的就是這鹹東西呢？」

蕙娘是何等利眼，只隨意一張望，便瞧出楊家處境：錢是有，夫妻兩個身上都是好料子，可花色裁剪都陳舊了，只怕還是從老家帶來的服裝。蔣氏大美人的底子，被這半舊衣裳、憔悴臉色，倒襯出了三分的幽怨。想來儘管楊善榆也算是風光無限了，可她這個少奶奶，卻未必過得很如意。

她微笑道：「這是因為少爺的病……」

「前回神醫給把了脈，說是用心過度，血瘀又有濃郁。唯今非但要定期針灸，而且連鹽、辛都不能多吃。」蔣氏輕輕地嘆了口氣，又換出笑臉來恭維蕙娘。「當日嫂子出嫁時，我也有分過來喝酒，真是好身段。只聽說妳美，今日一見，確實是真美——也真有福氣！」

這話真飽含了辛酸與幽怨，蕙娘不便去接，好在蔣氏也挺能交際，兩人說了些話，蕙娘才知道權仲白和楊善榆實在是早有前緣，楊善榆曾經跟在他身邊遊歷過幾年，以便隨時針灸治病，甚至還和他一道去過西域極西之處。也就是因為他的妙手，楊善榆才能擺脫結巴痼疾，有今日的成就。他甚至還從權仲白這裡學會了一些醫術皮毛，兩人亦師亦友，據蔣氏說，「雖然人人都說權神醫架子大，不好請，但就我們看來，竟是個極和氣的人，半點都不擺譜的」。

志同道合，自然就不擺譜了唄！這楊善榆要是個女兒家，恐怕權仲白又要鬧著娶她了。蕙娘有些說不出的酸意：權仲白在她跟前，可從來都不會這麼放鬆隨意。她固然喜歡和他無傷大雅地爭鬥幾場，再輕而易舉地獲取勝利，可休戰時分，總也是希望權仲白能隨興一點兒，別老怕被她套話、挖坑……

既然是密友，權仲白、楊善榆又都是名士脾氣，這一頓飯吃得還是挺隨興的，楊善榆說了好些自己在鑽研的奇物給蕙娘聽。

「這還是我族妹南邊傳回來一本書上寫的，連我剛開始都不信，這水燒開了，能有這麼大的力道，甚而連車都能帶得動，可這一試驗之下，妳可別說，還真能成！」

蔣氏見他說得高興，連飯都顧不上吃了，便給他搛了一筷子菜。「慢點說，菜涼了……」

楊善榆根本都不理她，他繼續往下說：「按那書上畫的圖，我還真給打出了兩個鐵缸子，做了個能帶著開動的小車頭，可惜用煤很費，不過是稀奇而已。路面不平整，也不能開出去。」

權仲白是早知道的，可蕙娘卻聽住了。她早已經想到了這物事可能發揮出的種種作用，一時不禁便道：「怎麼不繼續往下鑽研呢？這可比火藥掙錢多了……」

一聽到「掙錢」兩字，蔣氏的眼睛便是一亮，可看得出來，這位少婦性子柔弱，素來是不能如何節制丈夫的，她瞅了善榆好幾眼，善榆都沒接到翎子，自顧自地就要給蕙娘畫圖。

「還是不成，連族妹都說，覺得這個能掙大錢，可技術上克服不了，按它那麼造，太粗陋了。」他有點黯然。「皇上這裡，火藥方子又要改進，離不得人。」

他頻繁提到族妹，已經激起了蕙娘的好奇心，便不禁看了權仲白一眼，權仲白現在被她調教得日趨精明，這個翎子，他接著了。「子梁的族妹妳應該也知道的，就是許家的世子夫人，現在廣州住著。她對西洋來的任何書本、匠人都有極大興趣，還拉著桂家少奶奶學什麼英吉利語、拉丁文，什麼世界海圖地理。這幾年來，往京城寄了很多書，有些書經她尋人翻譯，甚至能呈貢御覽，皇上都看得很有興趣。連我都受惠，好幾本泰西一帶的解剖學論著，對我有很大啟發。」

楊善榆也是頻頻點頭。「雖未見過一面，但實在感謝她，幾乎同感謝子殷兄一樣多。她送我幾本幾何學、代數學，真是生平未聞，連先生們都如獲至寶。」

「心裡也惦記著親戚呢，回回捎書，都不忘了捎帶些廣州特產，單是新鮮花色的西洋布就得了好些。」蔣氏難得能插得進話。「我們沒什麼好回送的，提起來都臊得慌。」

聽楊善榆的意思，簡直對這個許少夫人有幾分崇敬了，就連權仲白那個老菜幫子，也是罕見地又露出了欣賞之色……蕙娘不大高興。「西洋來的書本，我也有呀，祖父對這些學識也很重視的。代數方程式，我也會解，只是這東西終究無法學以致用，不過是玩物而已，便沒深入——」

「嘿嘿，這妳就不懂了！」楊善榆這時候壓根兒就沒把蕙娘當個女人來待了，筷頭一指蕙娘，大模大樣地便道：「這要是玩物，天下間就沒什麼正經東西了。凡是我那屋裡造出來的物事，就沒有不用上代數幾何的。日後倘若那蒸汽……蒸汽機能造出來，怕也都要歸功於那幾本書呢！」他忽然又有幾分黯然。「所以我一直想去泰西……只從這幾本書來看，大秦真是被落下太多了。沒個人去取回真經，那怎麼行？七堂妹說，落後就要挨打，這話好有道理。再這麼落後下去，只怕欺負上門的，就不止這一支南洋海盜了。」

蕙娘有些不自然：說老實話，她可很少站在這樣的高度上去考慮問題。不在其位不謀其政，這不是鹹吃蘿蔔淡操心嗎……

可權仲白這會兒就操著宰相的心呢，她也不好當著外人的面和他唱反調，只得微微一笑。「既然這樣想，那你可就不該去泰西啦，還是老實在京城研究你的火藥吧。這回交戰，要不是有你的新炮彈，只怕南邊還要再更吃虧。」

這麼快快活活地清談了半日，連飯都沒好生吃，要不是權仲白主動開口，這話題可就拉不回來了。「子梁，這次過來，是想再參詳參詳幾年前那件事的。」

一談起正事，蔣氏立刻就起身迴避。

楊善榆微微一怔，掃了蕙娘一眼，一時沒有說話。

權仲白便道：「就是要你解釋給她聽……你嫂子出身特別，這件事也許能借用她的力量。」

「特別？」楊善榆還反問了一句。「這怎麼特別？」對於京城流傳已久的那種種故事，他居然連一個都不曾知道。

權仲白只好略作解釋，楊善榆倒也不笨，立刻就明白了個中關竅。他給蕙娘解釋。「妳剛才也看見了，實際上火藥爆炸，只在瞬間，任何人都不可能在其間轉過身子，為鐵片鐵珠嵌滿全身。這個道理，我們懂得，可燕雲衛的人卻未必懂得，只怕調查的時候也就掠過了這一點，半點沒有懷疑到他頭上。畢竟胸前受傷，很可能致命，他要害人，大可以採取別的手段，也不至於這麼兩敗俱傷。」

這個楊善榆，說起這種學問上的事來，實在是神采飛揚，和權仲白扶脈時同樣，都散發出一種自信穩健的風采，讓人將他的莽撞與天真遺忘。

「但燕雲衛的人卻忽略了一點，火藥還在研製期間，每次配比都有細微差別，有時候差之毫釐，繆以千里，他在的那個倉庫裡，有很多這樣的藥粉，非常活潑，很容易就會爆炸出事。按一般行規，全是以瓷罐分別封存，即使爆炸，那也是連珠炮，而不是當年一樣的巨響一聲。很明顯，是有人把藥粉聚在了一塊兒，陰謀想要害死當時在後屋做事的配藥先生們。只有這樣才會出現若干個罐子，而只有一聲巨響的現象。」

他頓了頓，又道：「還有，一旦爆炸，瓷片亂飛先於鐵珠，鐵珠入肉，沒可能瓷片不入肉的。但權兄回憶起來，他胸前可沒有什麼瓷片，以此可見……」

「很有可能，是在他倒出火藥的時候，先有一罈子小小炸開了，他已經是受了輕傷？」

蕙娘的興趣也被調動起來了。「可這炸開那還了得？聲響就不說了，別的火藥難道就不受影響——」

「受。」楊善榆說。「如果他是在倒最後一罈火藥時出的事，那肯定受，一旦受了高溫，火藥轉瞬間隨時可能被引爆。這時候他往外跑，其餘人從裡屋出來看情況，此時已經大炸，他跑得快，逃出生天，餘下那些師傅，便很可惜……走脫不了了。」

看似令人費解，處處難以說通的現象，為楊善榆分析起來，真是鞭辟入裡。他又補充了幾條推測，頓時豐滿了毛三郎的行動：很有可能，他是預備壓出一個大「爆竹」，再牽出一條長引線，如此便能毫髮無傷地引爆此物。也許他還有幾個同夥幫忙，只是跑得都不夠及時，這都是完全能說得通的猜測。餘下的問題只有兩個：如果真是他幹的，那麼，他為什麼要這麼幹？又是誰讓他這麼幹的？

即使蕙娘一貫「不在其位，不謀其政」，如今稍一細想，也覺得毛骨悚然。軍用火藥，一直是官府指定的作坊以朝廷藥方製作，這不存在商業上的競爭關係。任何一個大秦子民，也沒有不盼著大秦軍隊能早日揚威萬里，不戰而屈人之兵的，畢竟這龐大軍費，到最後還不是要轉嫁到百姓頭上？前些年打仗在西北，可江南兩淮富裕之地，從上到下又何嘗不是大傷元氣？這幕後主事者的居心，實在是非常險惡陰毒，哪裡是大秦子民能做出來的事？這件事要有人指使，這群人所圖，必不在小。

楊善榆說到這裡，沒往下說了，又看了權仲白幾眼，兩人似乎無聲地交流了一陣，他方續道：「在這一點上，我和子殷兄一直是有點想法的……當時西行，我們走得最遠時穿過了從前在北戎轄制之下的大草原，也見識了幾次居留在此地的部落之間為爭搶草地水源的火併。這留下來的部落，可都是北戎內部的弱小種姓，他們用的火器比較原始，屬於幾十年前北戎火器的水平。可羅春的親衛軍就不一樣了，一個個手持的火器，絲毫都不比關內差，而且彈藥也很充足……」

「這是有人走私。」蕙娘在這點上倒不吃驚，她也是聽說過這件事的。「早些年就有上報了。北戎除非是從西邊買的火器，不然……」

不然，那就是有人從大秦境內，一直源源不絕地和羅春做軍火走私的生意了——雖說這可是一查出來就要掉腦袋的事，可利潤肯定也非常的高。砍頭的生意一直都是有人做的，比如說山西幫，似乎就很能做出這樣的事來。

蕙娘一時還沒想明白呢，見楊善榆和權仲白都沒有說話，不禁用心沈思：這才只片刻，她就覺出了不對，尋思出一種可能來，饒是以她的見識城府，都不禁倒抽了一口冷氣。「你的意思，是這群人為了自己的軍火銷路，不惜幹下這樣喪心病狂的事來？」

「是這樣倒也就罷了。」權仲白說。「我覺得還不只如此。在工部爆炸時，北戎正處於最艱難的時段，這時候朝廷如果推行新火器，戰力提升之下，將他們滅族也不是沒可能的事。北戎都覆滅了，還有誰和他們做生意？」

這群人，是為了自己的錢財，不惜操縱大秦的政局變化，乃至是戰局變化……連工部作坊都敢炸，毛三郎假死，簡直是小意思中的小意思！

蕙娘當晚都沒有再說什麼話，直到兩人回了立雪院，在床上並肩躺下了，她才低聲道：「你一個郎中，管這些事幹麼？真要有這麼一夥人，工部都敢炸，難道就不敢暗殺了你嗎？再說，你又沒有心腹力量，這怎麼去查？要我說，要嘛撂開手別管，要嘛，查出一點眉目、掌握了一點憑據後，就甩給燕雲衛吧。」

「燕雲衛雖然威風八面，」權仲白也是深思熟慮過的。「可也不是鐵板一塊。這件事，不送到我跟前來也就罷了，送到我跟前了，不查實在對不起良心。有了憑據，我自然就給封子繡送消息，不會涉入過多的。」

「這還差不多……」蕙娘滿意了一點。「你那麼黏兒子，以後也得多為了歪哥想想，別學楊善榆，多大的人了，還和個孩子似的！」

「怎麼，妳對他意見很大？」權仲白的語氣很微妙，似乎有點失望。「不是這個性子，他也做不出這番成就。雖說在世人眼裡是不務正業，可在我心裡，他比一干高官厚祿、尸位素餐的官老爺，是要可敬得多呢。」

「怎麼，我對他有意見，你還不滿意嗎？」蕙娘的語氣更酸了。「你這個人怎麼回事，到底缺了幾根筋？人家看你媳婦看得都呆了……」

「他見了美人一直都這樣，」權仲白輕鬆地說。「什麼時候他不看妳了，我才要擔心呢。善榆這個人，心思淺白直爽，其實也不大適合在宮廷中打滾。也就是因為這樣，我和他打交道，心裡一直是很舒服的。」

蕙娘想到今晚，三人談談說說，無須顧忌任何言外之意，所談者也不是什麼追名逐利、勾心鬥角之事，忽然間她又有點氣餒：是啊，這不就是權仲白所追逐的東西嗎？在他心裡，豈非一直很是欣賞楊善榆這樣一心一意地鑽研著自己的學問，超然於這滾滾紅塵之上的人物？

他說得不錯，比起一干黑心無賴、貪得無厭的下三濫及王八羔子，楊善榆是要可愛得多。就連蕙娘都不得不承認，聽他說那些奇物的製造使用，能勾起她許多奇思妙想、許多已經忘卻了的，對西洋那些奇技淫巧的好奇興趣……今晚，她算是覷見了權仲白私人生活的一角，他的確是個脫俗的人，也唯有另一個脫俗的人，才能成為他真正的朋友，才能明白他視戰亂危險、世事紛擾於不顧，望著常人無法理解的遠大目標而去的情懷。

可……難道她就不明白這脫俗，難道她就不可以脫俗嗎？她一樣可以欣賞這份超然於世的情懷，她明白這種生活的好，可這生活，離她畢竟是太遙遠了一點。

她不愛這等時刻，這種思緒，總是令她感到分外脆弱。焦清蕙當然也是個人，沒有誰比她自己更知道這一點，她的完美背後蘊含了無數的血汗和努力，甚至連她自己都習慣了這份強悍霸道，她已經漸漸地不能承認她的能力也有極限，其實很多時候，她的選擇比任何一個人都少，她也不過是一個任憑命運擺弄的玩偶。

「今晚他說的那些東西，」她不禁把頭靠到了權仲白肩上，語氣不知不覺，有點委屈了。「曾經我也是很懂的，可現在……」

「可現在怎麼？」權仲白的語氣也溫柔了下來，頭一回如此軟而寬容。「為什麼不能懂呢？」

「這些東西都是很好的，」蕙娘輕聲說。「可我沒工夫去想。權仲白，我現在要想的都是好俗的事，你越雅致，就襯著我越傖俗（注）。連琴，我都有很久沒有彈了……」

「這不怪妳。」權仲白低聲說。「換作我是妳，也許我也會同妳一樣……」

他壓低了聲音，靠近了蕙娘的耳朵，像是要和她道聲「快睡」，可一開口，卻又全然不是這麼一回事——

「要害妳的凶手，還沒有浮出水面吧？」

注：傖俗，粗鄙、庸俗之意。

第九十七章

清蕙身子一繃，倒也沒有裝傻。權仲白心裡明白，他問老爺子在先，老爺子見孫女在後，雖說老爺子本人沒有正面回答他的問題，但少不得要提醒孫女幾句，令她注意作答。他這些日子以來一句話不說，事實上還是想給清蕙自己開口的時間。孩子都有了，還有什麼話是不可以說的？

實際上，清蕙拖得越久，他心裡也就越沈重陰霾。權仲白不愛動心機，不代表他沒有理解心機的能力。只是他也有點看不明白，焦清蕙只是單純覺得不便啟齒，所以才沒有開口呢？還是這沈默，也是她使的心機？

「是牽扯到國公府？」見清蕙不說話，他又添了一句。「不是牽扯到國公府，妳有什麼不好和我說的？」

「沒憑沒據，怎麼取信於人？」焦清蕙的聲音冷了下來，這是她在處理大事時常見的態度。平時那輕易便容易被觸動的挑剔脾氣，此時全散了開去，餘下的是絕對的冷靜底色。「我才進門沒有多久，就血口噴人，離間你和家人的感情，你會怎麼想我？」

這想法當然不能說錯，可權仲白總是有點不高興的。說句老實話，他對焦清蕙，從一開始就沒有很高的心防。成了親那就是一家人了，像他這樣不打算納妾的，不說心心相印，起碼兩個人攜手一世、養兒育女，是可期的事。單從夫妻來論，他對焦清蕙應當還挑不出多少毛病來，可焦清蕙對他，卻始終是隔了一層，總把他當作了外人來待。

「那麼我也就不問了。」他的聲調也淡了。「睡吧。」

若是一般小事，他有脾氣，焦清蕙的脾氣只會更大。可這樣生死攸關的大事上，她從來都不會有任何脾氣的，他表達了不滿，焦清蕙立刻就讓了一步。

「話都挑開了，難道還真的什麼都不和你說？」她半支起身子，從權仲白身上跨過去，把油燈給端進來了。在床頭長板上一放，人伏在燈邊上，白藕玉臂中，星眸半睞——畢竟是生過兒子了，縱使無心，依然有絲絲風情流露，只是一開口，這旖旎的情調便被清冷的嗓音給破壞了。「我倒是一直想要問你呢，前頭達家姊姊和那位——」

「是姓謝？」權仲白見她頓住了，便有點不肯定地說：「應該是姓謝沒錯……」

「和那位謝姑娘，去世緣由，當真是因為疾病嗎？」焦清蕙不緊不慢地問。

權仲白眉頭一皺，他沈思片晌，才慎重地說：「謝姑娘我不知道，當時我人在外地，根本趕不回來。但她是藩王外孫女，深得外祖父喜愛，從小被養在身邊，想必衣食起居，照看得也甚是妥當，起病時必定也有名醫過來扶脈……我明白妳的意思，但要害一個人，尤其是要害一個權位很高的人，通常並不是那麼容易的。中毒有中毒的死法，生病有生病的死法，一般大夫這個起碼是能瞧得出來的。至於貞珠，我親自給扶的脈，她是中毒還是生病，難道我會摸不出來嗎？天下間要有這樣奇毒，恐怕死的人，也不會是她了。」

要說前兩任準二少夫人是出於暗害，這就是個很險惡的猜測了，他雖沒動氣，但心裡也不大舒服：會阻礙他娶妻生子的人，也就只有同胞兄弟幾個。真正手腕高明，如焦清蕙者，她什麼都不會明說，一切由得你自己去想，要挑撥，都不會把挑撥給端上檯面來。

「唔。」她似乎看出了他的情緒，輕輕地應了一聲，自己也有些出神，半晌方道：「你看，所以我不想同你說這件事。為了查明此案，有時候總是不得不把人往最壞去想，可這麼個做法，是肯定討不得神醫大人的喜歡，我難道還嫌你不夠厭棄我嗎……」

似乎是解釋，又似乎是有些埋怨。唉，這個焦清蕙，一計不成，立刻又換了一種辦法。可權仲白也就吃她這一招，她一示弱，他就有點軟了。

「沒有真憑實據就胡亂猜測，的確只能自亂陣腳。」他多少還是有幾分埋怨。「妳應該早告訴我的……現在說也來得及，究竟用什麼手法下的毒？妳是如何發覺的？是什麼毒？解毒了沒有——這是什麼時候的事？妳的脈象可一點都不像是中毒後元氣虛弱的樣子……中了神仙難救的人，就算活轉，也始終終生都不能真正痊癒的。」

「神仙難救？」

一聽焦清蕙的語氣，權仲白就知道自己想錯了。

「那是什麼？」她的眼睛裡，已經閃起了好奇的光彩。「你又怎麼會以為我中了這個？」

權仲白不想把李紉秋的事情拿出來說嘴，他遲疑了片刻，便將嘴湊到清蕙耳邊，輕聲說：「若妳中的是這個毒，那我幾乎可以肯定，害妳的人，和安排工部爆炸的幕後黑手，彼此之間，肯定有千絲萬縷的關係。」

和一般女流不同，要害她的人也許實在不少，焦清蕙呆了呆，她若有所思，片刻後才斷然道：「給我下的是什麼藥，其實都沒有查出來，只知道問題應該是出自冬蟲夏草，很可能經過精心薰製，因此帶了毒性。頭一道藥沒進我的嘴巴，丫頭們拿藥汁浸了饅頭粒，塞到了貓嘴裡，那貓當時就抽抽死了。後來拿藥渣熬了第二道，試藥的死囚抽了兩個來時辰，當時好了，可後來第二天也沒緩過來，睡下去就沒有起來。說可能是斷腸草，但恐怕斷腸草都沒有那麼毒。」

這不像是神仙難救！中了神仙難救的人，雖然也死得很快，但是不會死得如此熱鬧的。

「藥渣還留著沒有？」權仲白眉頭緊皺，一頭又不禁埋怨蕙娘。「唉，這都多久的事了，只怕是藥力盡失！妳應該一進門就和我說清的，那時候說不定還能嚐出點什麼來。」

焦清蕙不說話，只拿眼睛看著權仲白，權仲白沒好氣。「怎麼，我說得難道不對？我知道妳當時心裡恨我，恨我不願意娶妳，但是安穩活著重要，還是鬥那一口氣重要？」

「有些事，是比我的命還重要的。」她一抬頭，倒是答得傲。

權仲白恨不得掐住那條細白的脖頸搖一搖，他咬著牙道：「妳還說妳不矯情！」

這藥渣當然沒有丟，但卻為焦閣老收藏著，派人去要，也是天明後的事了。

雖說焦清蕙可能另有想法，但權仲白既然已經知道詳情，他不能不把這件事攬到自己頭上來。兩人靠在床頭，由他盤問了「矯情」許多當時的細節，連前後時間都問得清楚明白了，他自己方沈吟著道：「昌盛隆是和我們家有生意往來，大秦的冬蟲夏草，幾乎是我們權家獨門壟斷，這是眾所周知的事……但妳要說昌盛隆背後有沒有權家的股，那我可以告訴妳，沒有。我們家和昌盛隆完全是生意往來，要走昌盛隆的線，往妳的藥材裡動手腳，這也太不靠譜了，可以出紕漏的地方很多。我要是妳，倒會更顧慮宜春票號。」

焦清蕙神色一動。「喬家……有這麼大能耐嗎？」

「還得看手法。」權仲白說，這件事也的確令他疑雲滿腹。「手法不太像啊……」

他和清蕙一樣，沒有成形的想法，是不願說出口來的。眼看夜過三更，兩人也就各自躺下，權仲白瞪著帳頂，還在想心事，身邊的焦清蕙是翻了一個身，又翻了另一個身，看起來，是還有心事沒有出口，要她自己主動來說，又有些不好意思……

「怎麼，還是有點鬧心？」山不來就我，只能我去就山。權仲白現在也多少明白自己該如何同「矯情」相處了，對一個如此聰明的女人來說，寬泛的安慰除了讓她看不起你之外，並無任何作用，能打動她的，還是務實的分析。他放寬了聲調，輕輕地拍了拍她的脊背。「妳身手不錯，權家周圍又有重重把守，刺殺妳怕是癡人說夢。要對妳下毒，下在吃食裡，妳嚐得出來，下在藥裡，我嚐得出來，不論此人在府內還是府外，要動妳的性命，已經很難再找到機會了。」

這可信的剖析，倒是真取悅了焦清蕙。她翻到他懷裡來，玩著他睡袍上的紐絆。「也不是害怕這個……就是在想，這要是最後查到了府內人，你會不會又要怪我了？」

權仲白不禁失笑。「妳這個人真正奇怪，難道我還要怪妳沒被害死？在妳眼裡，我就這麼幫親不幫理？」他的聲調也沉了一點。「妳放心吧……查到是誰，自然要讓他得到應有的下場，不管是府內還是府外，殺人償命、欠債還錢，這是天經地義的道理。」

焦清蕙過了許久，才輕輕地應了一聲，「嗯。」

話裡卻似乎並不太高興，權仲白有點納悶。「怎麼？」

話一問出口，他自己也想了起來：焦閣老現在還在打麻家的官司呢……

這種事，牽扯到權仲白立身於世的原則，他可以不去干涉別人的做法，甚至不去抨擊，但要他發違心之語，那卻不能。因此明知似乎有指桑罵槐的嫌疑，不是在安慰焦清蕙，而是在村她了，他也只能沈默不語。兩人默默相望，一時均都沒有說話，本來有點溫情的氣氛，迅速又冰冷了下去。

過了一會兒，焦清蕙開口了。

「殺人償命、欠債還錢，這根本就不是天經地義的道理。」她依然是軟玉溫香，在他懷中依偎，可聲音卻冷得出奇。「只有在雙方實力相當時，才能偶然實現。在我們這個圈子裡，只有贏家才能對著輸家的墓碑講道理。我不知道害我的人是誰，可我挺佩服他的，他畢竟險些把我擊敗……可只要他沒有能殺得了我，總有一日我是會翻盤，我是會將他給打敗的。這裡頭沒有公理什麼事兒，只有血淋淋的輸和贏。」

對住她倔強而冰冷的眼神，權仲白有很多話想講，但時辰真的已經很晚了，他明大還有不少事要做。再說，小小年紀就在生死邊緣打了個轉，性子會偏激一點，也屬人之常情。他輕輕地嘆了口氣，只說了一句。「還是先睡吧，以後的事，以後再說了。」

夫妻兩個計議已定，第二天起來，自然是各忙各的。權仲白出門問了一個診，回到立雪院時，藥渣也送過來了，還附了好幾張紙，寫了許多名醫對此藥藥性的分析，甚至還有燕雲衛裡幾個用毒大家的字跡。權仲白沒理會這些，他自己忙活了半天，又是切、又是煮、又是磨、又是漂，甚至還讓桂皮去抱了一些小動物回來試藥，他越忙活，眉頭就皺得越緊：這幾味藥材，從渣滓上來看都沒有太多問題，看來還真是如眾人一致猜測的一樣，是經過毒藥薰製、浸泡再行處理的了。

抽搐而亡，像是被馬錢子處理過。南唐時候，相傳李煜就死於此藥製成的「牽機藥」，可按清蕙所說，只有冬蟲夏草被浸泡過的話，一碗藥裡能有幾根冬蟲夏草？根本做不到第二煮還能死人啊……

權仲白來回在屋內踱了好久，還是沒有一點頭緒，正好焦老太爺又來人問個結果，他索性就親自去焦家拜訪，問老太爺。

「這一、兩年間，您明察暗訪，私底下總也有些想法吧？這碗藥是怎麼回事，您可有什麼解釋沒有？」

提到此事，老太爺的神色也有幾分凝重。「沒有，想不出怎麼回事。覺得可能是吳家，但吳家更恨的應該是我才對。能下手，沒理由不衝著我來。」他頓了頓，又道：「再說，家裡人的平安方，也不是那麼容易弄得到的，這吳家的線索就斷了。至於宜春票號、她弟弟的生母一家、何家、王家，幾戶可能出手的人家，都有私下排查（注一），沒有誰有足夠的動機和足夠的能力。」

雖然老人家沒有明說，但這排查的物件，肯定也包括權家。權仲白心內稍安：雖說感情上不能承認，但他也很明白，良國公府裡，似焦清蕙那樣想事情的人很多，似他權仲白這樣看待世界的人……只怕也就只有他一個了。

「不知我有沒有和您提過，」他直截了當地說。「我在廣州遇見了一個人，他叫……」三下五除二（注二），把李紉秋的事情一說。

老太爺也很吃驚。「他的確是我家出身……可此番南下，我送了重金，兩頭是好聚好散，一路還派人和宜春票號打了招呼，迎來送往地盡最後一點情分。真要弄他，我還要下毒嗎？可除我之外，究竟還有誰想弄他？」

是啊，就這麼一個微不足道的下人，憑什麼能浪費一帖價比黃金的神仙難救呢？權仲白也很想不通，但他也慣了這想不通的感覺了，只得先放在一邊，又和老太爺確認。「麻家那邊，您是再三排查過了吧？」

現在朝廷裡轟轟烈烈的麻家官司，再結合清蕙敘述中的一點訊息，以及老太爺的語氣，究竟發生了什麼事，權仲白已經是猜得七七八八了。不過提到麻家，在平靜語氣之外，他到底還是有些冷意。

老太爺看了他一眼，笑了。

「怎麼，你也和楊海東一樣，以為麻家人已經被送到寧古塔去受苦了？」他說。

「我沒這麼以為。」權仲白搖了搖頭。「送去寧古塔，這是多大的把柄，您不會讓此後患發作。」

不送去寧古塔，又不在京城，麻家發生什麼事，似乎可想而知了。

老人家沒有正面回應這個暗示，他狡黠地一笑，拍了拍權仲白的手背，反而轉移了話題。「李紉秋這個人，你無須多在意，他應是不會回到京城，給你添什麼麻煩了。不過，窈窕淑女、君子好逑，昔時對佩蘭有過浮念的兒郎不少，你這個做夫君的可要多小心一點，別讓他們興風作浪，給你添堵。」

權仲白微微一笑，他自然地道：「這也是人之常情，就是給我帶來麻煩，也只能甘之如飴了。佩……阿蕙是還沒有出門行走，否則她的這種困擾，不會比我少的。」

這倒也是，他因為職務關係，可以進出內幃，真不知是勾動了多少女兒家的待嫁心，權神醫自己冷若冰霜、不假辭色是一回事，卻攔不住別人心思浮動。女人心眼最窄了，蕙娘將

注一：排查，為偵破案件而對一定範圍內的人進行逐一的審查。

注二：三下五除二，乃珠算口訣，用以形容做事及動作乾脆利索。

來應酬，的確隨時可能因為此點而吃虧。對老人家的挑逗，權仲白倒的確表現得落落大方，堵得是滴水不漏。

焦閣老細細審視著權仲白的表情，眼底全是笑意，他讓權仲白坐下來。「我有話和你說……」

第九十八章

權仲白在閣老府和老狐狸周旋，蕙娘也沒有閒著，四大管事今日齊聚立雪院，做最後一次的工作彙報：兩個多月工夫，雨娘的陪嫁終於全都置辦完畢。權夫人、雨娘都使人清點入庫了，餘下還有些銀錢小帳未結，這會兒四個人都恭恭敬敬地垂手而立，瞧著蕙娘打算盤。

會看帳的人，一般也都會打算盤，蕙娘的算盤打得響聲連成一片，好似一首狂風驟雨般的磬曲，這兒一邊打、那兒一邊算，兩個月來攢下的一厚本帳冊，不到一刻鐘全對完了，又扯過最終實得的兩本詳單，一邊看一邊拿指甲做記號，又是不到一刻鐘就全翻完了。

她先和康嬤嬤說：「妳這裡寫錯了有兩處，這裡九月十三日那筆錢總額加錯了，和後頭對不上，想是寫少了幾筆。還有這裡多記了有一錢，當時同我說時是三百五十四兩一錢，這裡寫成三錢了，這兩個改過來就都對了。」

前頭這當日流水總額加錯，因小項是對的，倒無甚大礙，倒是後頭這多出來的一錢，讓康嬤嬤心裡一顫！當時一句話，少夫人居然就記住了，這會兒隨口就說出來，態度自然輕鬆，可見在她來說，是極平常的事……

蕙娘見她一時沒說話，便扯了雲嬤嬤自己那本帳來給她看，果然兩邊是出入了一錢。

康嬤嬤忙道：「是小人疏忽了，該打。」說著，便作勢要自抽嘴巴。

蕙娘微笑道：「些許出入而已，改了就是了，康嬤嬤也太小心。」

她又看了雲嬤嬤、常嬤嬤的帳，見毫無疏漏，便知道這兩人一個素來小心謹慎，一個也自知自己說了主子不是，天下沒有不透風的牆，怕自己橫挑豎揀給她沒臉，因此俱都打疊精神，務必把差事辦好，唯恐做了自己立威的筏子。倒不比康嬤嬤，心裡再有意見，也自認是權仲白一系，有意無意留了兩個疏漏，給自己發揮的餘地。

「兩個多月，真是辛苦了。」她隨口勉勵了幾句，便笑道：「我是初回辦事，年輕不懂事，有許多做得不對的地方，都是嬤嬤們順著我。雖說這是娘交代的活計，我這裡不便過多地表示，但頭回跟我，還是要有些賞賜，我心裡才過意得去。」

她衝綠松一點頭，綠松便會意地退出了屋子，不多時，捧上四色首飾來，都是精巧難得的簪環，用料雖不過分貴重，但難得手工精巧。惠安媳婦年紀輕，當下就讚不絕口，奉承了蕙娘一番，便立刻插到頭上，康嬤嬤、雲嬤嬤也都露出喜色，又同蕙娘攀談一番，便一同告辭了。

四人才出了院門，身後又追來一個小丫頭，笑對常嬤嬤道：「我們少夫人請常嬤嬤回去說話呢！」

常嬤嬤心頭頓時就是一個咯噔，面上卻自然不露聲色，甚至還笑著同幾個同僚打過了招呼，這才翻身回了立雪院。

雲嬤嬤、康嬤嬤和惠安媳婦對視了幾眼，康嬤嬤有些幸災樂禍。「竟給那一位添堵，嘖噴……」

一個人脾氣性格、手腕城府如何，有時無須特別表現，自然而然就能形諸於外。以焦清蕙的資質，兩個多月間接觸下來，無須特別用心，收服幾個管事婆子那還不是十拿九穩、手到擒來？尤其是康嬤嬤，心裡總是盼著二房的地位在府裡能更高一點，雖說對陳皮沒能說上一等一的心腹大丫頭有些微詞，可在二少夫人身邊久了，想的早已經不是設法給二少夫人添堵，而是如何表示誠意，不論如何，也要把雄黃或者瑪瑙給說上手。這兩個丫頭，出身都是很硬的，家底也厚實，將來前程，未必就比綠松、石英更差……

對她的這點小心思，餘下兩人均心知肚明。雲嬤嬤笑了笑，並沒接話，打了個招呼便逕自回去自己屋裡；惠安媳婦稍一應酬，便也脫身出來，到歇芳院陪權夫人說話。

權夫人最近心情不算太好，歪在炕上，聽惠安媳婦說立雪院見聞，又就著惠安媳婦的手看了看蕙娘賞賜下來的一根金簪。「倒是捨得，若沒有常嬤嬤掃興，這樁差事，的確辦得無可挑剔。」

太夫人和權夫人，三十年婆媳了，府裡一點謠言，哪能動搖兩人的關係？老人家裝聾作啞，根本就沒和權夫人提這事兒。見怪不怪、其怪自敗，現在府裡已經很少有人傳說雨娘的嫁妝了。可權夫人心裡肯定還是不得勁兒：常嬤嬤如此人膽，要說背後沒有別人的影子，那是不可能的事。被這麼一鬧，如今蕙娘的形象，在國公爺和太夫人心底，只怕是要大降了。

小差事辦得好有什麼用？這樣的差使，大少夫人也能辦得妥妥貼貼。

惠安媳婦也算是權夫人的心腹了，哪裡不明白主子的糟心？她年輕愛俏，得了蕙娘的好處，總是設法想給蕙娘說幾句好話，可還沒開口呢，權夫人又動上念頭了。

「這事兒都辦完了，還留她下來幹麼？難道還要再生事端？這要再鬧起來，她可就是吃力不討好，落不了一點好了。」

兩人正說著，大少夫人掀簾子進了院子，惠安媳婦連忙從小几子上站起來，給大少夫人問了好就要退出去。

大少夫人卻笑著說：「我來送賓客單子的，妳也幫著參詳參詳。」

因瑞雨的親事就在一個月後了，各項準備工作，也都緊鑼密鼓地提上了日程。權夫人對蕙娘之所以如此失望，就是因為如沒有常嬤嬤的風波，此時順理成章，就把訓練下人們待客迎送的活計交給二房，這是有臉面、容易出彩的活兒，國公府下人們都是經過嚴格訓練的，出差錯的可能性也小……

她心裡不大得勁，面上卻不露出來，和大少夫人商議著排出了頭六席，俱是一等王公貴族內眷，定了自己親自陪一席，四夫人、五夫人各陪一席，兩個兒媳婦連瑞雲在剩下三席作陪，至於餘下四品、五品大員家眷，則由大少夫人先安排定了，給權夫人過目了無事，這才安排四房、五房的內眷相陪。

大少夫人和婆婆在一塊兒，話一般是不大多的，但卻都很中肯。商量完了堂客，又把外頭男客們的位次單拿來給婆婆過目。「伯紅和玉環叔商議著擬出來的，先給爹看過了，爹說讓給您看看。」

王玉環是權家大管家，由他給大少爺把著脈呢，這位次單還能出什麼錯？權夫人漫不經心地看了幾眼，便擱到一邊，笑道：「你們夫妻倆，辦事是越來越幹練了，我不用看都是放心的。」

焦氏這一進門，就像是在一池草魚裡放進了一尾紅鯉，原本就精細謹慎的大少夫人，自然打起了十二萬分精神，這半年下來，府裡交到她手上的事，從來都辦得滴水不漏，透了妥貼用心。現在焦氏犯了小錯，就越發顯出了她的好來，可大少夫人本人卻低眉順眼，絲毫沒有得意之色，對權夫人的誇獎，也回答得很謹慎。「我們知道些什麼，還不是跟著祖母、娘學了些本事？能勉強糊弄過去也就罷了。」

權夫人不禁微微一笑，她起身道：「堂客不能怠慢，男客也不能怠慢，這單子也得給老太太看一眼，老人家才能放心，咱們一起過去吧。」

眼看快到晚上請安的時辰了，兩婆媳便和和氣氣，一路談笑過了擁晴院，卻是才進院子，就均是一怔。

老人家愛敞亮，秋冬天白日通常不拉簾子，透亮的玻璃窗，一抬眼就能把室內風景盡收眼底——常嬤嬤正坐在小几子上，和老太太說話呢，她素來是得到太夫人看重的，此時口說手比，逗得老人家唇邊帶笑，時不時還和坐在下首的二少夫人搭兩句腔，雖然聽不著聲音，可權夫人、大少夫人多熟悉太夫人？只那樣一看，就能明白室內的氣氛，那是真正和睦，起碼老人家唇邊的笑，是發自真心的。

這一下，大感興味、喜悅內蘊的人，自然就換成了權夫人，而這沮喪、不快、迷惑往心裡藏的，也就變成了大少夫人了。焦氏留常嬤嬤說話，這她是知道的，可不過是幾句話的工夫，怎麼現在常嬤嬤和變了個人似的，瞧著……就已經往二房這裡偏了呢？

兩人掀簾子進去，自然少不得一番寒暄。

太夫人心情頂好，同權夫人笑道：「妳倒是疼人，雨娘這番出嫁，怕不要帶一、兩百車的嫁妝過去？單單是小常家的作主置辦的那些個料子，有的連我都沒有聽說……這花費了可不少銀子吧？」

權夫人多少有些詫異地望了焦氏一眼，見焦氏微笑以對，便一邊落坐，一邊回答。「北邊能有什麼好貨色？索性就給她多置辦一點。要說花費太過，那也是沒有的事，總是我自己貼她一點嫁妝罷了。」

「這事，本來家裡都有默契的，要照顧崔家面子，給雨娘嫁妝，明面上開過去的單子不多，但實際上，當然要補足雲娘的那個數，甚至還得略多一點，也免得孩子偷摸地埋怨我們。」太夫人居然一下子就把話給攤開來了。「既然妳給她置辦了這些物件，那家裡就出一些現銀吧。一會兒國公爺進來，你們夫妻兩個商量一下，索性就存在宜春號裡，給雨娘開個單子，要用時過去支取，那也就是了。」

這事權夫人當然不可能回絕，事實上，也的確是婆媳兩人的默契。她衝太夫人使了個眼色，太夫人卻似乎完全沒有看見，權夫人也就只能順著往下說：「那敢情好，回頭讓雨娘來給您磕頭。」

正說著，權伯紅等人陸陸續續，也都進來擁晴院給太夫人問好，等人都齊了，權仲白居然也掀簾而入，他隨意給祖母、母親問了安，便坐到妻子身側，一副有滿腔話要說的樣子。只是現在人多，二少夫人又矜持，只瞥了他一眼，便笑著轉過了頭去，並不肯在大庭廣眾之下，和他竊竊私語。

今天這一天，權夫人過得是疑雲滿腹。權仲白去焦家見老太爺，這個她是知道的，這才回來就找妻子，似乎是焦家那裡傳來了什麼消息。要說她不好奇，這有點假了，焦家現在，可正在風口浪尖之上，據說前往寧古塔的官員，已經找到了麻家餘下存活的幾個種子，不日就可到京……老太爺最近連連和孫女婿打關係、套近乎，也不無下臺前最後鋪一鋪路的意思，這她可以理解。可到底有什麼消息，連仲白都受到震動，甚至還在擁晴院裡，就想和焦氏言說呢？

就更別說常嬤嬤忽然倒戈、婆婆反常的喜興情緒、以及焦氏一聲招呼不打，把這私下置辦嫁妝一事在老人家跟前說破的這三大疑點了……權夫人不免又掃了室內一眼：還和往常一樣，大房兩口子致力於奉承老太太；老二兩口子溜邊兒活躍氣氛；叔墨那是有氣的死人，全心全意都放在他的兵書上，這回出神，肯定是又想著他的兵法了；季青嘛，可能也覺察出了不對，他一邊和雨娘說話，一邊若有所思地巡視著眾人，眼神和她一對，便是微微一笑，這才又移開了頭。

她正納悶時，良國公進來了，眾人自然又是一番問好。

太夫人也道：「今兒人齊，兩個大忙人都有空進來看我老婆子——我面子大！」眾人說笑了一番，二房夫妻卻格外沈默，權仲白捉住妻子，竊竊私語了好長一會兒，權夫人見焦氏略略露出驚容，甚而還搖了搖頭——她更加好奇了，險些竟要出口詢問，但畢竟還是強行忍住了。

倒是良國公先開了口。「小倆口說什麼呢，連回房都不能等？看你今天進來給祖母請安，倒是不是為請安來，是為找媳婦來的，請安反而成了順便了。」

真是前世冤孽，對權伯紅、權叔墨、權季青，良國公總還是有三分慈愛的，可他一和權仲白說話，語氣就衝得可以。

偏偏權仲白也不省心，頭一抬就頂父親。「又不是沒給祖母——」

被焦氏擰了擰手背，他這才止住了話頭，權夫人看在眼裡，不禁會心一笑。不論如何，現在仲白漸漸也沒那麼倔，懂得在長輩跟前略微忍氣吞聲一點了。

良國公顯然也是這麼想的，他欣賞地望了焦氏一眼，神色稍霽。「是說麻家的事吧？此案柳暗花明，竟又有了轉折，焦氏妳可以安心了。」

權夫人這一驚，可說是非同小可，畢竟強行流放一百來口男女老少，那除非是謀逆的大罪，這弄權的罪名，是無論如何都擺脫不掉的。還以為焦家老爺子終於要在這事上栽了跟頭，往下走了，眼下不過是戀棧權位，還在拖延時間而已，怎麼近一年後，此案又被焦家翻盤了？

焦氏果然對此一無所知，她茫然道：「雖說祖父必定是清清白白，可麻家人跑到哪裡去了，我們也是兩眼一抹黑。爹這是得了什麼消息？」

良國公大有深意地望了次子一眼，哈哈笑道：「說來也是巧，在寧古塔的那幾個麻姓居民，雖是妳姨娘的親戚，但早出了五服，且的確是因為為非作歹、偷盜財物，被判到寧古塔去的。昨兒晚上才到京的，今日刑部就把文書給找出來了。至於五服內那一族人，他們居然是自行遷徙到龍骨山裡去居住了，據說是全族不知得了什麼方子，相信在當地採石煉丹後可以成仙，因此一族人在龍骨山裡結廬而居，是打算就此不問世事，一心修煉的。要不是前幾個月下山採購辦事時，偶然聽人提起，他們還不知道京裡這事鬧得沸沸揚揚的，差些就冤枉了好人。這不是，立刻就由族長帶著幾個兒子，往京城趕來了。」

這一番說法，也實在是過分離奇了！一族人，地也不要了，原來的親朋好友也不連繫了，忽然間就全去了深山老林裡修道？並且這去的還是無須路引，依然在京郊轄區內的龍骨山……任何人聽了，怕都會覺得其中大有玄機在。

良國公自己呵呵一笑，又補充道：「說來也巧，兩邊倒是在大理寺就撞見了。族人當場就互相認了出來，連著原來麻家鄰居也都指認過了，的確是族長本人不錯。甚至龍骨山腳下的村民，都被麻家人帶了兩個來，可謂是鐵證俱在、不容辯駁。皇上聽說後，立刻勃然大怒，下令追查兩位御史大夫無中生有、造謠抹黑閣老大人的用意……也不知這兩個血口噴人的傢伙，這究竟要倒楣到什麼地步了。」

這哪裡是巧，恐怕背後不知藏了多少心機對心機、手段對手段的博弈。就是權夫人也沒有想到，麻家在明顯得罪了老太爺之後——這份得罪，必定還得罪得不輕，焦家五姨娘是早沒了，連人都不能在原籍住下去，很顯然，焦閣老是不願其和承重孫還有一絲連繫——竟還沒有全族或者覆滅、或者遠遷，反倒還好好地生活在京城左近，起碼，是一年內可以悄悄遷回龍骨山，並且打下這個埋伏的近處。被這麼一鬧，連之前縱容楊閣老出招的皇上都大沒有面子，更別說楊家了。真不知其是何時開始布局的，也許連一開始楊閣老抓住麻家這個痛腳，都是他有意安排……薑，還是老的辣。

「能夠澄清謠言，已經是天大的幸運了。」焦氏卻顯得很平靜，娘家焦頭爛額、四面受敵的時候，她不顯得侷促緊張，現在焦家眼看著要翻盤了，她卻也絲毫都不欣悅，只是眉頭微蹙，低聲道：「還是皇上英明，否則，祖父就要蒙冤難雪啦。」

眾人自然都紛紛道：「可不是！這麻家，怎麼說也算是和府上有一層關係，竟說走就走，連招呼都不打，不然，哪裡還有這樣的事。」

權夫人有意看了大少夫人一眼，見她眼神閃爍、神態深沈，不禁也在心底為她嘆了一口氣：此起彼伏，本來林家聲勢大漲，林氏的腰桿更是直了幾分的，可現在被這麼一鬧，老相國似乎根本還沒有退位的意思，她好不容易才掙得的一點優勢，又付諸東流了……

到底心裡還是有疑問的，今天她沒要大少夫人留下來服侍祖母，自己給太夫人捧羹，婆媳兩個吃過飯後，烹茶夜話，太夫人先開了口——

「這個焦氏，」她顯然也是有些感慨的。「唉……確實是不簡單。」

「怎麼？」權夫人實在是憋了一天了。「這才一天不到，您口裡就從誇林氏，變作了誇焦氏……」

「她眼光實在毒，不誇不行。」太夫人捶了捶腿，眼神竟是清冷似水。「入門十多年了，林氏究竟還是沒想明白，她到底是差在了哪兒。說焦氏進門，她心裡對我是有埋怨的，怨我沒有任何為難就點了頭。她沒想到，選世安為世子，是我點了頭的，難道老大、老二就不是我的親生兒？」

權世安是良國公的名字——任是老太太再疼大孫子，在家族興衰、世代規矩跟前，她也不會被感情影響太多。

「這十多年來，她一心依靠我，對妳不過是面子情。」太夫人說。「雖也是人之常情，但到底失之大氣。不論如何，妳都是家中主母，她現在對妳就這麼淡了，日後一旦承嗣，還能孝順長輩、體貼異母兄弟嗎？這是情理上的不足。從手段上來說，本就是一家人，自然要儘量團結，而不是挑起爭鬥。長輩有偏心，應當儘量化解偏心，而不是敬而遠之，更加激化矛盾。還沒主事的時候，連血肉相連、禍福相依的婆母都沒法團結起來，以後還怎麼幫著相公，領著這麼一族人斬風破浪？」

她啜了一口茶。「在這一點上，焦氏就不愧是守灶女了。不管心裡怎麼想的，一旦有了一個兒子，具備了爭奪主母之位的資格，她的一舉一動，就很有主母的風範。這一次，明知常嬤嬤是我的人，明知是她挑破了那層窗戶紙，讓我們兩人鬧了……生分……」

提到生分，兩婆媳不以為然地相視一笑，太夫人才續道：「可她非但沒有為難常嬤嬤，甚而還待她不錯，聽說小常家的女兒快成親了，特地讓她的丫頭給做了一身便服，以備回門時裝點……這人最怕的是什麼？不是羞辱，怕的是你先冒犯了人，可別人非但不在意，還給了你天大的臉面恩賞。小常家的回來我身邊，立刻就見縫插針地給她說好話。看來以後對她立雪院，也肯定多了幾分好感。剛過門的時候，她大嫂有意為難，她回擊時手段何等凌厲？所以小常家的嘴上不說，心裡還是有幾分怕她的，這會兒得了彩頭，對她可不就是更加感激了？當時的凌厲，是如今的伏筆，這份馭人之術，恐怕妳我兩人，也就是到這一步而已了。只這一件事，把權家後院交給她，我都不會有一點不放心。」

見兒媳婦沈吟不語，太夫人又道：「我這一問清來龍去脈，頓時對她就起了幾分興趣，讓她過來陪我說幾句話之後……妳猜我怎麼著了？」

「那您肯定是拿嫁妝的事問她了。」權夫人說。「也是有意看看她如何應對吧？」

「不錯。」太夫人點了點頭。「我自然要把嫁妝的事拿出來問她，甚至還屏退下人，故意流露出對妳的不滿。妳猜她怎麼說的？」

「這我真猜不出來。」權夫人央求婆婆。「您就別吊我的胃口了，快請說吧！」

太夫人開口時，都不禁露出激賞之色。「她直接就戳到了最底層，說『這件事，祖母恐怕一早就心裡有數了。不然，以娘的精細為人，又怎麼會派常嬤嬤來辦這事兒呢？』，還說小常家的『就我不說漏嘴，恐怕也要給我添點亂，試試我能不能處理好這硬骨頭、有靠山的管事是一，也要試試看我該怎麼處置兩重婆婆的關係』。」

權夫人倒抽了一口冷氣，想要開口時，又被太夫人給截住了。

「她還說『一家人不說兩家話，這麼幾個人，實在不必勾心鬥角，不必要地內耗。常嬤嬤可能以為您和娘面和心不和，您讓她給我下絆子，是為了落娘的面子，可我看您們是面和心也和，全都為了這個家在使勁呢，所以我也就根本沒想著忌諱什麼，倒是自作主張，讓祖母見笑了』。」

權夫人算是理解今兒下午，太夫人那反常的喜悅了。她怔在當地，半天才輕輕透了一口涼氣。「我明白您的意思了……林氏再能幹，她也一直在答我們給出的題，指望著自己答得好，對手答得差。可這個焦氏，她——」

「她根本就沒想著要答題！」太夫人的語氣低沈而緊迫，滿是皺紋的唇角逸出一縷燦爛的笑意。「焦家兩祖孫，行事真是一脈相承，心機深不可測，手腕出人意料。林氏固然不錯，可和焦氏比，是真的比出差別來了。她那句話，哪裡是說漏嘴？這是在給我們娘兒倆遞話呢！我們的小把戲，她心裡有數，已經完全看穿。她這是已經想要憑藉自己的實力，擠到家裡這最核心的小圈子裡來了……唉，焦穎這頭老狐狸，福氣怎麼就這麼好！兒女輩沒的福，全在子孫輩給補回來了。我要是有這麼一個孫子，我和妳還愁什麼愁？」

權夫人無心和她感慨這個，她正忙著回顧焦氏入府以來的所作所為呢！也不知是心存定見，剛被震懾過了，還是真就如此，現在回看她的行事，實在是處處都帶了深意，原本令人費解之處，實則都有妙用。剛入府出一猛招，激起千層浪，立了威、摸透了長輩們的立場，緊接著就撤退到香山去安心生兒育女，此後她每一次回府、每一次出招，不是在證明自己有能力約束住仲白，令他為家族效力，就是證明自己能夠生兒育女，心胸寬廣容人，可以處好國公府的後院。處理宜春票號、處理宮中事務、處理沖粹園日常事務，甚至是處理和兄弟姊妹之間的關係……除了那叫綠松的大丫頭曾有一度溝通小福壽，多少有些令人費解——其實在權夫人心裡，也不是那麼令人費解——之外，她是沒有一處閒筆，如今更是強勢地表明了自己的態度：能力她有，超乎想像的高，可傲氣她也有，為家裡辦事可以，但卻不會隨著長輩起舞。

「也的確是有高傲的底氣。」她不由得嘆了口氣，和婆婆商量。「要挑動她和林氏龍爭虎鬥，在各方面展開激烈競爭，互相磨礪磨礪，也可讓我們從容挑選，如今看來，是真的行不通了。林氏倒樂意得很，可我們畢竟還擱不下這個臉面，明知其看穿了我們的意圖，卻還裝傻作如此安排……」

「她的意思，還不明白嗎？」太夫人淡淡地道。「她已經這麼強了，還需要競爭、比較嗎？在各方面能力上，林氏都不會是她的對手。論理家，兩人也許是不相上下，可林氏有她的生意頭腦嗎？有她的雄厚財力嗎？能把宜春號那兩個財雄勢大、天下知名的老西兒壓服嗎？也許在陰招上，她不是林氏的對手，可別的地方，他們二房強得太多太多啦……一個人有實力，當然有傲氣的本錢，焦氏這是在催促我們快下決心。沒聽見她說嗎？『這麼幾個人，實在不必勾心鬥角，不必要地內耗』。嘿嘿，她還真是個男兒性子，真是處處霸氣，哪有半點女兒家的優柔寡斷啊！」

權夫人小心地觀察著婆婆的臉色，卻發覺太夫人也徵詢地望著她，兩人目光相觸，一時都有幾分感慨。

太夫人道：「去把良國公叫來吧！這會兒，他應該也和雲管事商議完了。」

當晚，擁晴院的燈火，是過了三更才漸漸熄滅。

第二天一大早，權夫人當著全家人的面，給一家人在置任務。「婚禮在即，大家都得忙起來了。伯紅……」

除了權仲白之外，連權叔墨都要回家幫忙，大少夫人更是一手承擔了操辦後勤宴席的重任。蕙娘也沒閒著，權夫人讓她調配迎客、知客（注）、茶水、傳菜等門面活，並且是男女兼

注：知客，舊時婚喪喜慶中負責招待賓客之人。

管，連迎接外頭男客的小廝、丫頭們，都歸她料理。

「妳頭回上手，就做些輕鬆活計吧！」她衝蕙娘笑咪咪地說，疼愛之意，是個人都看得出來的。「可要小心謹慎，別出疏漏了。」

蕙娘心知肚明：經她這麼天外飛來一筆，再和著娘家表現，長輩們自然作出了情理之中的選擇。她自然起身恭敬回答，也不會蠢得把可能會有的喜悅給露在面上，只是落坐時，到底還是瞥了大少夫人一眼，想要看看她的反應。

大少夫人也不是感情外露之輩，她看著很是自然，甚至對權夫人毫無怨懟，只是若有所思地望著太夫人，似乎是想要尋求一點支持。

太夫人在炕上盤坐，對大少夫人的眼神，她只是微微笑。

第九十九章

主事者的態度，當然會影響到底下人，僅僅是這麼一番安排，府裡的頭面管事們心裡都有數了：三十年河東、三十年河西，如今府裡真正說話算數的第三代，恐怕已經不是臥雲院，漸漸地，真要變成立雪院裡的二少夫人了……

風起於青萍之末，任何改變都是輕微的，可身為當事人，大少夫人不至於沒有察覺，臥雲院在府裡見到的笑臉沒有以往那麼多了。二少夫人身邊的當家大丫頭綠松，一年前，她是處處碰壁，沒有人敢和她多做來往，免得觸犯了大少夫人，落得個小福壽一樣的下場。可現在呢？就連雲嬤嬤、常嬤嬤這樣的實權派，見到她都要站住腳問聲好，堆起笑臉來和她套幾句近乎……大少夫人最近是還忙，可忙得沒滋沒味的，晚上睡得更不好了。

偏偏越是忙，焦清蕙就越發喜歡出來礙她的眼。從前她在立雪院帶孩子，得了閒往兩重婆婆那裡坐坐，通常除非晨昏定省偶然能撞見，否則見面機會其實不多。可現在不一樣，她也是有職司的人了，雖說底下丫頭裡能人確實是多，可焦清蕙會做人啊，能派丫頭傳話的事，她偏喜歡自己過來。一個是和太婆婆、婆婆打打關係，混個熟臉，還有第二個，大少夫人總覺得，她是有意在給自己添堵。

二十歲還不到，正是青春洋溢的時候，她又有習武練拳的習慣，盤正條順，雖然經過生育，可穿從前的衣服，說來也奇怪，腰身和從前沒差上幾分。一句話不說，只是站在那裡，意氣風發、青春飛揚，就是一首氣象恢宏、矜貴蘊藉（注）的詩詞，穿的戴的，連大少夫人有時候都看不出好在哪裡，只覺得是好，她穿戴起來就是漂亮……

可反觀大少夫人自己呢？三十歲往上了，已經靠近中年，這才得了一子，生育時候倍覺吃力，到現在腰身都還有幾分綿軟鬆弛。大少爺倒是沒嫌這個，說她也是為了栓哥吃苦，可大少夫人自己好強，心裡本來就介意這個……這要是有人拿她和焦氏比這個也就罷了，最令人介懷的事，竟無人把她和焦清蕙相比，在所有人心裡，她林中頤的姿色同身段，和焦清蕙都絕不是一個等級。

若只是如此，那也罷了，橫豎大少爺是「夫不嫌妻醜」，焦清蕙再美，他也不曾多看幾眼，這個大少夫人可以不介意，甚至連權仲白、權伯紅兄弟的差別，她都可以不放在心上，畢竟學醫學到二弟那個地步，那真是天縱奇才了，這根本就不是一般人可以輕易比較的成就。可她不能不在意的是孩子！栓哥和歪哥，待遇上毫無差別，都是五、六個乳母簇擁著，一個養娘一天十二個時辰不離身邊地帶。就連乳母進補，用的也都是權仲白開的方子，家裡對這兩個孫子，真是都盡力寵愛，並無薄厚。可歪哥就硬是胖大可愛、精力充沛，就連哭喊起來，那都是中氣十足。據乳母的說法，吃奶的勁兒都大！前回到立雪院去坐坐，大少夫人親眼看見，翻身已經翻得很好了。手一撐褥子，大頭就抬起來了，精精神神地東張西望，瞧著的確就可愛。

栓哥四個月的時候，一天也就只能翻一、兩次身子，都還是被人幫著翻的，雖然過了半歲，可平時醒來，也就只是靜靜地躺著看天棚，到了晚上也睡不香，整晚整晚的啼哭……

大少夫人也明白，這賴不著焦清蕙，可話是這麼說，如此一個處處比人強、雖然過門時間短，可勢頭猛得止都止不住的弟媳婦，成天地在妳跟前現眼，任誰心底都不會太得勁的。可她也不能迴避焦清蕙，就像是她不能撂挑子不幹一樣——這時候，不可以再退了，再退下去，真是連立足地都要沒了！

大少爺感受到的壓力，倒沒有妻子這麼大，因為焦清蕙要主辦當天所有知客諸事，她勢必和兄弟們有了連繫，權伯紅還是比較欣賞這個弟媳的。能幹、知禮，雖然處處都想在前頭，可表現得含蓄，並不至於什麼事都搶了別人的鋒頭。起碼和她合作的時候，是很難對她生出惡感來的。

「以後不論結果如何，二弟的後院，總算是有了個可心人。」他還是比較高興的。「二弟最近得了閒就在立雪院帶歪哥，氣質都鬆快起來，倒隱約又有當年未及弱冠時，那意氣風發的樣子了。」

大少夫人也不忍得讓大少爺和她一起坐困愁城，有些事發生了就是發生了，兩個頂頭上司態度上的轉變，她體會出來了，就讓她來煩惱，大少爺既然沒有品出來，那就讓他開開心心地辦事吧。

注：蘊藉，指蘊含不露。

「這就是命。」大少夫人想一想，也不免嘆息。「要是早幾年貞珠能挺過來，二弟的孩子說不定都老大了，哪裡要消沈這麼一長段時光？只怕現在早是天高海闊，不知攜著妻子遨遊到哪一處去啦！」

這邊兩夫妻正說此事呢，雲娘、雨娘連袂來看小姪子、小姪女了。隨著婚期臨近，楊閣老太太開恩，讓瑞雲回來小住，一個是給家裡人幫忙，一個，也是多陪陪妹妹。

雲娘略有幾分遺憾。「要不是公公太疼恩郎，一天看不見都想，我倒是想帶回來的，也能讓他和弟弟們親近一番。」

雨娘戳戳栓哥的小臉，又戳戳柱姊的鼻子，玩得不亦樂乎。她和姊姊鬥嘴，倒是肆無忌憚。「可別，恩郎正是調皮搗蛋的年紀，三、四歲的孩子，手上沒輕沒重的，他又皮，這要是把栓哥給弄哭了，大嫂心裡還不知怎麼埋怨妳呢！」

雲娘一皺眉，歉意地對大少夫人一笑。

大少夫人卻不至於和雨娘計較這個，她沒有動氣，反而笑道：「預備何時給恩郎添個弟妹？妹夫是獨生子，家裡壓力也大吧？」

「是嘀咕著該再要一個了。」雲娘說。「婆婆似乎有賞通房的意思，可卻是乾打雷不下雨……」她眉頭輕輕一蹙，不禁道：「這可不像是她老人家的作風，也不曉得是不是七姊勸了她什麼。現在雖然提拔了兩、三個杏眼桃腮的丫頭，可相公的心思不在這上面，倒也沒收用，一家子都只看著我的肚子呢。」

大少夫人和兩個小姑子的關係，一直倒都還不錯，聞聽此話，不禁道：「妳婆婆挺聽那位七姑奶奶的話嗎？怎麼我聽妳平日裡提起，連就在京城的二姑奶奶，反而都靠了後！」

「這不是現在還在守孝嗎？孫太夫人去世，得守足三年不是？這還沒出大祥（注）呢，平日裡也不好隨便出門。」雲娘搖了搖頭。「再說，孫侯不在家，幾個弟弟也不能幫著分擔太多，二姊現在忙得很，就沒多少心思顧娘家了。」

話中似乎還有話，大少夫人聽了，心中一動，壓低了嗓子道：「是忙著顧宮中那位吧？」

「不知道，就知道忙。」雲娘嘴巴牢，一邊說，一邊抱著栓哥搖了搖，不禁就道：「啊呀，輕了點，比——」

昨日她剛回來，從臥雲院打完招呼後，是去過立雪院的，想來也抱過歪哥，這話沒說完，但大少夫人明白她的意思。一說起這事，她眉宇間的愁色，真是藏都藏不住。「是啊……胃納小，胃口也不大好，吃不了多少奶……」

正說著，她隔著窗子望見，焦清蕙身後跟了一個丫頭，手裡拿了一本花名冊，也進了院子。

這是又找她來談家事了。大少夫人心中一沈，首先已經滿不高興，再看焦清蕙雖裝飾不多，可在日頭底下款款行來，真有國色天香之嘆，更兼唇畔含笑，望之有神……她在心底輕

注：大祥，父母之喪滿二年時，所舉行的祭禮。

輕地嘆了口氣，到底還是露出笑來，親自接出裡屋。「弟妹來啦！」

「我又來打擾嫂子了。」兩人見了面，倒是比一般姊妹都親熱些，彼此握著手相視一笑，焦氏就站著打開花名冊給大少夫人看。「前回說要和您換幾個下人，我這裡把人都勾出來了，嫂子瞧著這幾個人能換不能吧？」

到底是權家辦喜事，一舉一動，都關係到權家的臉面。大少夫人就是再盼望焦氏出醜，也不可能在這種事上故意給使絆子，徒然反害了自身。她接過冊子來掃了一遍，在心底又不禁是嘆了口氣。焦清蕙真是辦事能手，若換作是她，這幾個人她也不會要來知客。有的是相貌平庸粗笨，恐損傷了國公府的臉面；有的卻是太漂亮了一點，容易激起不必要的興趣，沒準兒就被人開口索要了去。可她進府幾年了，焦清蕙進府多久？虧得她才這幾天工夫，就把人都過了一遍，摸了摸底……

「這要換去的，可都是我看好了的丫頭。」她和焦氏開玩笑。「這得兩個換一個才行，不然就不同妳換。」

「嫂子肯換就好，」焦氏笑了。「哪裡還敢挑三揀四的呀？」

兩人說著就進了裡屋，焦氏和雲娘、雨娘打了個招呼，笑道：「今兒湊巧，都過來了——」她忽然握著鼻子，偏過頭就打了個噴嚏。

大少夫人忙衝乳母一揮手，令她把孩子們都抱走了，這才給焦氏遞手絹。

焦氏擺了擺手，自己掏出一張帕子來，捂住口鼻，轉眼又是七、八個噴嚏。

大少夫人正納悶呢，已聽雨娘問道——

「唉，姊，妳是用了桃花香露嗎？」

大家免不得擾攘一番，雲娘趕著回去換衣裳了，大少夫人推開窗子通風透氣，焦氏這邊擤了幾次鼻子，漸漸地也就緩過勁來，衝大少夫人笑道：「倒是出醜啦，自從有了歪哥，這個毛病就更沈重了。沒想到孩子都落地了，反應還是這麼大。」

「就是，這麼淡一點點味兒，這就這樣了。」大少夫人看她喘不上氣來，忙命取鼻煙，擾攘了好一番，焦氏這才平復了下來。

雲娘也換過衣裳，大家重新抱了孩子出來玩，焦氏抱著栓哥，笑道：「我弟弟子喬，像他這麼大的時候，會爬了呢。」

「恩哥也是爬得早。」雲娘道。「可聽婆婆說，善久就是一歲上才會爬的，比別人都慢些。這孩子怎麼長，真是每個人都不一樣。」

眾人說了幾句話後，雲娘和雨娘逗栓姊，大少夫人終究心懸栓哥，只笑著和她們說了幾句話，便又歪過頭去看焦氏，這一看，她眼神凝住了。

焦氏正聚精會神地研究著他耳後的那點紅色胎記呢！她的眼神探索著栓哥的眉眼，顯然有所深思。

感覺到了她的目光，焦氏這才鬆開手，笑著迎視大少夫人，兩人眼光相觸，大少夫人心中大動，她明白了一些難以言傳的事情，也明白對方已經明白了她的明白……聰明人之間的交手總是如此，才做出一點姿態，其實全盤態度，就已經洩漏無遺了。

兩人一時間火花四射，連兩個小姑子都看了過來。

焦氏把栓哥遞給她。「大嫂真是黏兒子，給我抱一會兒，都這樣看個不停。」輕描淡寫，已經將兩人的對峙掩蓋了過去。

大少夫人笑著說：「唉，是真的惦記呢！」

她慈愛地逗了逗兒子的下巴，和焦氏閒話。「聽說最近這一次，閣老大人是鐵了心要往下退了？」

雲娘的耳朵頓時就豎了起來：此消彼長，最近這段日子，難過的人變作了楊閣老。羽翼連遭貶謫，看來在和老首輔的鬥爭中，又要處於下風了。可偏偏，焦閣老的請辭摺子是一個接著一個地上，似乎楊閣老一派至今作出的讓步，都還不能令他滿意……

只是一句話，大少夫人就給焦氏挖了一個坑。說，是洩漏了祖父這一派的機密；不說，擺明了是在提防雲娘傳話，雲娘心裡能沒有意見？

「祖父年紀大了，終年倦勤，想退的心思一直都有的。」焦氏答得也是滴水不漏，這麼一個小坑，絆不倒她的。「還得看朝野形勢能否容許吧，畢竟要退也不是那麼容易的事，現在南邊正在打仗，京裡也許還不能動得太厲害。」

說到南邊的戰事，眾人亦不免議論一番。

「想不到這一仗倒是成就了桂將軍，回回往京裡送捷報，他不是首功就是次功，真是一鳴驚人。」

「以前顯不出來，可這海戰他是真有天分，都說小許將軍是厲害角色，可如今看，兩人竟是各有千秋了。」

雨娘最活潑，抿著唇道：「不知道宮裡的太后娘娘，現在心情如何了？」

牛家和桂家關係一直緊張，尤其太后和如今廣州的小桂將軍桂含沁，一直是有宿怨的。桂含沁本來在京中為官，也是皇上身邊的小紅人，後來匆匆平調出京，就是因為他大大地得罪了太后，把太后賞的宮女子給賣到了窯子裡。雖說第二日就被牛家人贖出，可這件事，畢竟是傷到了臉面，兩家遂成仇人。現在西北一帶，據說牛將軍和桂元帥的兵馬，私下時常有磨擦，只是彼此也都有默契，遮掩著沒上官面而已。

「現在京城人都喊他『怕老婆大將軍』。」雲娘也不禁噗哧一聲，笑得花枝亂顫。「恐怕就是牛家又把他不肯納妾的事拿出來說嘴了。這下可好，牛家是要為難桂家，可村了善桐姊，婆婆聽說了，倒為她抱不平，說這是無妄之災呢！」

桂含沁的妻子楊善桐，正是權瑞雲夫家的堂姊，血緣關係還不算太遠。昔年在京時，楊善桐一直得到楊閣老太太的格外青眼，大少夫人是知道的，可看焦氏表情，這還是她頭回聽說。她雙眸神光閃閃，聽得極是仔細，也不知正尋思些什麼……

大少夫人忽然就感到一陣膩味，她嘆了口氣。「這真是無妄之災，不肯納妾，固然是桂家家規，可傳出去竟都說是女子善妒、男子懼內，雙方的名聲都不好聽……」

焦氏眼神一轉，這回，倒是專注在她身上了，她衝大少夫人微微一笑，也是語帶雙關。「既然後院真的乾淨無人，這懼內善妒的話柄，早晚有一天是會被挖出來的。可見凡是做過的事，肯定會留下痕跡的，再遮掩，終究也只是徒勞。」

大少夫人眼仁一縮，森然望了焦氏一眼。到此時，她心底反而平靜得好似冬月下的冰湖。焦清蕙這句話，有點逼人太甚了！

正要開口說話時，屋外又有人進來傳話，卻是給焦氏帶話的——

「少爺說，宮裡小牛娘娘發動了，他這回進宮，不知何時能夠出來，請少夫人別等他了。」

小牛美人生產，這可不是件小事，是男是女，幾乎可以決定後宮局勢。這一下，不論是大少夫人、焦氏還是雲娘，都沒有閒話的心思了。

大少夫人站起身。「這件事，該告訴給祖母、母親知道，正好天色也晚了，一道過去給長輩們請安吧？」

焦氏欣然頷首，剛才那少許鋒芒，已經收斂無形。「大嫂說得是，這換人的事，正好也和娘打聲招呼。」

出了屋子，見雲雨二姊妹已經交臂而行，喁喁私語，顯得極為親密，大少夫人和焦氏相視一笑，兩人竟也挽在了一起，親密逾恆，哪裡還看得出半點殺氣……

第一百章

皇宮大內，屋舍儼然，雖說產婆、宮女不斷在翊坤宮中進進出出，更有難以掩藏的痛哼聲隱約從偏殿傳出，但僅僅是數十丈開外，才隔了一道宮牆，便又是一派如海的寂靜，似乎翊坤宮內的動靜，對這六宮來說，竟是無足輕重，半點都不值得掛心。

權仲白在殿門口靠牆而立，百無聊賴地打量著翊坤宮前的草木花樹——以權神醫的身分來說，在皇宮大內之中，他很少如此悠閒。畢竟此處是後宮禁地，一般人哪能隨意出入？即使他有御醫身分，也不願在此是非之地多做逗留。也就只有似今日這般，有后妃生產時，他才會被請到宮中坐鎮，以備萬一后妃出現血崩，可以出手針灸止血。只是這又和他自己親人生產時不同，如果能自行生產，妃嬪們自然也有所避諱，不願讓外男見到其不體面的形狀。可以說打從皇后起，三位皇子誕育時，他都要進宮來做這個門神金剛，一等就是十多個時辰，幾乎無法分心旁顧，其中的無聊，也就可想而知了。

尤其今日，從太后起，皇后、牛淑妃，甚至是太妃、楊寧妃，都陸續派人過來打探過消息，翊坤宮簡直是外鬆內緊。畢竟，在三個皇子都有問題的情況下，小牛美人要能產下一個健康的皇子，只要這位四皇子腦子還算靈醒，皇上肯定會多番栽培、重重保護，為將來留一記後手的。就是按年紀來說，皇上今年還不到三十歲呢，如今的太子，即使能平安長人，也實在是和父親的年紀相隔得太近了一點……

但凡是對皇上有些瞭解的人，幾乎都能推演出個中邏輯，而能在後宮之中位居妃嬪的，又有哪個是簡單人物？權仲白能想出此事，宮中各主位又哪有思慮不清的？要不是有他坐鎮在側，任何輕舉妄動，只怕都會吃不到羊肉，反惹得一身騷，小牛美人能否平安產子，還真不好說……

權仲白又嘆了口氣，他多年來修練童子功，練精還氣之餘，自然元陽穩固，五感也十分敏銳，聽力勝過常人一些，院中諸人還未察覺異樣時，他便已經直起身來，踱到了宮門前，恭敬地彎身長揖。「皇上。」

就像宮中諸妃瞭解皇上一樣，皇上又豈能不瞭解這些美人們的心思？這一次，有他權神醫坐鎮，萬歲爺竟然還不放心，他是親自來給小牛美人鎮場子了。

「幹麼這麼客氣？」皇上隨口說，語氣中的親暱、隨意與信賴，卻在這幾個字中顯露無遺。「琦玉這是發動幾個時辰了？」

權仲白直起身子，竟也就真不客氣，他同皇上並肩而行，進了翊坤宮主殿，皇上才一落坐，他也就老實不客氣地在下首給自己找了一張椅子。「陣痛應該有兩個時辰了，距離真正開始用力，那還說不準要多久。皇上雖盼子心切，可也來得早了點。」

「你也有半個月沒給朕把平安脈了。」皇上有幾分哀怨。「幾次進宮，居然不到長安宮來請見，還得讓朕親自過來逮你。」

「這不是還沒到半個月嗎？皇上身子安康，沒病沒痛的，我又何必過去？」權仲白挽起袖子，見皇上跟前已經擺上了一張圓凳，亦有人在皇帝腕下墊了迎枕，他這才挪到了萬乘之尊的身側，把兩根頎長而白皙的手指摁上了這一位的脈門。雖說一般大夫，給皇上請脈自然要跪下相請，但權仲白卻從來都是例外。

室內頓時安靜了下來，不論中人還是宮女，均都垂眸斂目，唯恐驚擾了權神醫。倒是皇上顯得輕鬆自如，他略帶深思地掃視著權仲白的面容，見他眼睫半垂，已經全心全意地揣摩起了自己的脈象，倒不禁微微一笑，眸光溫存了幾分。「你倒是耐得住性子，居然還不盤問朕的來意。」

「不許說話。」權仲白說。他大概也是世間能直接喝令皇上閉嘴的寥寥數人了。

皇上竟也不以為忤，他閉上眼，又沈默地等候了片刻，權仲白這才鬆開手指，又翻了翻皇上的眼皮。

「您最近又犯老毛病了吧？」

「有點。」皇上嘆了口氣。「可還沒往上反呢，只是口中常冒酸液而已，也就沒有服藥了。」

「這和服藥關係已經不太大了。」即使病人是九五之尊，權仲白也還是如此直言不諱。「這是您的心病，胃液逆流也只是表徵而已。不論是服藥還是針灸、推拿，都不能緩解根本。心裡鬆弛下來了，症候自然也就跟著緩解了。」

皇上在權仲白跟前，倒是從不擺他的皇帝架子，他嘆了口氣，連「朕」都不說了。「這我還不知道嗎？多少年的老毛病了。可最近朝廷裡鬧成這個樣子，我——我心裡難受哇！」

難怪今天連已經不用伺候在皇上左右的連太監都跟著過來了，原來還是想要借用他的政治身分，給老人家帶話……

「心病還需心藥醫。」權仲白也沒有裝傻。「可為您送藥的人，卻不能是我。這個病，我治不了。」

要是這麼輕易就能說動權神醫做說客，皇上也就不用擺出這偌大的陣仗了。他臉一沈，半開玩笑地說：「會這麼為難鬧心，也是看在你的面子上，不然，我怎麼說也是金鑾殿上的人，動用點霹靂手段，難道就不能下臺了？你要不出手，那我……我就抄了閣老府了啊！」見權仲白嗤之以鼻，已經回去寫醫案了，皇上多少有幾分惱羞成怒，他抬高了聲調。「我可真抄家了啊！我這就派人下令了啊——唷，子殷，你怎麼就這麼倔，給句回話不好嗎？」

到底是在重重險境中殺將出來的，這無賴得理直氣壯的作派，和焦閣老、楊閣老簡直有本質上的相通之處。權仲白一抬眼皮，不緊不慢地合上了這本貼了金箔的醫案，隨手遞到了小中人手上：皇族內眷的醫案，歷來是在宮中妥善收藏，從不能帶出神武門的。「您不會這麼做的，這您我也是心知肚明。您是要當一代賢君的人，怎麼會在史書上留下這麼一筆呢？您就別嚇唬我了。這件事，我還和以前一樣，不管。」

以他的身分，周旋在王公貴族之間，這些重量級人物，少不得有無數密事相託，權仲白幾乎從不答應，態度冰冷堅硬，可謂是有恃無恐。這也的確是托賴了他高貴的身分、出神入化的醫術，可更重要的，那還是皇上超出尋常的寵愛。先後兩代皇帝，對權仲白都是信寵有加、屢示殊恩，這份聖眷，甚至不是權家本身的起伏能夠左右的。可就算是如此的寵愛，這個權神醫，對著皇上的一點請託，也還是一口回絕，幾乎毫無回旋的餘地……讓他跑腿做點事，真是千難萬難，沒有哪一次，不用付出偌大的代價……

皇上撫了撫下巴，倒也不禁失笑。「子殷這是在迫我拿點誠意出來了。」

自從兩人見面以來，實際上已經你來我往，在言語中攻防了幾次。這等層次的交鋒，放在尋常人家，也就是圖窮匕見，大家兵刃相見時才會偶然出現的激烈了，可對於皇上來說，竟似乎好像是開胃小菜，非但應付得輕鬆裕如，權仲白的冷漠，反而好像還激起了他的興致。

這位清瘦青年，眉宇間也現出了一絲興味之色。「選秀至今，也有半年多了吧？我記得婷——」

他語氣一頓，身邊的連太監已經低聲道：「皇上，是美人位分。」

「婷美人，雖然出身敦實，為人也體貼大方，」皇上伸了伸舌頭。「可長得卻也挺敦實的，入宮半年來，還沒有承寵吧？雖然因為你們權家的面子，後宮中也沒人敢給她沒趣，可久而久之還沒有承寵，深宮歲月，也不是那麼好消磨的。」

會這麼說，自然是承諾將會給瑞婷一個承寵的機會了，她要是運氣好，能夠孕育龍種，不論男女，自然終生有靠，也算是完成了權家人對她的期望，不論是對瑞婷本人還是對權家來說，都是極有利的。而權仲白所要做的，也就是來回傳話，在首輔和皇上之間略施調停而已。要不是他身分超然，深得兩大巨頭信任，本身底氣也足，這麼無本萬利的差事，說不定還真落不到他頭上。

可權仲白竟絲毫不為所動，他俊逸風流的面容，似乎帶上了一重寒霜，又是毫不考慮就一口回絕。「我是絕不會摻和到這種事裡的，您心底應該也很清楚。從前您能給我的，比眼下還多了許多，可我答應過嗎？」

「從前我讓你做的，畢竟也是違背你原則的事。」皇上一手托腮，毫無不悅。「這傳個話而已，子殷，你架子也太大了吧？」

「插手政爭，一樣也違背了我的處世之道。」權仲白瞪了皇上一眼。「兩邊都是親戚，這件事，前頭焦家最不利的時候，我在祖父跟前也未曾提起一字，今日攻守異勢，我當然也要公平些才好。」

皇上就算有千般手段，對著這堅冰頑石一樣的權仲白，也只能徒呼荷荷（注）了。他也瞪了權仲白一眼。「這件事，牽扯到地丁合一的大計，你不是一向關心民生嗎——」

權仲白居然搶皇上的話。「興亡百姓苦，中興之路走錯了，百姓一樣受苦。這事，我看不懂，也懶得看，還是您自個兒參詳吧。反正依我想過去，老首輔雖然身體還康健，但也是八十歲往上的人了，難道還想著把您從位置上踹下來？既然不是此事，你們在宦海中打轉的，又有什麼是不能交換的利益？事情沒鬧到翻天覆地的程度，我可不會過問分毫。」

皇上氣得雙眼上翻，站起身一拂袖子。「我懶得和你說！」帶著連太監走到殿門口時，他又回過頭來。「今年冬天去避寒，你去不去？別和去年一樣，又託故不肯過去。」

「去年我媳婦大肚子。」權仲白喝了半碗茶，也踱到殿門口，他猶豫了一下。「今年……」

「有了媳婦，就是不一樣了。」皇上發出嘖嘖聲。「沒想到你同明潤、升鸞一樣，都是妻管嚴的好材料，將來懼內大法修練到精深處，想必能和他們一較高下了。」

對這明顯的奚落，權仲白倒不以為意，他含笑望著皇上，眸光含了幾分了然，竟並不答話。

皇上倒是被他看得有幾分感慨，他挪開眼神，將視線投向了陰霾的天空，半晌，才輕輕地嘆了口氣。「算了，能懼內，也是一種福氣。天下間也不知有多少有情人，一輩子不能相守……」

這感傷也不過就是片刻，皇上很快就恢復了常態，他拍了拍權仲白的肩膀。「捨不得老婆孩子，就一起帶來吧！你這娃娃，和小牛美人的那個倒是年月相近，從小多親近親近，要她生了個皇子，將來倒可以做他的伴讀，生了個公主嘛，定個娃娃親也是好事。」

這半帶了玩笑的邀請出了口，他便不再勾留了，而是衝連太監點了點頭，帶著另一名小

注：徒呼荷荷，東北古語，意指無可奈何的樣子。

太監自行踱出了翊坤宮——由頭到尾，居然沒看那翊坤宮的偏殿一眼。

院中諸人全都彎下身子，恭送皇上出了翊坤宮，權仲白這才慢慢直起身子，滿是深沈地望了這明黃色的背影一眼，旋即又一偏頭，和連太監友善地點了點頭，用眼神打了個招呼——別看皇上似乎毫無表示，可會留下連太監坐鎮，實際上，對翊坤宮已算是另眼相看了。

「二公子還是這麼謹慎。」連太監對著權仲白，在氣勢上竟也絲毫不落下風，他背著手，語氣大有深意。「怪道在皇上心中，地位是越來越高了。」

「這又不是什麼好事。」權仲白嘆了口氣。「我倒巴不得下輩子也不能入宮扶脈呢！次次入宮，竟沒一個病人能省心！」

「福壽長公主，不就還算個乖巧的病者嗎？」連太監莞爾一笑。「說來，長公主的病情，究竟康復得如何了？」

權仲白嘆了口氣，才要說話，卻聽得偏殿中一陣騷動，兩人的注意力都立刻被吸引了過去，片刻後，屋內便傳來了一聲響亮的嬰啼——

小牛美人雖是初產，可產程好快，現在居然就已經誕下了皇嗣！

小牛美人產女的消息，並未經過刻意封鎖，不到一天就傳遍了四九城。因為這是皇上的長女，慶祝聲勢也絲毫不弱於皇子降生時的動靜，非但如此，皇上還下令冊封小牛美人為妃，雖說禮是要等出了月子再行，但宮中妃位，總算不再是那孤零零的兩個了，距離湊足四妃之數，也不過還差一人而已。皇上的後宮，終於有了一些該有的熱鬧。

權家身為皇親國戚，自然也有一些活動要參與，不過這一次，權夫人沒有犯懶，她自己孤身入宮，並沒有攜帶任何一個兒媳，這也就多少免去了一番明爭暗鬥。府中眾人繼續籌備雨娘的婚事，一切順順當當的。

昨兒十月初一日，崔家來人拜訪：未來的姑爺、小侯爺崔氏，已經入城安頓了下來，只等明日上門拜見過了，三天後過來迎娶美嬌娘。

會說定崔家，肯定是經過一番權衡的，崔小侯爺的人品相貌，肯定也是經過多方考證，可他之前一直沒有入京，這最要緊的泰山、泰水，都沒見過他真人，崔家人肯事先上門拜訪，眾人自然高興，唯有雨娘滿面紅暈，躲在擁晴院裡屋不肯見人——不過，害羞歸害羞，她到底還是挨挨蹭蹭地留在了擁晴院裡。

這番小兒女心思，家裡誰看不出來？可長輩們都不說話了，底下的哥哥姊姊們，自然不會掃這一番興。

因小侯爺早上要進宮面聖，午飯後才能過來，一家人今日特別聚在一起吃午飯，也算是為雨娘找個理由，免得她害羞太過，連擁晴院都不好意思待了。

蕙娘見到雨娘神思不屬的樣子，禁不住同雲娘會心一笑。

雲娘還說：「可惜，二哥進宮未回，不然，他這回進來，準就讓他吃個下馬威！」

抬頭嫁女低頭娶婦，姑爺受點刁難，簡直是題中應有之義。權季青隔著一重簾子，衝雨娘道：「不必擔心，二哥不在怕什麼？四哥代妳難難他！」

雨娘眉一豎。「四哥你敢——」

聞言，連太夫人都笑起來。「真是女生外向，還沒過門呢，就心疼起姑爺來了！」

權家人聚在一處，難得有這麼熱鬧輕鬆的。

蕙娘一邊笑，一邊搛了一筷子兔肉，又喝了一匙黨參黑棗羊肉湯，湯水入了口，她眉頭免不得微微一皺。

雲娘看在眼裡，便低聲道：「怎麼，還是不合胃口？」

「不是。」蕙娘令人又給舀了一碗湯，一邊嘆了口氣。「就是想起妳二哥了，這都七、八天了，怎麼還沒出宮？」

「按說是要等到月子坐完一半……」權瑞雲比較瞭解宮中秘辛，附耳道：「惡露沒血了，這才出來的。畢竟，這也是為了穩妥起見……」

蕙娘含笑和雲娘又低聲說了幾句話，這才安心吃飯。

吃過飯，眾人三三兩兩，都還在擁晴院內閒坐。不多時，便聽人來報，小侯爺進儀門了。

瑞雨立刻要往臥室裡鑽，權夫人又好氣、又好笑，把她按到身邊，命人去搬屏風。

蕙娘和雲娘不禁又是相視一笑，她伸手輕輕扯了扯領口，道：「屋內倒是熱得很，有點——」話才說了一半，一陣劇烈咳嗽襲來，她居然無法忍住，在人前咳了個臉紅頭脹，只覺得五內都咳得抖了。

待她咳完了，眼前一陣陣發紅，視野已經有些迷糊，還沒回過神呢，已經覺得喘不上氣，天旋地轉間，竟是一頭栽倒了下去！

——未完，待續，請看文創風106《豪門守灶女》5

天才廚藝美少女遇上天下最挑剔刁嘴的美少年

重生的試煉．穿越的新鮮
人情的溫暖．溫柔的情意
精緻烹煮的美食佳餚，佐以專一的愛情調味，
引得你食指大動、會心一笑……

食全食美 全套八冊

真情流露派寫作大手／尋找失落的愛情

文創風 092 **1**
她對愛的癡傻竟換來寧氏全族遭到滅門之禍。
既然老天爺讓她重生，她定要好好的活一回！
從此，她不再是那個不解世事、爹疼娘寵的嬌嬌女，
她求爹答應教她廚藝，憑著過目不忘及異常靈敏的味覺，
她肯定能成為世上獨一無二的名廚。
她要避開前世所有的禍端，守護所有的親人。
她要看清楚所有人的真面目，不再受人欺瞞。
但容瑾這男人卻是她看不明白的，遇上他，她就上火……

文創風 093 **2**
這個寧汐，是長得像個精緻的娃娃似的，模樣討喜，
但她不饒人的小嘴和倔強的性子，他領教得可多了！
哼！她想山高水遠不必再見，他偏不如她的願，
要知道少了她在眼前晃，他生活可就太平淡無聊了……

文創風 094 **3**
這容瑾自大自傲，說話又毒辣，可實在太俊美了，
他只要淺淺一個微笑，都會令少女心神蕩漾。
不過迷戀他的少女之中可不包括她。
但看著他運用聰明才智地將鼎香樓炒得火紅，
她心生佩服之餘，覺得他的毒辣似乎沒那麼難忍了……

文創風 095 **4**
容瑾的出身、絕美的容貌、睿智才情……
看得愈多，就愈明白他真有高傲狂妄的資格。
她配不上出身高貴的他，可他老是來撩撥她的心，
連夜探香閨這種事他都做得出來，她根本拿他沒轍……

文創風 096 **5**
在他心裡，這寧汐什麼都好，就是太招人喜歡的這點不好！
迷了他就算了，還迷了一堆男人，
惹得他老大不痛快，吃不完的飛醋！
看來他下一步要籌劃的就是怎麼樣儘快娶她進門……

文創風 097 **6**
寧汐知道大皇子想要的是她身上所具有的神奇異能，
她不想嫁入皇室當妾，更不想容瑾為了她衝動惹禍。
如果能平安地度過這次的危難，她願意早點嫁給容瑾……

文創風 098 **7**
不能怪他性子急，娶妻這事他是一天也不想忍了！
心愛的女人遭人覬覦的感覺真是糟透了。
只要寧汐還沒娶進門，他就名不正、言不順，
無法大方地行使他作為丈夫的權益！

文創風 099 **8** 完
這次容瑾真的無法低頭了，瞧他把她寵成什麼樣？
他全然地對她坦白，她卻藏著自己的秘密，
還是關於另一個男人的，這下更是氣極了！
婚後最大的爭執於是展開，冷戰就冷戰吧……

文創風
105

豪門守灶女 4

國家圖書館出版品預行編目資料

豪門守灶女 / 玉井香著. --
初版. -- 臺北市 : 狗屋, 民102.07-
冊 ; 公分. --（文創風）
ISBN 978-986-328-103-0（第4冊 : 平裝）. --

857.7 102011361

著作者 玉井香
編輯 黃淑珍
校對 黃薇霓 林若馨
發行所 狗屋出版社有限公司
地址 台北市104中山區龍江路71巷15號1樓
電話 02-2776-5889～0
發行字號 局版台業字845號
法律顧問 蕭雄淋律師
總經銷 知遠文化事業有限公司
電話 02-2664-8800
初版 102年7月
國際書碼 ISBN-13 978-986-328-103-0
原著書名 《豪门重生手记》，由北京晉江原創網絡科技有限公司授權出版

定價230元
狗屋劃撥帳號：19001626
網址：love.doghouse.com.tw E-mail：love@doghouse.com.tw